KB172343

옌안의 노래

옌안의 노래

초판 1쇄 인쇄 · 2024년 8월 5일
초판 1쇄 발행 · 2024년 8월 12일

지은이 · 심영의
펴낸이 · 한봉숙
펴낸곳 · 푸른사상사

주간 · 맹문재 | 편집 · 지순이 | 교정 · 김수란, 노현정 | 마케팅 · 한정규
등록 · 1999년 7월 8일 제2-2876호
주소 · 경기도 파주시 회동길 337-16 푸른사상사
전화 · 031) 955-9111(2) | 팩스 · 031) 955-9114
이메일 · prun21c@hanmail.net
홈페이지 · http://www.prun21c.com

ISBN 979-11-308-2165-8 03810
값 17,500원

심영의 장편소설

옌안의 노래

차례

prologue

프롤로그

나에겐 잊지 못할 소중한 인연이 많다. 오래전 일이라 기억이 가물거릴 만도 한데, 해방 후인 1946년 해주에서 해후한 김학철과 1948년 평양에서 만난 벽초 홍명희 선생과의 일이 요즘 자주 상기된다. 또한 월북한 작곡가 김순남을 만날 수 있었던 것도 나에게는 일종의 행운이었다. 김학철은 나보다 두 살 아래지만, 난징에서 의열단 활동을 함께 했던 동지였다. 난징에서 김원봉과 김산 두 사람을 만난 것은 항일 투쟁의 각오를 다지고 실천에 옮긴 귀한 인연이었다. 나의 음악적 재능을 일깨워주었던 상하이에서의 크리노바(Krennowa) 교수와 언제나 응원해주었던 두쥔후이(杜君慧)는 고맙기 이를 데 없는 이들이었다. 옌안(延安)에서 만나 평생 반려로 인연을 맺은 아내 딩쉐쑹(丁雪松)은 진심을 다해 사랑하는 이였다.

해방 이후 북한에 들어와 해주에서 황해도당 선전부장 책임을 맡고 있던 때 김학철을 다시 만났고, 평양에서 홍명희 선생을 뵈었다. 두 사람은 음악으로 세상을 바꿀 수 있을까, 무엇보다 일본 제국주의자들이 물러간 자리에 미국과 소련 두 세력이 각축을 벌이는 조국에서 내가 할 일이 무엇일까로 고뇌하던 시기에 큰 영감을 준 이들이었다. 그때 나는 김학철의 한쪽 다리가 없는 것을 보고 깜짝 놀라서 어떻게 된 일이냐고 물었다. 그는 담담하게 말하며 쓰게 웃었다.

"타이항산 전투에서 크게 다쳤다. 왜놈들에게 포로로 잡혀갔다. 일본으로 압송되어 10년형을 선고받고 나가사키 형무소에 갇혔다. 놈들은 전향서를 쓰면 다리를 치료하주겠다고 회유했다. 거절했다. 그렇게 3년 반 동안 피고름을 흘리는 고통을 견디다 결국엔 다리를 절단했다. 썩어들어가고 있어서 어쩔 수 없었다……."

해주에서 얼마간 요양하다가 김학철은 평양으로 갔다. 나는 틈틈이 그의 누추한 거처에 들러 한참을 앉아 있다 돌아오곤 했다. 우리 두 사람은 특별히 많은 말을 주고받진 않았다. 굳이 그럴 필요 없는 사이였다. 어느 날 그가 내게 무심하게 말했던 몇 마디가 여전히 기억에 남아 있다. 기억을 더듬어 간추리면 아마 다음과 같을 것이다.

"그래도 우리는 이렇게 살아 있잖은가. 무수히 많은 동지가 제 나라 제 고향을 떠나 거친 대륙 땅 항일 투쟁 과정에서 죽어갔다. 추위와 굶주림과 가족에 대한 그리움으로 밤에 잠을 이루지 못하던 그들이 마침내 어느 골짜기에서 잠들었는지, 심지어 그들의 이름을 기억하는 이가 그러나 아무도 없다. 더구나 남과 북 어느 쪽이 우리가 되찾고자 했던 조국인지 알 수도 없는 지경이다. 그래도, 아니 그래서 더욱 우리에게 남은 소명이란 죽어 눈감을 때까지 우리 이름을 더럽히지 않는 것, 지금까지 우리가 염원했던 조국의 해방이 완성되는 날까지 힘을 다하는 것. 그것뿐 아니겠는가."

김학철은 평양으로 가서 『노동신문』 기자를 거쳐 인민군 신문의 주필로 일했다. 처음과 달리 갈수록 포악해지는 김일성 정권에 환멸을 느껴 6·25전쟁 중에 중국으로 가서 돌아오지 않았다. 그가 만주에서 정착해서 썼다는 소설 『격정시대』를 나는 중국으로 돌아간 후 구해 읽으며 뜨거운 눈물을 흘렸다. 그가 작가의 말에 써둔 문장들이 그가 얼마나 자신의 삶에 진실했었는지 곧바로 알아보았던 까닭이었다. 그는 말하고 있었다.

"우리 민족의 자랑스러운 아들딸들이 걸어온 발자취를 망각의 흐름, 모래 속에 묻혀버리지 않게 하려고 나는 총이 아닌 붓을 들고 또 한바탕 분투해야 하였다. 일찍이 타이항산의 험준한 벼랑길을 톺아 오르고 또 미끄러져 내리며 나는 꿈에도 생각 못 하였다. ……나중에 내가 살아남아서 전우들의 피 흘린 역사를 기록하게 되리라고는……."

그의 소설에 자극받아 만들어 자주 불렀던 노래가 〈붉은 꽃 그늘 아래〉다. 1957년부터 '대약진운동'이 시작되면서 혼란이 가중되던 시기, 문화예술가들에게 현장의 체험을 통한 살아 있는 작품을 생산할 것을 요구하던 때였다. 그 무렵 나는 당의 지시로 농촌 지역의 인민공사에서 집단 노동과 강철 제련 운동 등에 참가했다. 우파 반당(反黨) 행위 혐의로 고발되었고, 당의 소환과 심문을 받았다. 무려 넉 달 동안 끝없는 비판에 시달리면서 나에게 가해진 우경화된 사상적 변절과 반당 행위에 대해 지속적인 반성을 강요당했다. 그때 김학철의 소설은 내게 크나큰 위안이 되었다. 나는 이웃의 잠에 방해되지 않게 가만히 노래를 부른다.

붉은 꽃 그늘 아래서 우리는 행복했네
먹을 것 입을 것 부실했어도
그때 우리는 서로를 아끼고 위해주었네
제국의 억압에서 해방되는 날까지
제국의 억압에서 해방되기 위해서
붉은 꽃 그늘 아래서 우리는 견딜 수 있었네……

아, 말이 길어졌다. 홍명희 선생과의 이야기를 마저 해야겠다. 1947년 봄 나는 해주를 떠나 평양으로 갔다. 조선인민군 협주단 단장 일을 맡아 1947년부터 1948년까지 2년 동안 북한 전역을 돌며 공연했다. 인민군을 위한 마땅한 군가가 없던 차에 월북한 박세영의 시에 곡을 붙여 노래를 만들었다. "우리는 강철 같은 조선의 인민군, 정의와 평화를 위해 싸우는 전사, 불의의 원수들을 다 물리치고, 조국의 완전독립 쟁취하리라……."

김일성은 흡족해하면서 내가 만든 곡을 1948년 조선인민군 행진곡으로, 공식적인 군가로 지정했다. 나는 공로를 인정받아 '모범노동자' 칭호를 받았다. 그러나 얼마 지나지 않아 평양국립대학 작곡부장으로 옮겨갔다. 자리를 탐한 것은 아니었으나 걸맞은 대접을 받지 못한다는 생각이 없지 않았다. 아내 딩쉐쑹이 중국인이어서 그랬을 것이다. 바로 그 무렵인 1948년 4월 19일부터 같은 달 30일까지 평양 모란봉 극장에서 남북 정당과 여러 사회단체 연석회의가 열렸다. 김구와 김규식과 홍명희 등 남과 북 각각의 단독정부 수립에 반대하면서 좌우합작을 모색하던 남한의 인사들이 평양을 찾아온 것이었다.

1933년 9월 16일 오전, 난징 의열단 조선혁명군사정치간부학교 제2기 입학식 때 톈진(天津) 북양대학(北洋大學) 교수로 있던 김규식 선생이 격려사를 했었다. 그의 이름을 듣자 나는 가슴에 불길이 일렁이는 것을 느꼈다. 얼굴이라도 한번 뵐 수 있을까 싶어 나는 회담장을 찾았다. 김규식 선생은 나를 격하게 얼싸안으며 대견해했다. 난징에서 그를 뵐 때 내 나이 겨우 스물의 앳된 청년이었다. 그사이 온갖 풍상을 겪고 서른 중반에 이른 차였다. 김규식 선생은 곁에 있던 홍명희 선생을 소개해주었다. 두 분 모두 70세가 다 되거나 60을 넘긴 노구를 이끌고, 쉽지 않은 걸음을 한 터였다.

홍명희 선생에 대해서는 사실 잘 알지 못했다. 타이항산 전선에 있을 때 조카 정국훈에게서 그가 썼다는 임꺽정에 대한 소설에 대해 전해 들었을 뿐이다. 작가 자신은 양반 가문에서 태어나 자랐으면서도 백정과 같은 천민들을 주인공으로 내세워 역사 속에서

한 번도 주인공이 되지 못했던 그들의 삶을 새롭게 조망한 소설이라고 그랬다. 그의 소설에서, 백정의 자식이었던 임꺽정은 관군의 토벌에 쫓기다가 청석골에서 무수한 화살을 맞고 체포되어 죽임을 당했다고 했다.

전주 신흥중학교 시절을 함께 보내고 또 같이 중국으로 건너와 의열단원이 된 동갑내기 조카 국훈은, “가난한 데다 빼앗긴 나라까지 찾아야 하는 일은 우리에게 너무 가혹한 것 아닌가요?” 하고 묻곤 했다. 그런 그에게 임꺽정은 오랜 억압에 저항하다 죽임을 당한, 안타까운 영웅이었다. 그때 나는 언젠가 기회가 닿는다면 선생을 한번 만나보리라 마음먹었다. 피압박 민중의 해방을 열망했던 소설 『임꺽정』의 작가 홍명희와 항일전선에 함께하는 동지들에게 음악을 통해 위로와 격려를 건네고자 한 나는, 활동 방식과 그 무대는 달랐으나 궁극적으로 그 뜻은 다르지 않다고 생각했기 때문이었다. 그런데 잊고 있던 선생을 우연한 계기에 가까이서 뵐 수 있는 행운이 찾아온 것이다.

선생은 일정이 바쁜 데다 이루고자 하는 뜻이 쉽게 풀리지 않는 형편이어서 표정이 어두웠다. 그러나 김규식 선생의 소개를 받은 터라 나를 따뜻하게 대해주었다. 그의 고향은 충북 괴산이고 나는 전라도 광주여서, 그러니까 둘 다 남한이어서 더 반가웠을까. 그가 60이고 내가 34세였으니 부자지간 같은 처지이기도 해서 그랬을지도 모르겠다.

그분이 그랬다. “나라를 되찾기는 했으나 온전하게 되찾은 게 아니어서 걱정이 많다. 더구나 우리 뜻과 달리 남과 북이 서로 이질적인 체제가 들어서 제각기 정부를 세우겠다는 형편이고 보니 우리 조선의 앞날이 큰 걱정이다. 율성 군은 중국과 북한에서 음악으로 이름을 알렸으나 공산당 입당 경력이 두고두고 입길에 오를지도 모르니 그것도 염려되는구나."

나는 그때나 지금이나 중국공산당에 입당한 일을 후회하지 않는다. 왜냐고? 그렇다. 1930년대 중국에서 일본 제국주의자들과 싸운 군대는 마오쩌둥의 공산당 군대가 유일했다. 물론 어떤 학자들은 그것이 과장되었다고 말하기도 한다. 장제스의 국민당 정부도 마오의 적군을 섬멸하는 데 더 많은 힘을 쏟아부었으나 일본 제국군과 싸우지 않았던 것은 아니었다. 마오의 적군이 존망의 위기에 몰렸을 때 다른 무엇에 앞서 생존에 각별한 노력을 기울였으니 오직 일본 제국군대와의 싸움에만 나섰던 것은 아닐 것이다. 그러나 타이항산 항일 근거지는 중국공산당과 팔로군에 의해 민중이 항일전쟁의 주체로 각성하고 변화하는 장소였다. 중국공산당의 신민주주의 노선을 바탕으로 반파시즘 국제 연대가 이루어지는 장소이기도 했다. 또한 조선독립동맹과 조선의용군의 본거지이기도 하였던 타이항산의 난좡촌은 사회주의 독립운동과 한국 민중의 해방이 실천에 옮겨질 수 있도록 해주는 장소였다. 그것을 부정할 수 없는 일이다.

나는 난징의 의열단과 타이항산의 조선의용군 부대에서 항일

투쟁을 하는 동지들과 늘 함께했다. 그들을 위해 음악을 만들고 함께 노래를 불렀다. 조국이 해방되자 고향인 남이 아니라 북으로 들어간 것은 일종의 운명이었다. 타이항산의 조선의용군이 압록강을 건너 북으로 들어가는 일 말고는 조국에 돌아갈 다른 길은 없었다. 북에서 중국공산당 당적을 버리고 북한 공산당원이 된 것은 당의 방침이었다. 그뿐이다.

아, 잊고 지나칠 뻔했다. 1948년 월북한 작곡가 김순남과의 만남에서 나는 음악에 대한 그의 식견뿐 아니라 1930년대 전쟁 시기 압도적인 일본 국가주의와 전쟁의 틈새에 존재했던 일본 공산당의 반전운동에 대해 알 수 있는 가외의 소득을 얻었다. 그렇다고 일본 제국주의자들에 대한 나의 적개심이 달라지지는 않았으나 일본의 지식인 혹은 활동가 중에서 극히 일부라도 전쟁과 한반도 침략에 부정적인 이들이 존재했었다는 사실은 내게 얼마간의 위안이 되었다. 그것은 결국 인간 존재에 대한 근원적 믿음을 상실하지 않게 해준, 작은 충격이라 하겠다.

1976년 나는 중국에서 숨을 거두었다. 내 나이 62세 때였다. 고향 광주에 나를 기념하는 공간이 생기고 내 하나뿐인 딸아이 소제(샤오티[鄭小提])를 초청해서 환대해주었다는 소식을 듣고 얼마나 고마운 마음이었는지 모른다. 내가 고향을 위해 한 일은 없다. 다만 중국 팔로군행진곡과 북한 인민군행진곡을 만든 작곡가로 두 나라에서 나를 기념하고 있으니 지금은 또다시 반목하고 있으나 내 음악이 세 나라를 잇는 가교 역할을 할 날이 오지 않을까 하는 작은 희망이 여전하다.

그런데 또 북한 인민군행진곡을 만든 공산주의자라고 나를 비난하는 소리가 들려 잠자리가 뒤숭숭하다. 그럴 수 있다. 전쟁은 모두에게 큰 상처를 주었고, 그것은 쉽게 회복되지 않는 고통일 것이니, 나에 대한 비난을 나는 달게 받겠다.

북한 공산당에 부역했다는 일부의 비난은 그러나 내 삶의 극히 작은 부분을 두고 하는 평가일 뿐이다. 어찌 그것만이 전부고 그것만이 진실이라 하겠는가. 그러하니 바라는 것은, 우리는 모두 나라를 되찾기 위한 항일전선에서 함께 싸웠다는 것을 기억해주었으면 할 뿐이다. 그 시절에 그것보다 더 큰 진실이 따로 있겠는가.

1

1941년 11월 옌안, 1차 심문

늦은 밤, 정율성의 허름한 거처로 찾아온 낯선 사내 두엇이 있었다. 차림새로 보아서는 소속이나 신분을 짐작할 수 없었다. 옌안은 보안이 철저하게 유지되는 곳이어서 일본제국의 특무는 아닐 것이었다. 사내들은 아무런 말이 없었다. 그들 중 하나가 자다 깬 율성의 어두운 얼굴 가까이 손전등을 들이밀었다. 항일군정대학 정치부 선전과 음악지도원 정뤼청(鄭律成). 율성의 신원을 확인한 그는 함께 온 이들을 향해 고개를 끄덕였다. 밤바람이 찼다.

그들의 거친 손에 이끌려 가면서 율성은 몇 해 전 밀정으로 의심받아 처형된 김산(金山)을 떠올렸다. 김산이 1930년 일경에 체포된 일이 문제가 되었다. 그는 무려 5개월 동안 감금되어 있으면서도 일체의 자백을 하지 않아 혐의 없음으로 풀려난다. 그 이후에도 한 차례 더 체포되었다가 다시 풀려난 일이 일제의 밀정이라는 의심을 받고 섬강녕 변구 보안처 당국에 의해 1938년에 처형된다. 그의 나이 34세 때였다. 중국에서 만난 이들 중에서 존경하고 의지하던 사람 중 하나가 김산이었다. 역사는 목동의 피리 소리에 맞춰 춤추는 것이 아니다. 역사를 움직이는 것은 부상자의 앓는 소리와 싸움하는 소리뿐이며, 투쟁하는 것이 곧 사는 것이다. 그렇게 힘주어 말할 때의 이마의 푸르고 굵은 힘줄이 떠올랐다가 사라졌다.

김산과 막역한 사이면서 나중에는 서로 어긋난 한위건(韓衛健)의 비참한 죽음도 생각났다. 한위건은 1928년 상하이로 망명한 후 1933년 5월 베이징에서 국민당 정부 경찰에 체포되어 난징으로 호송되고 수감되었다. 난징의 항일운동 조직의 도움으로 그해 7월 15일 보석으로 출옥한다. 그러나 중국공산당 보안부에서는 그의 빠른 출옥을 의심한다. 당의 의심을 받은 데다 폐결핵이 악화하고 장티푸스까지 겹쳐 끝내 이국땅에서 죽음을 맞이한 것도 생각났다. 1930년대 중국에서는 국민당이든 공산당이든 심지어 항일운동 조직 내부에서도 서로를 믿지 않았고, 오히려 반목과 불신이 신뢰를 압도했다.

한 달 전 무정(武丁) 장군에게 다녀오던 일도 율성은 상기했다. 무정은 황하 도강작전에서 목숨을 잃은 양림(楊林)과 더불어 대장정을 완수한, 단 두 명의 조선인 가운데 하나였다. 늘 전선에 있었던 무정은 중국공산당 내에서도 손꼽히는 포병 전문가였다. 인민해방군 건군의 아버지로 추앙받는 주다이전(朱代珍, 주더[朱德])과 펑더화이(彭德懷)의 신임을 받았던 무정은 나중에 팔로군 포병부대를 창설하고 포병단장으로 활동한다. 옌안과 타이항산(太行山

脈)에 있는 조선인의 지도자이자 후견인이기도 했다. 그를 만나는 일은 쉽지 않았으나 율성의 둘째 형 충룡이 비슷한 시기 무정과 함께 중국공산당의 간부로 일했던 터라 율성을 각별하게 반겨주었다.

불안과 안도가 뒤섞인 채 캄캄한 토굴 안으로 들어선 율성은 널따란 책상 건너편에 앉아 있는 사내를 보고 깜짝 놀랐다. 김산을 처형한 것으로 알려진 중국공산당 보안국의 캉셩(康生)이 분명했다. 무정 장군을 만나던 자리에서 스치듯 그를 보았다. 무정의 소개로 인사를 나눌 때, 캉셩은 율성이 내민 손을 마주 잡지 않았던 것을 상기했다. 불안과 공포의 감각이 율성의 몸을 빠르게 휘감는 것을 캉셩은 놓치지 않았다. 그는 김산에 대해서나 김산과의 관계에 대해서는 단 한마디도 묻지 않았다. 다 알고 있을 것이었다.

“만돌린과 바이올린의 차이가 뭔가?”

질문은 엉뚱했지만, 노림수가 있다고 율성은 짐작했다. 침착해야 한다고, 그래야 살아나갈 수 있다고 그는 자신을 다독였다. 율성은 일어와 영어와 중국어 모두에 능통했다. 만돌린과 바이올린의 차이가, 그런데 지금 무슨 문제인가.

“만돌린은……,” 율성은 사내의 표정을 살피느라 뜸을 들였으나, 그는 등불을 등지고 앉아 있었다. 쉽게 설명하기 위해 율성은 말을 골랐다. 소리가 갈라져 나왔다. 목이 탔다.

“만돌린은 기타와 같은 발현악기, 그러니까 줄을 튕겨서 소리를 내는 악기다. 바이올린은 줄을 활로 마찰시켜 소리를 내는 찰현악

기다. 둘 다 저음에서 고음까지 소리를 내는 영역이 넓은데 그것이 비슷하다. 소리의 울림을 지속해서 이어갈 수 있는 점에서 바이올린이 조금 낫다. 그것이 차이다."

희미하게 웃는 느낌이었다. 담배 연기를 깊이 삼켰다 내뱉고 난 다음 연거푸 물었다.

"그대는 연주자인가, 작곡가인가? 아나키스트인가, 공산주의자인가, 아니면 무엇인가?"

첫 번째 질문에 답하는 것은 어렵지 않았으나, 나중의 질문에 답하는 것에 서둘 일이 아니었다. 율성은 침착하게 되물었다.

"나를 심문하는 까닭이 무엇인가? 그대가 나를 모르지 않으면서 이런 모욕을 가하는 다른 이유가 있는가? 혹여 내가 조선 사람이어서 그러한가?"

2

1933년 5월 목포

항구 가까운 마을 늙은 여인 서넛이 햇볕에 말리던 생선을 손보고 있었다. 생선이 말라가면서 나는 비린내에 사람들은 미간을 찡그렸다.

낚시를 좋아하는 정부은(鄭富恩)은 상하이에 가도 낚시를 할 수 있을까 잠시 궁금했다. 부은은 낚시 말고도 족대를 이용해서 물고기를 잡는 데에 남다른 재주가 있었다. 그가 나고 자랐던 광주 양림동 가까운 곳에 광주천(光州川)이 있다. 무등산 남서 계곡에서 발원해서 광주시 중심부를 관류한 뒤 영산강으로 흘러드는 길이 23킬로미터의 하천이다. 부은은 종종 광주천에 나가 물고기를 잡아 왔다. 그것은 가난한 식구의 좋은 양식이 되곤 했다. 매운탕감으로 붕어와 잉어가 많이 잡혔다.

1933년 5월 8일, 정부은은 목포항에서 여객선 헤이안마루(平安丸)에 올랐다. 헤이안마루는 목포에서 부산과 나가사키를 거쳐 상하이를 오고 가는 정기여객선이다. 한 달에 한 번 운항하는데 뱃

값이 12원이었다. 나중에 전국체전으로 발전한 전조선 제1회 야구대회가 1920년 11월 4일에서 7일까지 나흘간 서울 배재고보 운동장에서 열렸다. 조선체육회는 제1회 야구대회 수익금으로 200원의 큰 수익을 올렸다고 광고했다. 당시 조선인들의 한 달 평균 임금이 15원이었다. 그즈음에 뱃값 12원은 부은처럼 가난했던 조선 청년들에게 적은 돈이 아니었다. 그의 어머니 최영온은 형제와 이웃에게 빌려 모아 30원을 아들 부은의 중국행 여비로 내놓는다.

나중에 교토(京都)로 이름을 바꾼 헤이안쿄(平安京)는 중국 한(漢)나라 수도였던 장안(長安)을 본떠 만든 도시다. 교토는 794년 간무(桓武) 일왕이 나라(奈良)에서 천도한 뒤 1868년 메이지유신 때 도쿄로 옮겨 가기까지 천 년 넘게 이어온 일본의 수도다. 그때를 헤이안 시대라 한다. 궁중 귀족 문화가 찬란한 꽃을 피우면서, 특히 미술과 문학 분야에서 괄목할 만한 발전을 이룩했다고 전한다. 일본인 선주(船主)가 일본을 거쳐 조선과 중국을 오가는 국제여객선 이름을 헤이안마루로 정한 까닭이 무엇일까, 부은은 잠시 생각했다.

전주 신흥중학교에 다닐 때 부은은 일어와 일본 역사를 배웠다. 항일정신이 팽배했던 신흥중학교 교사들은 나라를 되찾기 위해서는 적을 잘 알아야 한다고, 마뜩잖아하는 학생들에게 일어와 일본 역사를 가르쳤다. 문화가 융성했던 옛 헤이안 시대를 상기하고 싶은 마음이었을 것이다. 마침 일본이 욱일승천의 기세로 조선을 넘어 대륙을 향해 나아가던 때였다. 그들에게 20세기는 다시 도래할 헤이안 시대를 맞이할 때라고 여겼는지 모른다.

그랬겠구나. 그런데 우리는 태어나보니 나라가 없구나. 너희는 오래전의 번영을 꿈꾸는데 우리는 나라를 되찾기 위해 나라를 버려야 하는구나. 부은은 헤이안마루에 올라서 조금씩 멀어지는 조국의 땅을 무연히 바라보았다. 다시 돌아올 수 있을까 생각하자 불현듯 가슴이 먹먹해졌다.

정부은이 고향 광주에서 기차를 타고 와 삼학도 인근 목포항에서 상하이로 가는 헤이안마루를 타던 때, 그는 갓 스무 살의 청년이었다. 고향을 떠나 상하이로 향하는 그의 짐은 단출했다. 그의 손에는 성경 한 권과 중국으로 떠난 둘째 형 충룡이 남기고 간 만돌린과 바이올린을 담은 가방이 들려 있었다. 부은이 나고 자란 양림동은 미국 선교사들이 교회와 학교와 병원을 세운, 광주에서 가장 먼저 서구 문물이 들어온 동네였다. 그에게 성경과 음악과 심지어 주사 놓기 등의 기초적 의학 지식을 익히는 일은 성장기의 자연스럽고 익숙한 과정이었다. 다만 성경을 손에 든 까닭은 일경(日警)의 검문을 피해보자는 목적이 컸다.

1930년대 식민지 조선에 사는 사람들은 대부분 가난했다. 1929년 월가의 주식 폭락으로 시작된 대공황은 1930년대 내내 세계를 혼란에 빠트렸다. 식민지 경제 체제 내부로 포섭된 조선도 예외는 아니었다.

'불길한 목요일'로 불리는 1929년 10월 24일, 뉴욕의 주식시장에는 1,600만 주가 넘는 매물이 쏟아져 나오면서 주가가 하락하기 시작했다. 3주 후에는 주가가 반 이상 떨어졌고 은행은 지급을 정지하거나 아예 문을 닫았다. 이러한 대공황에서 벗어나기 위해 여러 국가는 보호무역주의 추세를 강화한다. 영국은 수입 관세를 도입했고, 미국은 관세를 인상하였으며, 프랑스는 관세 장벽을 튼튼하게 유지했다. 일제는 제1차 세계대전 전후에 직면한 자국 내외의 모순 및 위축된 대외무역으로 인한 어려움에서 벗어나기 위해 식민지 조선의 수탈을 강화한다. 1920년부터 시작된 조선의 산미 증산계획은 일본 국내의 식량문제를 해결하기 위한, 조선에 대한 농업지배강화정책이었다. 전북 군산항과 전남 목포항에서는 일본으로 향하는 화물선마다 곡식이 가득했다. 수탈이 일상화된 시기 대공황의 여파는 1930년대 조선 땅에 금광 개발 붐이라는 기이한 풍경을 연출했다. 화폐가치는 폭락하는 반면 금값은 천정부지로 치솟았기 때문이었다.

그러나 1919년 3 · 1운동 실패 이후 가중되는 일제의 탄압 속에서도 나라를 되찾으려는 열망으로 독립운동을 지속하는 흐름이 이어졌다. 수많은 독립 투쟁 중에서도 가장 위대하고 감동적인 투쟁이었다는 평가를 받는 의열단의 활동도 1920년 3월부터 계속되고 있었다.

"의열단에 대한 조선의 평가는 어떠한가? 조선에 있을 때 의열단에 대해 알고 있었는가?"

중국공산당 보안국 캉성의 심문이 이어졌다. 토굴 안의 어둠이 익숙해져서 그의 실루엣이 좀 더 분명하게 드러났다. 표정은 냉랭하고 어조는 무겁고 단호해서 틈이 보이지 않았다. 중국공산당은 장제스의 국민당 지원을 받았던 의열단에 대해 부정적일 것이 분명했다.

정부은은 광주 숭일중학교를 졸업하고 1929년에는 5년제인 전주 신흥중학교에 다녔다. 신흥중학교는 1919년 전주의 3 · 1운동을 주도했던 학교였다. 신사참배 강요를 거부하다 1937년 자진 폐교했고, 광복 후 다시 문을 열 만큼 항일 정신이 팽배한 학교였다. 부은이 신흥중학교 1학년이던 1929년 11월 3일 그의 고향 광주에서는 고등학생을 중심으로 대규모 항일시위가 열렸다. 곧이어 시위는 전국적으로 확산하였고, 3개월 후인 1930년 1월 25일 신흥학교 학생들도 거리로 뛰쳐나갔다. 그도 선배들을 따라 만세 시위에 나섰다. 3 · 1운동 이후 일제의 식민통치에 반대하는 최대 규모의 항일운동으로 194개 학교 5만 4천여 명이 참가했다. 그만큼 희생도 컸다.

음악을 좋아했던 정부은은 신흥중학교에 다닐 무렵 그의 선배들이 소리 죽여 부르곤 하던 노래를 따라 불러 배웠다. 국제주의와 사회주의를 대표하는 민중가요 〈인터내셔널가〉와 프랑스 혁명 시기의 혁명가 〈라 마르세예즈〉와 북아일랜드 사회민주노동당과 아일랜드 노동당의 공식 당가(黨歌)인 〈적기가〉 등의 노래였다. 모두 인간의 본질적 권리인 자유를 억압하는 체제에 저항하는 노래였다. 1930년대 조선에서 억압적인 체제는 물론 일본 제국주의였다. 그러나 조선 내에서 더 이상의 물리적 저항은 가능하지 않았다.

"조선 독립운동의 맹렬한 불꽃, 그것이 의열단에 대한 조선의 평가요, 내가 중국에 온 까닭의 전부다."

1923년 조선총독부에 폭탄을 투척하기 위해 국내에 폭탄을 반입하려던 의열단원 김시현이 체포된 일이 있었다. 사건을 보도한 『동아일보』 1면의 기사 제목이 '조선 독립운동의 맹렬한 불꽃'이었다. 율성은 전주 신흥중학교에 다니던 때, 선생님들에게 듣고 배워 알았다. 의열단원들의 활약상은 종종 대서특필되어 알려졌고, 조선의 청년들 피를 끓게 했다.

율성은 그의 아버지 임종을 지키지 못했던 일이 불현듯 떠올랐다. 내가 여기서 살아 나가지 못하면, 고국에 홀로 남은 어머니는 슬픔을 이기지 못하리라. 중국에 가서 조국의 해방을 위해 싸우되 몸은 잘 보전하고 네가 그렇게 하고 싶어 하던 음악 공부를 원없이 하라시던 어머니의 마지막 당부가 생각났다. 어머니는 지아비도 당신 먼저 세상을 뜬 데다, 세 아들과 딸 모두 감옥과 중국에 있거나 저세상으로 먼저 떠나보낸 처지였다. 그러하니 막내인 나를 보낼 때도 차마 말은 못 하였으나 나마저 멀리 떠나 영영 돌아오지 못할까 두려워하셨다.

장제스의 국민당이 의열단을 돕되 의열단의 독자적인 활동에 대해서는 마뜩잖아한다던 김원봉의 말도 기억났다. 언젠가 의열단 단장 김원봉이 말했다. 국가와 국가 사이엔 친구란 없다. 필요에 따른 동맹만 있을 뿐이지. 장제스의 국민당 정부도 마오쩌둥의 공산당도 우리가 쓸모 있을 때만 우리를 돕는다는 것을 잊지 마라. 우리도 우리 조국의 해방을 위한 투쟁에 저들의 도움이 필요할 뿐 저들의 전쟁에 끼어들어 희생되어서는 안 된다. 늘 명심해라.

대체 저들이 나를 붙잡아 들여서 얻고자 하는 게 무엇일까. 나는 옌안에 들어와 중국공산당에 정식 입당도 했는데, 의열단에 대해서는 왜 묻는 걸까. 의열단 활동을 장제스의 국민당 밀정 활동으로 엮으려는 것일까.

김산은 임시정부에서도 일했으나 의열단원으로 활동하기도 했고, 1925년 7월에는 중국공산당에 입당하였다. 1927년 장제스의 국민당이 '모든 공산당원을 죽이라'는 명령을 내려 수천 명의 공산당원이 몰살을 당하는 과정에서 국민당에 항거하는 광저우 무장봉기와 하이루펑 소비에트에 참여했다. 그때 수백 명의 조선인 혁명가들이 희생되었고, 살아남은 몇 안 되는 이가 김산이었다. 실로 중국공산당의 역사와 함께했던 사람이었다. 그럼에도 그는 일본제국의 밀정으로 의심받아 비밀리에 처형된 것이다.

율성은 두려웠다.

"의열단원이 되어 항일 투쟁에 나서겠다, 오직 그 생각만으로 중국에 왔다는 말인가? 다른 사정은? 만주로도 임정으로도 갈 수 있었을 텐데 하필 의열단인 까닭은 무엇인가?"

말이 많으면 실수를 피하지 못할 것인데, 율성은 목이 탔다. 뜨거운 차 한 잔을 얻어 마시고 나니 몸이 풀렸다. 담배도 한 개비 얻어 피웠다. 아직 폐결핵이 완치되지 않은 상태여서 연거푸 마른기침이 나왔다. 잠시라도 시간을 벌자는 생각이었다. 율성은 말을 고르고 있었다. 고향을 떠나 중국으로 오던 일이 주마등처럼 그의 뇌리를 스쳤다.

아버지가 갑자기 세상을 떠나자 부은은 더는 학교 공부를 계속할 수 없었다. 학비를 댈 수 없었기 때문이다. 실의에 빠진 채 만돌린과 바이올린을 연주하면서 마음을 달래는 것이 그가 할 수 있는 일의 거의 전부였다. 전문적인 음악 교육을 받은 것은 아니어서 악기 연주가 서툴렀고, 그래서 늘 배움에 허기졌다. 큰외삼촌 최흥종 목사 집에 있는 축음기를 통해 서양음악을 매일 들었고, 미국 남장로교 선교사들이 세운 교회에서 풍금 소리를 자주 들으면서 자랐다. 부은은 음악에 대한 열정을 남몰래 간직하고 있었으나 그뿐이었다. 얼마 되지 않은 어머니의 밭농사를 거드는 일과 광주천에 나가 물고기를 잡아 오는 일만으로는 생계를 해결하기도 벅찼다. 해볼 만한 다른 일도 없었다. 살아가는 일이 고되다고 그는 느꼈다.

그 무렵 셋째 형 의은(義恩)이 의열단이 세운 조선혁명군사정치학교의 학생 모집을 위해 일경의 눈을 피해 국내로 들어왔다. 홀로 남을 어머니가 마음에 걸렸으나 부은은 마침내 형을 따라나섰다. 셋째 형 의은은 중국에 가면 음악 공부도 할 수 있을 것이라며 어머니를 안심시켰다. 아버지가 살아 계실 때 자주 하셨다는 말도 힘이 되었다. 아버지는 "독립군이 부를 군가가 없다"고, "외적과의 싸움에서 최후의 결전에는 북을 치고 나팔을 불며 승전고를 울린다. 군대가 진군할 때 사기를 북돋우는 데는 우렁찬 군가만 한 게 없다. 그런데, 우리에겐 아직 이런 군가가 없다"며 부은이 그런 음악을 만들어도 좋을 것이라고 자주 말했다. 임종을 지키지 못했으니 그 말은 부은에게 유언이 된 셈이었다. 어머니는 그 말을 전하며, 몸 성히 음악 공부 열심히 해야 한다고 눈물을 훔치셨다.

상하이를 향해 가는 헤이안마루에는 정부은 말고도 세 명의 동지가 더 있었다. 정국훈은 부은의 첫째 형 효룡의 아들이어서 부은에게는 조카였으나 전주 신흥중학교에 다닐 때 기숙사 같은 방을 쓰던 동갑내기였다. 전남 담양이 고향인 김일곤은 그의 사촌형과 함께 먼길을 나섰는데, 부은과 달리 성격이 활달했다. 일행은 그러나 서로를 모른 체했고, 나중을 대비해서 가명을 썼다. 율성은 유대진이라는 가명을 지었고, 김일곤은 문명철이라고 지었다. 부산에서 두 명이 더 합류했다. 사촌 사이인 김재호와 최명선이었다. 모두 정부은의 셋째 형 의은의 권유에 따라 나라를 되찾기 위해 고향을 뒤로하고 먼길에 나선 참이었다.

그들은 겨우 스물을 갓 넘긴 청년들이었다. 부은은 잠깐씩 눈을 붙이는 시간 말고는 목포항 대합실에서 사두었던 책으로 중국어 공부에 열중했다. 낯선 곳에서 낯선 이들과 지내기 위해서는 무엇보다 언어를 알아야 한다고 그는 생각했다. 중국어는 성조에 따라 발음과 의미가 달라진다. 중국어의 자음과 모음과 성조를 혼자 익히는 일이 간단하지는 않았다. 다만 영어와 중국어는 어순이 같아서 간단한 인사말은 금세 익힐 수 있었다. 您好, 老师? 니하오, 라오쉬? 선생님, 안녕하세요? 지켜보던 정국훈이 빙긋 웃었다. 너도 따라 해봐, 감사합니다, 谢谢, 세시에.

나가사키에 잠시 정박했던 배는 목포를 떠난 지 닷새 만인 1933년 5월 13일 아침 상하이 푸둥(浦東)항에 닻을 내렸다.

율성은 그러나 간명하게 답한다. "그렇다. 오직 조국 해방의 길을 모색하려는 일념으로 중국에 왔다. 다른 까닭은 없다. 의열단은 그 목표에 가장 부합하는 조직이라고 보았다. 그러나 나는 지난 1939년 1월 공산당에 입당했다. 중국에서 일본 제국군과 싸우는 유일한 세력이기 때문이다."

정율성은 사흘을 더 토굴에 갇혀 있다가 석방된다. 무정 장군의 보증과 김성숙의 아내 두쥔후이(杜君慧)와 곧 결혼하게 될 딩쉐쑹 등의 구명운동 덕분이었다. 그가 루쉰예술학교에 재학 중이던 1938년 그 유명한 〈옌안의 노래(延安頌)〉를 만든 작곡가라는 사실은 공산당 보안부 책임자 캉셩에게는 별다른 의미가 없었다. 그들은 아무도 믿지 않았다. 그가 누구든 무슨 일을 했든.

주거지에서 1킬로미터 이상을 이동할 때는 반드시 신고할 것. 소환할 때는 언제든지 지체하지 말고 응할 것. 두 가지 조건이었다.

3

1933년 9월 난징

"동지들, 반갑다. 뜨거운 마음으로 환영한다."

날카로운 인상이었으나 깔끔한 정장에 진회색 넥타이를 맨 의열단 단장 김원봉이 만면에 웃음을 띤 채 환영사를 했다. 전설처럼 여겨지던 김원봉을 눈앞에서 마주한 정부은은 가슴이 뜨거워지는 것을 느꼈다.

정부은 일행이 상하이에 도착한 때로부터 4개월이 지난 1933년 9월 16일 아침이었다. 드디어! 의열단 조선혁명군사정치간부학교 제2기 입학식이 열린 것이다. 부은은 움켜쥔 두 주먹에 힘을 주었다. 이때 함께 부를 노래가 있다면 훨씬 더 좋을 텐데 하는 작은 아쉬움이 있었다. 나중에 기회가 되면 그럴듯한 노래 한 곡을 만들어야겠다는 생각이 들었다. 우리가 2기니까 다음 3기와 그다음 4기 입학식에서 내가 작곡한 노래가 우렁차게 울려 퍼지면서 그들의 가슴을 뜨겁게 할 수 있다면 보람 있겠다고 생각했다.

상하이 포동항에 도착한 1933년 5월 13일 아침부터 부은 일행은 은신처를 자주 옮겨 다녀야 했다. 상하이에 도착한 날과 다음 날엔 후미진 골목의 지하 창고에서 지냈다.

얼핏 본 상하이는 그 규모가 대단했다. 사람도 많아 거리나 상가가 번잡했다. 특히 저녁이면 길거리에 내놓은 의자에 앉아 늦게까지 차를 마시며 이야기를 나누는 풍경이 낯설면서 부러웠다. 고향 광주에서는 해가 지기 전에 모두 집으로 돌아가고, 도시는 어둠 속에 잠겨 적막했다. 중국은 산도 높고 강은 넓고 깊은 것이 고향 광주에서처럼 낚시로 물고기를 잡기는 어려워 보였다. 부은 일행은 은신처를 이동할 때 말고는 낮이든 밤이든 숙소에서 꼼짝 않고 지냈다. 말소리도 죽여야 했다. 이국의 풍경에 잠깐 마음이 느슨해졌다가도 자신은 여행객이 아니라는 것을 스스로 깨우치곤 했다. 스무 살의 청년 부은은 그런 생각의 틈새가 가끔 우울했다. 낮에는 대부분 방 안에서만 지내야 했고, 도둑처럼 밤에만 이동했다. 그들의 움직임을 본 것은 몇 마리의 고양이뿐이었다. 그래야 했다.

이틀 후 기차를 타고 난징(南京)으로 이동했다. 난징에 들어와서도 허름한 여관에서 시간을 죽이며 열흘을 보내다 다시 옮겨간 곳은 곧 쓰러질 것 같은 어느 2층 주택이었다. 사람이 죽어 나간 흉가라고 버려둔 집을 의열단이 사들여 아지트로 쓰고 있었다. 다음에는 신해혁명의 지도자 쑨원(孫文) 묘소 인근의 작은 사찰, 그다음에는 장쑤성(江蘇省) 강녕진(江寧鎭)의 증조사라는 절간으로 몇 군데를 옮겨 다니며 답답함과 불안 때로는 의혹 속에서 4개월을 보내야 했다. 그런 다음에야 조선은 물론 만주 등지에서 난징으로 들어온 55명의 조선 청년들과 함께 간부학교 2기 입학식에 참여할 수 있었다.

무엇보다 부은은 자신이, 그리고 목포항에서 헤이안마루에 함께 탔던 동지들 모두가 의열단의 입단 심사에 통과된 것에 크게 안도했다. 열중쉬어 자세로 간부학교 입학식에 서 있는 단원들은 생김새도 제각각 다르고 행색은 허름했다. 그러나 그들 얼굴은 하나같이 붉게 상기되어 있었다. 부은은 약간 웃음이 나기도 했으나, 그보다는 듬직했다. 그들을 둘러보며 부은은 힘이 솟는 것을 느꼈다. 이들과 함께 나는 새롭게 태어나는 것이다. 이제 나는 조국 해방투쟁의 최일선에서 후회 없이 싸우게 될 것이다.

정부은은 지난 4개월을 되돌아본다. 의열단이 비밀결사인 것을 알고 있었기에 곧바로 의열단에 가입하거나 간부학교 교육에 들어갈 수 있는 것이 아니라는 것을 충분히 이해했다. 그동안 김원봉의 얼굴 한번 마주하지 못했던 것도 원망하지 않았다. 그를 아는 사람 하나 없는 낯선 곳 상하이에 데려다 놓자마자 셋째 형은 또 사라지고 없었다. 도무지 정붙이고 싶은 마음이 들지 않는, 무뚝뚝하고 때로는 냉정해 보이는 사내 둘이서 부은 일행을 인솔해서 이리저리 옮겨 다녔다.

그러는 가운데 적의 밀정을 대하듯 신원에 대한 거듭된 진술과 반복적인 심문에 지친 나머지 반감이 몰려오고 의심이 들기도 했다. 충분한 신원조회와 교차 검증과 면접과 관찰 등의 쉽지 않은

과정을 거쳐야 한다는 것도 이해했다. 각국의 밀정들이 상대 조직에 침투해서 암약하고 있었다.

1919년 상하이 임시정부 초기, 임정 요인과 그 가족들이 단체 사진을 찍었다고 했다. 아이들은 천진하게 웃는 표정이었으나 언제 목숨을 잃을 줄 모르는 상황이라 대부분 비장한 표정이었다. 사진은 물론 외부로 유출해서는 안 되는 보안자료였으나 총독부 경무 총감부에 은밀하게 전달되었다. 남자 188명, 여자 24명, 어린이 23명을 포함하여 모두 235명이 단체 사진 속에 있었다. 그들의 운명이 일제의 손에 넘어간 셈이었다. 김구가 난징에 머물 때도 "난징 모처에 잠복, 중국 관헌의 보호 아래에 활동 중"이라는 첩보 기록이 후에 발견되기도 했다.

정부은 일행이 난징에 도착하기 8개월 전 1932년 1월 19일 조선혁명당의 주요 간부가 펑톈성 싱징현(興京縣) 신빈보(新賓堡) 하북(河北)에서 모였으나 일본 경찰에게 발각되는 사건도 있었다고 했다. 그때 조선혁명당 중앙집행위원장 이호원과 조선혁명군 사령관 김준택(金俊澤) 등 10명 이상이 체포되었다. 항일 조직 어느 곳에나 밀정이 숨어들었다. 나중 일이지만, 김원봉의 동지였던 김재진도 밀정이 된다. 청산리 전투의 영웅 김좌진 장군의 비서였던 이정, 심지어 안중근과 함께 이토를 암살하는 데 나섰다 붙잡혀 3년 형을 살았던 우덕순도 나중에는 모두 밀정이 되었다. 일본과 중국의 기밀문서에서 895명의 밀정 명단이 확인될 만큼 독립운동 조직에 스며든 밀정의 수가 적지 않았다.

의열단 1기 간부학교를 졸업하고 국내로 잠입했던 활동가 일부가 일경에 체포되어 국내에서는 의열단원에 대한 대대적인 검거가 일어나기도 했다. 의열단을 비롯한 독립운동 조직은 보안과 밀행의 중요성을 거듭 강조했다. 조직을 만들고 꾸려나가는 것은 어려운 일이었으나 밀정 한 사람의 고발로 모든 것이 와해하는 것은 한순간이었다.

일본제국의 첩보 조직은 조선의 독립운동 조직 중에서 가장 폭력적인 수단에 의지하는 의열단의 동향을 예의 주시했다. 밀정을 심으려 노력했고 늘 실패했으나 추적과 감시를 게을리하지 않았다. 그래서 지원자 중에 밀정이 숨어 있지 않은가, 몸을 바쳐 항일투쟁에 나설 각오는 되어 있는가를 거듭 확인하는 과정이 필요하다는 것에 대해서도 당연히 그래야지, 했다. 사정을 충분히 이해했다.

그러나 이들이 정말 의열단원인 것은 맞는 것일까. 일이 잘못되어 셋째 형도 모르는 사이 우리가 정체 모를 어떤 조직에 넘겨진 것은 아닐까. 불안하고 초조한 마음에 잠을 이루지 못하던 날도 없지 않았다.

그런데 마침내! 그 모든 혹독한 심사를 다 통과해서 이 자리에 서 있는 것이다.

입학식 단상에는 의열단 단장 김원봉과 톈진 북양대학 교수로 있던 김규식과 짙은 눈썹에 구레나룻이 인상적인 중년의 중국인한 사람이 서 있었다. 그는 장제스 국민당 정부를 대표해서 간부학교 고문으로 있는 강택(康澤)이라고 자신을 소개했다. 강택은 조선의 독립을 위해서도 공고한 한중연합이 필요하다고 역설했다. 박수 소리가 컸다.

부은은 그때는 강택의 말이 당연하다고 생각했다. 그러나 점차 여러 일을 겪어가면서 간부학교 입학식에 왜 중국의 관리가 참석해서 격려사를 했는지 어림하게 된다. 특히 1938년에 처형된 김산과 1941년 11월 옌안에서 1차 심문을 겪은 후 부은은 항일 투쟁의 길에서 맞설 상대가 일본제국만은 아니라는 것을 깨닫게 된다.

입학식 날 김규식은 '세계정세와 민족혁명의 앞날'이라는 주제의 특강을 했다. 1931년 9월에 일어난 만주사변 전후 일본제국 내부의 정치적 갈등과 대륙의 복잡한 정세에 대한 설명이었다. 그 박학다식과 조국 해방을 위한 뜨거운 열정에 정부은은 깊이 감동했다. 만주에서 일본 제국군이 자행한 학살에 대한 분노와 숱한 죽음에 참담한 마음이 들기도 했다.

여기저기서 아, 하는 찬탄과 신음, 우레 같은 박수가 쏟아지기도 했다. 특히 일본제국 내부 정치세력과 군부의 갈등에 대한 설명은 신흥중학교 교사들에게서도 듣지 못한 이야기였다. 시야가 깊어지는 계기가 되었다고, 잊지 못할 광경이었다고, 부은은 나중에 비망록에 기록한다.

간부학교 교육과 훈련은 고되고 여건은 열악했다. 입학식 다음

날부터 7개월 동안, 이른 아침 5시 30분부터 밤 8시 30분까지의 빡빡한 일정이 이어졌다. 교육은 정신교육과 정치교육 그리고 군사교육으로 이루어졌다. 정신교육은 의열단원으로서, 조국 해방 투쟁의 선봉으로서 갖춰야 할 태도를 그 내용으로 했다. 익히는 데 어려울 것은 없었으나 적에게 붙잡혔을 때 동지들의 신원에 대해 발설하지 않는 방법에 대해 들을 때, 부은은 생각이 깊었다. 동지이자 조카인 정국훈도 얼굴이 굳어지는 것을 느꼈다. 두 사람은 교육이 끝나고 잠이 들기 전 낮게 이야기를 나눈다.

"1909년 10월 26일 하얼빈에서 안중근과 함께 이토를 암살하는 데 나섰다 붙잡혀 3년 형을 살았던 우덕순도 나중에는 밀정이 되었다고 하잖아요." 정국훈의 말이 무거웠다.

"그가 일본제국의 밀정이 되고 싶지는 않았을 것 아니에요?" 그랬을 것이다. 시세에 따라 혹은 독립의 가망이 없다는 절망에 스스로 적의 소굴로 걸어 들어간 자들도 없지 않을 것이다. 이토를 죽이겠다고 나섰던 우덕순이 그러나 스스로 적의 밀정이 되지는 않았을 것이다. 부은은 조카의 마음 깊숙이 드리운 불안의 정체에 그러나 동조할 수 없다. 그의 마음도 염려가 없지 않았으나 조카를 돌보는 일은 자신의 몫이라고 부은은 생각했다.

정국훈의 아버지이자 부은의 큰형인 효룡은 1919년 3 · 1독립만세운동 이후 결성된 조선 최초의 전국 노동자 조직인 조선노동공제회에 가입해 활동하다가 일경에 체포되었다. 풀려난 이후 상하이로 망명해서 활동하다 다시 일경에 체포되어 부은과 국훈이 난징으로 와 의열단 간부학교에서 함께 교육받던 시기 효룡은 국내 감옥에 있었다. 분명 조카 국훈은 아버지 정효룡을 염려하고 있을 터였다. 부은은 국훈의 어깨를 감싸며 따뜻하게 말한다.

"쉽지 않은 일이겠으나, 우리는 어차피 목숨을 내놓고 이 길에 나섰다. 누구나 생명은 더없이 소중하고 아끼는 가족이 있다. 그러나 우리는 죽음을 함께할 동지들이 제 몫을 다하도록 자신의 목숨을 바쳐 그들을 보호해야 한다. 나는 너를, 너는 나를 그렇게 대하자. 그러면 된다."

정효룡은 체포와 투옥을 거듭한 끝에 옥살이의 후유증을 이기지 못하고 아들 국훈이 중국으로 떠난 1년 후 1934년 숨을 거둔다. 그것을 그나마 다행이라고 여겨야 할지 모르겠다.

입학식이 있고 나서 훈련이 한창 진행되던 어느 날엔 임시정부 김구 주석이 찾아와 태극기 무늬가 새겨진 만년필 한 자루씩을 선물하고 돌아갔다. 간부학교 생도 모두는 벅찬 감격으로 김구 주석을 환영했다. 김구가 만면에 잔잔한 미소를 지으며 물었다.

"귀관들은 쓰러져가는 낡은 집을 보면 무슨 생각이 드는가?"

"마음이 아픕니다."

누군가 대답하자 김구는 웃으며 다시 물었다. "그것은 감정 혹은 느낌이고, 그 대답도 훌륭한데, 내가 묻는 것은 낡은 집이 상징하는 것, 낡은 집에서 떠오르는 이미지가 무엇인가 하는 것이다."

"그것은 빈곤이지 않겠나? 그렇다면 빈곤의 원인은 무엇일까?"

대답을 망설이는 학생들에게 그는 다시 물었다.

정부은은 어머니 홀로 지키고 계실 낡은 집과 중국으로 오는 배를 타기 위해 잠시 머물렀던 목포항의 풍경을 떠올렸다. 목포항에는 일본과 중국을 오가는 여객선 외에도 일본으로 미곡(米穀)과 면화를 실어가거나 석유를 들여오는 화물선이 쉴새없이 드나들고 있었다. 1897년 개항한 목포항을 통해 일본은 호남평야 일대에서 수확한 쌀 대부분을 일본으로 가져갔다. 본격적인 공출은 태평양 전쟁에 돌입하던 1930년대 말부터 이루어지지만, 개항 이후부터 목포항을 통한 미곡 반출이 꾸준히 이루어진다. 저들은 생산자 가격으로 쌀을 비롯해서 잡곡, 면화, 마 등의 농산물을 빼앗아갔다. 양곡 생산량은 주는데 공출량은 오히려 늘어 농민의 삶이 나락으로 떨어지고 있었다. 고하도에서 육지면 실험 재배가 성공하자 일제는 재배 면적을 섬 전체로 확대해서 목포항을 통해 일본으로 가져갔다. 목포로 들여오는 수입품 중 가장 많은 게 석유였다. 점등을 위해 사용되던 석유가 곡물 반출을 위한 도정업이 활발해지면서 정미소에서 더 많이 소용되었기 때문이다.

여객선 탑승 시간을 초조하게 기다리면서 그러한 광경을 지켜보던 정부은은 적개심을 느꼈다. 목포항은 이미 일본을 위한 일본인의 도시가 된 듯싶었다. 활발하고 분주하게 움직이는 모든 사물이 결국 조선의 몫을 빼앗고 제국의 부를 늘리는 일일 뿐이라는 생각이 들었다. 조선인들은 지금까지 무엇을 했나 싶어 참담했다. 내 나라를 떠나야 내 나라를 되찾는 길이 열릴지도 모른다는 역설이 기막혔다.

그는 손을 들었다. "자본주의, 제국주의의 모순과 착취가 노동자와 농민의 빈곤을 가속화하는 원인이라고 생각합니다."

김구는 밝은 표정으로 고개를 끄덕였다. "그래, 지금 우리는 전 세계적으로 제국주의 세력의 침탈이라는 위기에 놓여 있다. 그렇다면 우리는 무엇을 해야 할까? 실천이지. 혁명을 위한 실천, 여러분이 지금 하는 공부와 훈련이 그 실천을 위한 준비 과정이다. 힘든 것 안다. 그러나 잘 이겨낼 것을 믿는다. 우리 민족의 희망이 오로지 귀관들에게 있다."

그러나 더 시급하고 중요한 것은 조국이 일제로부터 해방되는 것이었다. 어떤 이념이나 사상보다 더 중요한 것이 조국의 해방이라고 김구는 정부은을 위시한 간부학교 생도들에게 힘주어 말했다. 그 방편으로 그는 필요에 따라 국민당의 지원을 받거나 혹은 공산주의 세력과도 연합했다. 일경의 감시와 체포로부터 안전을 도모해야 했고, 거사에 필요한 자금 지원도 일정 부분 그들에 의존하지 않을 수 없었기 때문이다. 한편으로는 좌우 독립운동 조직의 통합도 모색했다. 어느 하나 쉬운 일이 없었다. 일제의 탄압은 거세지고 중국 내부는 혼란했다. 독립운동 조직 내부는 노선 투쟁과 파벌 싸움의 끝이 보이지 않았다.

그런 점에서 김원봉도 김구의 생각과 다르지 않았다. 김원봉은 사회주의자이면서 민족주의자였다. 그는 조선의 혁명은 노동자와 농민이 주축이 되는 프롤레타리아 혁명이어야 한다고 믿었다.

그러면서도 김원봉은 교육 훈련 중에 생도들에게 늘 강조했다.

"외교 관계에서 결코 친구는 없다. 서로의 필요에 따른 동맹만 있을 뿐이다. 우리는 중국의 힘을 빌려야 하지만, 그래서 저들과 함께하지만, 우리의 목표는 조국의 해방이라는 것을 절대 잊으면 안 된다."

김구는 나라를 빼앗기고 다시 찾기 위한 험난한 과정에서 숱한 희생을 치르고 분루를 삼키면서 임정을 이끌고 있었다. 1932년 봄 윤봉길 의거 발생 이후 김구와 대한민국 임시정부 요인들은 상하이 일본 경찰의 체포망을 벗어나기 위해 항저우, 자싱, 리양, 난징 등으로 피신해야만 했다. 그즈음 항저우 임시정부는 내부적 분열과 기능의 약화로 겨우 명맥을 유지하고 있었다. 이 시기 김구와 김원봉은 난징에서 장제스 국민당 정부의 지원 아래 군관학교를 직접 운영하거나 중국 군관학교에 한인 학생을 입학시킴으로써 청년 인재 양성에 주력하고 있었다.

김구는 그 어려운 시기에 간부학교 학생들을 위해 걸음했다. 김구는 심지어 안중근에게서도 좌파 세력을 멀리하라는 말을 들을 정도로 임정을 비롯한 독립운동 세력 내부에서 압력을 받았다. 그러나 그는 조국의 독립투쟁에 모두 힘을 합쳐야 한다는 소신을 굽히지 않았다. 의열단의 김원봉과도 좋은 관계를 유지하고 있었다. 더구나 김구나 김원봉에게 청년 생도들은 유일한 희망이었다.

간부학교 생도들의 숙소는 좁고 낡았으며, 식사는 거칠고 부실했다. 절에 남아 있는 낡은 건물을 직접 고쳐 숙소로 삼았다. 예전에 공동묘지였던 곳을 돌과 유골 등을 수습하여 훈련장 시설을 만들어 썼다. 많은 시간과 노력을 들여야 했다. 그래도 하루가 다르게 단련되고 성장해가는 자신의 모습에 그들은 스스로 대견해했다. 김구 주석의 예정에 없던 방문과 격려는 고된 훈련과 열악한 조건 속에서 지쳐 있던 생도들에게 크나큰 힘이 되어주었다.

그 시절 정부은은 고된 훈련 틈틈이 쉬는 시간이거나 일과가 모두 끝나고 숙소에서 쉬던 밤에 노래를 자주 불렀다. 어떤 때는 만돌린과 바이올린 연주를 선보였는데, 고단한 잠을 방해하지 않으려 소리를 죽였다. 그런 모습은 다른 동지들에게 깊은 인상을 남겼다. 그가 주로 불렀던 노래는 입에서 입으로 전승되어 온 우리 민요 〈아리랑〉과 미국 민요를 번안해서 불렀던 〈매기의 추억〉이었다. 〈아리랑〉 중에서는 그가 나고 자란 고향이 전라도인 까닭에, 어릴 때 흥얼거리며 따라 불렀던 〈진도아리랑〉을 불렀다.

서산에 지는 해는 지고 싶어 지느냐
날 두고 가신 임은 가고 싶어 가느냐
아리아리랑 스리스리랑 아라리가 났네
아리랑 응응응 아리라가 났네……

〈진도아리랑〉은 본래 남녀 사이의 애달픈 사랑과 쓰라린 이별을 노래하는 곡이다. 까닭에 노래를 혼자 부를 때에는 유장하고 슬픈 노래가 되어 신세타령과 같은 느낌이다. 그러나 여럿이 함께 부를 때에는 빠르고 흥겨운 노래로 즐거움과 함께 고된 일과에 지친 그들에게 일체감을 조성하는 매우 뛰어난 노래였다. 미국 민요 〈매기의 추억〉은 우리나라에서는 윤치호가 〈옛날의 금잔디〉로 번역 편곡해서 마치 우리 노래인 듯 친숙해진 노래였다.

옛날에 금잔디 동산에 매기 같이 앉아서 놀던 곳
물레방아 소리 들린다 매기 내 사랑하는 매기야……

그들은 정부은의 또렷한 발성과 풍부한 음색에 취해 지그시 눈을 감고 생각에 빠지거나 때로는 만돌린 연주에 맞추어 즐거운 마음으로 함께 노래를 불렀다. 비슷한 나이들이었고 목표가 다르지 않았으므로 그들은 급속하게 친밀한 사이가 되었다. 정부은 자신도 고향에 홀로 남은 어머니에 대한 그리움으로 자주 마음이 아팠다. 소리죽여 울음 우는 때도 있었다. 그는 겨우 스무 살의 앳된 청년이었다. 자신보다 먼저 중국에 온 누나 봉은의 소식을 들을 수 없는 것도 너무 안타까웠다. 자신을 포함한 일행을 중국으로 데려온 셋째 형 의은도 언제부터 눈앞에 보이지 않았다. 개인적으로는 가족이었으나 그 역시 의열단원으로 활동하고 있는 것을 알았기에 부은은 소식을 물을 수도 없었다. 누가 가르쳐주지 않아도 그쯤은 알 수 있었다. 정의은은 동생 부은을 중국으로 데려다 놓은 후 다시 국내로 잠입하다 체포되었다. 부은이 그것을 알 수는 없었다.

정부은은 그 무렵 간부학교 생도들을 위한 노래를 만들고 싶다는 생각에 빠진다. 〈아리랑〉과 〈매기의 추억〉을 부를 때는 마음이 가라앉는 느낌이 더 많았다. 동지들과의 결속을 다지고 저들의 불타는 열망을 표현할 수 있는 노래가 있었으면 좋겠다고 그는 생각했다. 늘 곁에 있던 동지이자 동갑내기 조카 정국훈이 우선 신흥중학교의 교가를 모방한 노래라도 만들어 불러보면 어떻겠는가 하고 물었다. 그래, 그래, 그게 좋겠다. 두 사람은 학교에 다닐 때 곧잘 불렀던 신흥중학교의 교가를 함께 불렀다. 무엇보다 후렴구가 마음에 들었다.

만세 만세 만만세 신흥학교 만만세
지인용을 삼덕으로 신흥할지니
학도들아 용감력을 분발하여서
한목소리 한 발자국 나아갑시다……

나중에 독립군가로 불렀던 〈용진가(勇進歌)〉와 그 가락과 내용이 비슷했다.

나가세 전쟁장으로 나가세 전쟁장으로
검수 도산 무릅쓰고 나아갈 때에
독립군아 용감력을 더욱 분발해
삼천만 번 죽더라도 나아갑시다……

4

1935년 3월 상하이

그는 '어머니', 라고 가만히 불렀다. "어머니. 저는 드디어 의열단 간부학교 과정을 무사히 잘 마쳤습니다."

훈련을 시작한 지 7개월이 되던 1934년 4월 20일 드디어 조선혁명군사정치간부학교 제2기 졸업식이 열렸다. 본래 6개월 과정이었으나 중간에 김구의 요청으로 15명이 중국 육군 군관학교 낙양분교에 마련된 한인 특별반(낙양군사학교)으로 배속되는 등의 사정이 있었기 때문이다.

부은은 지난 7개월이 꿈만 같았다. 어떻게 그 어렵고 고된 과정을 탈 없이 마쳤는지 스스로 대견했다. 어머니 모습이 떠올라 눈이 촉촉해졌다. 그는 고향에 계신 어머니에게 안부를 전하기 위해 편지를 쓴다. 그러나 우편으로는 편지를 부치지 못할 것을 안다. 촘촘한 감시망으로 국내외 항일 조직을 눈여겨보고 있을 일본 특무의 정보망에 스스로 먹이를 던져주는 것이기 때문이었다. 전주 신흥중학교에 다닐 때 음악반에서 얼굴을 맞대고 함께 노래 연습을 했던, 정미희(鄭美熙) 얼굴도 희미하게나마 눈앞에 어른거렸다. 중국으로 건너올 때 작별인사를 하지 못했다. 다 지난 일이라고 마음을 다독였다.

"어머니. 저는 드디어 의열단 간부학교 과정을 무사히 잘 마쳤습니다." 그렇게 써놓고 부은은 잠시 망설였다. 어머니는 기뻐하실 것인가. 음악 공부라면 또 모를까 의열단 군사학교를 졸업하고 나면 그다음 순서는 무엇인가. 자식들 모두를 조국의 해방을 위한 제단에 바치고 그것을 온전히 기뻐할 부모가 있을 것인가. 내가 부모라면 나는 그럴 수 있을 것인가. 자신이 없었다.

함께 훈련을 받던 간부학교 생도 중에 만주에서 온 동지 두 사람이 있었다. 김남일(金男日)과 조정식(趙貞植)이었는데, 그게 본명인지 아닌지는 몰랐고 아무래도 상관없었다. 부은도 목포항에서 헤이안마루를 타던 때는 유대진이라는 가명을 썼고, 간부학교 훈련을 받던 때는 다시 본명인 정부은이라는 이름을 사용했다. 둘 중 김남일은 입이 무거웠고 조정식은 부은을 비롯한 생도들과 이야기 나누는 것이 유일한 기쁨인 듯했다. 잠시 쉬는 틈이나 잠들기 전 시간에 조정식은 특히 만주에 대해서 많은 이야기를 해주었다. 나고 자란 고향이고 부모 형제 모두를 잃고 떠나온 곳이어서 더욱 잊지 못하는 듯싶었다. 생도들에게는 유익한 내용이어서 싫어하는 이가 아무도 없었다.

"그대들은 만주를 아는가?" 모두 고개를 저었다. 부은은 벌써 여러 번 이야기를 들어 알고 있는데도 가만 고개를 젓는 동지들 모습에 잠깐 웃음이 났다. 그러나 곧 조정식을 배려하고 있는 동지들의 마음을 알고 숙연해졌다.

"교관들이 만주에 대해 알려주지 않으니 오늘은 내가 직접 가르쳐주겠다. 만주는……."

조정식이 말문을 열자 정국훈이 웃음기 묻은 말투로 "만주는 한반도의 북쪽, 고비사막의 동쪽, 시베리아의 남쪽, 사할린섬의 서쪽에 있다"고 먼저 말했다. 아, 뭐야 넌. 다들 웃으며 국훈에게 야유를 보냈다. 하지 마? 조정식이 그만둘 시늉을 하자, 다들 아니야, 해, 어서 해봐, 하고 응원을 해서 그의 이야기는 계속되었다. 생도들은 정부은의 음악과 조정식의 이야기에 취해 고단한 훈련 틈틈이 여유를 가질 수 있었다. 김원봉은 가끔 멧돼지 고기를 구해와 젊은 생도들의 환호를 받았다. 술은 철저히 금지였으나 담배는 허락되었다. 김원봉 자신이 줄담배를 피우는 애연가였다.

한때 고구려 땅이었다가 청나라의 중심이었던 선양(瀋陽, 펑톈)과 먼 옛날 부여의 중심지였던 창춘(長春), 안중근이 1909년 10월 26일 이토 히로부미를 사살한 하얼빈(哈爾濱)과 과거 고구려의 비사성(卑沙城)이 있던 다롄(大連), 러시아 프리모리예 지방(연해주)의 중심인 블라디보스토크, 러시아 하바롭스크 지방의 중심 도시 하바롭스크가 모두 만주에 속한다.

만주 지역에는 오랜 옛날부터 고조선, 고구려, 말갈, 선비, 발해, 거란, 여진, 몽골, 만주족 등 여러 종족이 살았다. 만주에는 특히 한반도에서 이주해 온 조선인들이 많이 살고 있었다. 1626년 조선이 청과 체결한 강도회맹(江都會盟)으로부터 1905년 나라를 잃어버린 을사늑약 이전까지, 변방 정책의 개방적 전환과 조선 봉건정치의 혹정, 1860년대 조선 북부 지방을 휩쓴 홍수와 가뭄 등 자연재해 등이 겹쳐 이 시기에 조선인의 만주 이주가 급속도로 확대되었다.

어려움이 없었던 것은 아니다. 1677년 청나라가 백두산을 중심으로 압록강 연안과 두만강 북쪽에 걸친 1,000여 리 되는 지역에 봉금령(封禁令)을 선포하고 만주로의 이주를 금지하였고, 한때 이곳은 사람들이 거의 살지 않는 지역으로 변하였다. 조선에서도 1636년 병자호란 이후 청나라로의 월경을 금지하였다. 그러나 조금이라도 더 나은 생존 조건을 찾아 이동하는 것을 완전히 막을 도리는 없었다.

나중에 조선이 일제의 반식민지로 전락하게 되는 을사늑약 이후부터 1931년 만주사변 직전까지, 1907년 군대 해산, 1910년 한일 병탄, 1919년 3 · 1독립만세운동 등의 정치적 격변을 겪으면서 민족 구성의 절대다수인 농민들이 만주 지역으로 이동했다. 1929년 농업 공황과 1931년 만주사변 이후에도 일제의 괴뢰국가인 1932년 만주국 건립, 1937년 중일전쟁과 1941년 태평양전쟁 돌입 등으로 일제의 전시 체제가 굳어져가는 시기 조선 민중은 이른바 정책 이민, 그리고 개척 이민의 이름으로 대거 만주로 이동하게 된다. 1930년 만주 거주 조선인의 숫자는 60만 명이었지만, 1940년에는 145만 명 정도로 급속히 늘어나게 된다.

김남일과 조정식은 1860년대 조선 북부 지방을 휩쓴 홍수와 가뭄 등 자연재해가 겹친 시기에 만주로 이주했던 조선인 2세였다. 둘 다 만주가 고향이었다.

그 만주 일대에서 힘을 기른 조선의 독립군은 일본 제국군을 상대로 1920년 6월 만주 봉오동에서는 홍범도가, 같은 해 10월에는 김좌진과 홍범도의 부대가 간도에 출병한 일본군을 대파한 청산리 전투로 기세를 올렸다. 김남일과 조정식의 나이 열 살 때였다.

그러나 패전의 분풀이로 일본군은 조선인 마을마다 불을 지르고 살아 있는 이들은 어린이나 노인을 가리지 않고 칼로 목을 베는 학살을 자행했다. 젊은 여인은 윤간한 후 죽이고 그 머리를 나무 시렁에 주렁주렁 매달아놓았다. 나중에 상하이 임시정부에서 발표한 자료를 보면, 일본군에게 처참하게 죽임을 당한 만주 거주 조선인은 3,469명이다. 붙잡혀 끌려간 이가 170명, 능욕을 당한 여인이 71명, 불에 완전히 타버린 민가 3,209채, 학교 36곳, 교회당 39곳이 모두 잿더미가 되고 말았다. 5만 4,045석의 곡물도 모두 불에 탔다. 관동군이 만주 전역을 휩쓸던 1931년에 저들에 대항할 조선의 무장 세력은 만주에 없었다. 그때 조선인들은 유하현 삼원포 추가가를 중심한 동변도(東邊道) 일대에 많이 거주하고 있었는데, 김남일과 조정식의 부모와 형제 모두 관동군에게 참혹하게 살해된다.

3·1운동 이후 만주를 근거지로 항일 무장투쟁의 전진기지 역할을 했던 신흥무관학교는 1920년 가을에 폐교되었고, 김원봉이 지도하는 의열단은 1929년 해체되고 말았다.

1931년 9월 관동군은 음모와 책략에 더해 만주를 공격하고 마침내 점령한다. 만주에서의 소식을 접한 많은 이들이 절망했다. 일본제국의 힘은 더욱 강성해지고 우리의 독립은 점점 멀어지고 있다는 아득한 생각이 조선인들의 가슴을 짓눌렀다. 그러나 김원봉이 장제스 국민당의 지원을 받아 난징에서 간부학교를 운영하고 있다는 소식은 만주에도 은밀하게 전해졌다. 김남일과 조정식이 그 참화에서 살아남을 수 있었던 것은 우연이었으나 난징까지 의열단을 찾아온 것은 필연이었다. 그 둘은 이제 부모 형제의 참혹한 죽음을 갚기 위한 고단한 여정에 몸을 아끼지 않을 것이었다. 부은은 어머니에게 보낼 편지를 마저 쓴다.

> 그러하니 어머니. 제가 드디어 의열단 간부학교 과정을 무사히 잘 마쳤으나, 그러나 어머니. 저는 어머니께 돌아가지 못합니다. 어머니가 바라시던 음악 공부를 할 여건도 못 됩니다. 그건 어머니나 저도 익히 알고 있었지 않습니까. 저는 이제 곧 어딘가로, 적들을 가장 치명적으로 타격할 어딘가로 향하게 될 것입니다. 어쩌면 살아서는 어머니를 뵙지 못할 수도 있습니다. 그것 역시 제가 중국으로 떠나오던 때 어머니나 저나 짐작하고 있던 일 아닙니까. 그러하니 어머니. 부디 이 막

내의 불효를 용서하지 마세요. 한참 시간이 지나서, 아버지와 형들과 누나의 뒤를 따라 그분들에게 부끄럽지 않게 살다 갔다는 것만으로 다만 위안을 삼으소서, 어머니.

1934년 4월 20일 간부학교 제2기 졸업식이 열렸다. 이때 정부은은 의열단 간부학교에 남아 별도의 임무를 맡는다. 다른 졸업생들은 국내로 진입하여 특무공작을 수행하거나 다른 항일 세력과 통합하여 활동하는 임무가 주어진다. 정부은에게는 난징의 구러우(鼓樓) 전화국에 침투해서 상하이와 난징을 오가는 일인들의 전화 통화를 도청하는 임무가 맡겨진 것이다. 그는 내색하지 않았으나 깜짝 놀란다. 어머니에게 편지를 쓸 때의 비장함 대신 또 다른 긴장으로 그의 온몸에 전류가 흐르는 것을 그는 느낀다.

부은이 일어와 영어는 물론 이제 중국어까지 능숙하게 된 점이 김원봉의 눈에 들었던 까닭이었다. 무엇보다 난징에는 장제스를 수반으로 한 중국 국민당의 수뇌부가 자리하고 있었고, 일본 영사관이 있었다. 1919년 4월 11일에 결성한 대한민국 임시정부가 1932년 5월까지 상하이 프랑스 조계지에 있었다. 임정은 정부은 일행이 상해에 도착하기 1년 전인 1932년 5월 항저우(杭州)로 옮겨가야 했다. 북송의 고종은 금의 침입으로 당시 수도인 카이펑을 떠나 항저우로 피난을 오게 되었는데, 서계의 아름다움에 취해 이곳에 황궁을 건설하려 했다는 이야기가 전할 만큼 항저우는 빼어난 자연경관으로 둘러싸인 도시다. 마침 호수 시호(西湖)에는 500

여 그루의 모란 나무가 꽃을 피우는 화창한 봄날이었어도 임정 요인들은 아름다움을 느낄 여유가 없었다. 임정은 1932년 11월에서 1937년 11월까지는 다시 난징으로 피신했다. 난징은 1937년 일본 제국군의 침략으로 함락된 이후 6주간에 걸쳐 철저히 유린당하고 파괴되었다. 임정은 다시 충칭으로 옮겨가야 했다. 당시 난징은 상하이와 함께 국제적인 첩보 전쟁이 벌어지고 있는 중요한 장소이기도 했다.

전화국에 들어가기 전 일주일 동안 그는 난징의 역사와 함께 실무적으로는 전화교환수 훈련을 받았다. 난징은 유구한 역사를 지니고 있는 중국의 고도(古都) 중 하나다. 삼국시대 오의 손권에 의해 처음 도읍이 된 이후 줄곧 명나라의 고도였고, 청나라 말기 청에 반기를 들었던 태평천국의 수도였으며, 쑨원을 수반으로 한 중화민국 임시정부의 수도였다. 장제스 국민당 정부의 수도이기도 하다. 가명을 새로 지어야 해서 부은은 이때부터 율성(律成)이라는 이름을 사용했다. '음악으로 뜻을 이룬다'는 의미를 담았다. 그 뜻이란 아름다운 음악을 통해 항일 투쟁의 선봉에 선 동지들과 함께 조국의 해방을 이루겠다는 평소의 다짐일 것이었다.

전화교환수 훈련과 구러우 전화국 침투는 모두 장제스 국민당의 첩보와 특수공작부서 책임자인 캉저(康澤)의 지도와 주선으로 이루어졌다. 캉저는 정부은이 율성으로 바꾼 이름을 발음해본다. 정뤼청(鄭律成), 뤼청, 아, 이름이 매우 그럴듯하다, 고 매우 흡족해했다. 부은이 노래로써 다른 생도들의 마음을 사로잡고 때로 격정을 다스리는 모습을 인상 깊게 지켜보고 있던 의열단 단장 김원봉도 뜻이 매우 깊은 이름이라고 그를 격려한다. 이제 정부은은 잠시 사용하던 유대진이라는 가명을 버리고 정율성이라는 이름으로 새롭게 시작한다.

전화교환수는 모두 여자였다. 처음에 율성은 그것이 매우 어색하고 또 신경 쓰였다. 캉저는 율성의 의견이 합당하다고 여겨 곧 두 명의 중국인 남성을 전화교환수로 합류시킨다. 그들도 첩보부서의 요원일 것이었다.

캉저는 정율성에게 지시한다.

"첩보부서의 임무란 단 한 가지, 방해하고 교란하는 것이다. 보고 들은 모든 것을 김원봉 단장에게는 물론 나에게도 빠짐없이 보고해야 한다. 그런데 분석과 판단은 하지 말 것. 그것은 정보분석관들이 따로 한다."

율성은 이해했다. 의열단 간부학교가 중국 국민당의 지원을 받아 운영되고 있다는 것도 알았다. 공작원으로의 침투도 국민당의 영향력이 아니면 가능하지 않을 것이었다. 간부학교 입학식 때 고문 자격으로 참석했고, 이후 교육과정에서 쑨원의 삼민주의(三民主義)를 강의했던 강택이 강조하던 말도 공감했다. 그는 입학식 때, 조선의 독립을 위해서도 공고한 한중연합이 필요하다고 역설했다.

율성은, "그러니까 지금부터 나는 한중연합의 시금석인 게지",

하고 마음속으로 작게 웃었다.

캉저는 새로 숙소와 옷가지를 마련하고 생활에 필요한 물품을 구하는 데 쓰라고 지폐가 든 봉투를 건넸다. 율성은 자신이 의열단 간부학교 요원인지 장제스 국민당 첩보부서의 끄나풀인지 잠시 혼란스러웠다. 김원봉이 고개를 끄덕였다. 율성의 마음을 안다는 뜻인지, 봉투를 담아두라는 의미인지 흐릿했다.

구러우 전화국은 난징의 중심부에 있는 구러우구에 있고, 가까이에 대륙 중앙부를 횡단하는 양쯔강(揚子江)의 지류인 친화이강(秦淮河)이 흐르고 있다. 강으로 가는 길엔 프랑스 오동나무가 길 양쪽에 식재되어 여름엔 시원한 그늘을 만든다. 1930년대 난징 인구 절반이 서비스산업에 종사했다. 영화관과 당구장과 무도장 등 서구식 오락 공간이 여럿 있었고, 사람들은 난징의 전통적인 오락인 음주와 음차, 친화이강에서 놀잇배를 타는 것을 즐겼다. 전통적인 찻집과 술집이 대로와 작은 골목 곳곳에 있어 저녁 식사 후 늦게까지 술과 차를 즐기는 이들이 많았다.

율성은 호흡을 내쉬었다. 난징은 그의 투쟁이 본격적으로 시작되는 곳이라는 각오가 새로웠다. 율성은 간부학교 훈련장으로 쓰던 강녕진 증조사에서 전화국 근처 하숙집으로 거처를 옮겼다. 사찰은 난징에서 70리 정도 먼 곳에 있었고, 의열단 간부학교는 1934년 다시 난징 외곽의 부자묘 적선사라는 절로 옮겨가야 했기 때문이다.

처음의 걱정과는 달리 그렇게 위험하거나 중요한 일이라고 할 것은 없었다. 그는 난징과 상하이를 오가는 중요한 정보에 접근할 수 있는 위치가 아니었다. 또 그런 중요한 일들은 교환수의 전화 연결을 통해 이루어지는 것도 아니었다. 중요한 기관이나 조직끼리의 통화는 모스부호를 이용한 전신 전송처럼 암호화되어 오고 갔다. 정율성이 그것을 분석하고 판단하는 건 거의 불가능한 일이었다.

그래도 전화국 직원들과 점차 어울리게 되고 업무에 익숙해지면서 요동치고 있는 세계 정세에 대해 깊이 있게 이해할 수 있었다. 나아가 난징과 상하이를 무대로 활동하고 있던 주요 인물의 행적도 흐릿하게나마 파악할 수 있었다. 그것은 율성이 항일전선 전반에 대한 이해를 깊게 하는 데 큰 도움이 되었다. 그뿐 아니라 그의 음악적 성취를 위한 거름이 되어주었다. 투쟁이든 음악이든 인간에 대한 깊은 이해가 필수적이라는 의미에서 율성의 전화국 일은 의미 있었다.

율성은 한동안 평범한 직장인의 삶을 즐겼다. 그에게 주어진 사실상 처음이자 마지막인 생활인으로서의 시간이었다. 난징에는 1천여 군데가 넘는 음식점, 그리고 300여 곳의 찻집이 있었다. 그도 중국의 젊은이들처럼 주말이면 친화이강에서 뱃놀이를 즐겼고, 여러 찻집을 순례하면서 난징의 시간을 즐겼다. 난징에서 찻집은 사람들의 우연한 만남이 이루어지는 곳이며, 각종 소문이 생산되고 유포되는 곳이었다. 도시 곳곳에서 항일 구호를 외치는 젊은이들의 행진이 있었고 더불어 환락과 쾌락의 이미지로 소비되는 자유로운 도시였다. 그는 전화국 밖에서의 놀이와 만남 자체도 자신의 일이라고 생각했다. 그는 자칫 행복할 뻔했다. 음력 7월 7일이 그의 생일이어서 비슷한 나이의 직원들 여럿과 조촐한 생일 파티를 하기도 했다. 평소 율성에게 호감을 보이던 전화교환수 소조 책임자 진숙화(眞淑花) 주임의 주선으로 그녀의 집에서 파티가 열렸다.

율성은 리진후이(黎錦暉)가 작곡한 음악 중에서 〈이슬비(毛毛雨)〉를 만돌린으로 연주해서 참석한 이들에게 놀라움을 안겨주었다. 모두 큰 박수와 함께 요란하게 정뤼칭, 뤼칭을 연호했다. 리진후이는 1930년대 중국 대중음악계의 대스타였다. 중국 대중음악은 1927년에 리진후이가 작곡하고, 그의 딸인 리밍후이(黎明暉)가 부른 〈이슬비〉의 발표와 더불어 시작했다. 1930년대 중국은 유성영화의 시대였다. 유성기의 보급으로 인한 음반 산업, 댄스홀과 커피하우스 등 음악을 즐길 수 있는 공공장소, 라디오 방송, 인기곡과 인기가수에 대한 정보를 전달해주는 신문과 잡지를 포함한 출판산업 등이 이 시기에 성장하면서 이러한 도시문화에 걸맞는 콘텐츠로서 대중음악 역시 성장의 길을 걷게 된 것이다. 그리고 이 시기 중국 대중음악의 성장에 큰 영향을 미친 요소로써 빼놓지 않고 언급되는 것이 곧 영화산업, 특히 유성영화의 발달이다. 40년대 중국 대중음악 노래 중에 상당수는 영화의 삽입곡이거나 주제가이며, 저우쉬안(周璇), 바이홍(白虹), 왕런메이(王人美), 리샹란(李香蘭) 등 당시를 대표하던 여가수들은 대부분 가장 인기 있던 영화

배우이기도 하였다. 이들은 연기력뿐만 아니라 정확한 표준어 발성, 빼어난 노래 실력을 바탕으로 자신이 출연한 영화의 주제가나 삽입곡을 직접 불러 음반으로 취입하였고, 이 음반들은 음반상을 통해 판매되거나 라디오 방송을 통해 송출되는 등의 방식을 통해 대중들에게 향유되었다.

율성은 그의 음악적 재능과 스파이 활동이라는 업무의 경계를 넘나들며 상하이와 난징을 중심으로 전개되는 중국 현대 대중문화의 흐름을 면밀하게 포착하고 있었다.

그날 율성의 연주는 전화국에 근무하는 사람들 사이에서 오랫동안 화제가 되었다. 진숙화는 율성에게 평소보다 더 친밀하게 굴었으나, 그녀가 혹시 밀정일 수도 있다는 지나친 염려로 율성은 그녀에게 거리를 두었다. 누구도 믿거나 마음을 열어서는 안 되었다.

그가 중국에서 의열단원으로 지내던 1930년대는 그런 시기였다. 조선과 중국은 물론 세계가 대격변의 시기였다. 항일전선은 눈에 보이는 전쟁과 보이지 않는 첩보전, 그리고 단결을 방해하고 뒤흔들어 혼란하게 만드는 공작으로 숨 가쁘게 진행되고 있었다.

의열단만 하더라도 어려운 시기를 보내고 있었다. 의열단은 1919년 11월, 김원봉과 윤세주 등 13인이 만주 지린성(吉林省)에서 조직한 항일 무장투쟁단체였다. 신흥무관학교 출신이 중심이었다. 율성은 그들의 활약에 대해 익히 알고 있었다. 특히 김시현의 거사를 보도한 『동아일보』는 1면에 '조선독립 운동의 맹렬한 불꽃'이라고 제목을 달아 크게 보도했다. 신흥중학교에서 공부할 때 선생님들에게 들어 알았다. 어느 선생님은 그것이 자신이 행한 거사인 듯 감격스러워했다. 그리고 종종 물었다.

"의열단이야말로 가장 올바른 방식으로 투쟁하는 유일한 조직이다. 너희들은 장차 의열단원이 될 결심이 섰는가?"

아이들은 하나가 된 듯 네, 라고 외쳤으나 묻지 못한 의문은 남았다. 그렇다면 선생님들은 왜 의열단원이 아닌가. 아니, 의열단은 비밀결사이니 선생님들도 의열단원인가. 율성은 가끔 그 시절이 그립다. 집을 떠나 기숙사에 지내면서 공부하느라 부족함이 많았으나 조카 국훈과 같은 방을 쓰면서 서로 의지하는 게 힘이 되었다. 노래 연습을 함께 하던 정미희는 이제 어엿한 숙녀가 되어 있을 것이다. 돌아보면 그 시절의 아이들 모두가 의열단원이 되고자 하지는 않았다. 어떤 아이는 "나는 테러리스트는 싫어"라고 말했고, "맞아, 어떤 경우에도 폭력은 옳지 않아. 그것은 하나님의 가르침에도 어긋나"라고 맞장구를 치는 아이도 있었다.

'조선독립 운동의 맹렬한 불꽃' 김시현은 메이지대학 법학부를 졸업한 직후 3·1운동에 참여했다가 상주 헌병대에 구금된다. 이후 만주로 망명해서 의열단원이 된다. 김원봉이 외국인 의열단원인 헝가리인 폭탄 기술자 마자르와 함께 고성능 폭탄 제조 작업을 완성하고, 김시현은 동지들과 함께 행동에 나섰다. 1920년 김익상의 조선총독부 폭탄투척 거사와 1922년 김익상의 일본 육군 대장 다나카 거사, 1924년 김지섭의 도쿄 황궁 폭파 거사 등의 배후로 알려져 있다. 여섯 차례나 체포되어 해방되기까지 모두 18년 7개월 동안 감옥살이를 했다.

의열단의 활약은 일제 당국을 당황하게 하고 조선인들의 마음을 통쾌하게 했다. 그러나 투쟁에 따른 피해가 너무 큰 데다 공산당 연합조직인 청년동맹회 등으로부터는 테러리스트라는 비판에 직면한다. 의열단도 청년동맹회의 주요 인물인 현정건을 비판하면서 의열단의 유일한 여성 단원이었던 현계옥이 이탈하는 등 내부의 노선 투쟁과 균열이 일어난다. 더해서 일본 특무의 포위망이 좁혀오는 등 위기에 처하게 된다. 긴장이 높아지면 실수도 늘어난다. 의열단원 박인식 등이 1928년 10월, 베이징에서 박용만을 암살하는 일이 일어난다.

박용만은 1914년 이미 5천여 명의 한인들이 거주하던 하와이로 건너가 대한인 국민회의 결성에 주도적인 역할을 하였고, 1919년 상해 임시정부의 외무 부총장에 선임되어 주로 중국에서 독립군 단체들의 통합을 위해 노력하였던 독립지사였다. 그는 미국에서는 이승만과 상해에서는 임정과 불화한다. 그가 밀정이었다는 증거는 없었으나 의열단은 그렇게 주장했다. 이는 해외에서 독립운동을 하던 여러 조직과 인사들 사이의 난맥상을 드러낸 사건으로, 의열단의 입지가 축소된 계기가 되었다. 의열단은 결국 1929년 12월, 스스로 해산을 선언한다.

이제 난징에는 김원봉을 위시한 소수의 단원이 국민당 정부의 지원 아래 비밀결사를 꾸려가고 있었다. 1932년 의열단은 국민당의 도움을 받아 조선혁명군사정치간부학교를 세우고 1기생 26명을 졸업시킨다. 그러나 신채호가 쓴 의열단 선언문에서처럼, 민중 속에 가서 민중과 손을 잡고 끊임없는 폭력, 암살과 파괴와 폭동으로써 강도 일본의 통치를 파괴하는 사업을 계속하기 위해서는 더 많은 자원이 필요했다. 더구나 자신의 몸을 초개와 같이 던져 무장투쟁에 헌신할 조선인 청년들을 중국에서 모집하기란 매우 어려운 일이었다. 율성의 셋째 형 의은이 위험을 무릅쓰고 국내로 들어와 율성과 같은 청년들을 중국으로 데려온 까닭이었다.

율성이 보낸 그 시간이 언제나, 모두 평안하지는 않았다. 1932년 4월 29일 상하이 훙커우 공원에서 윤봉길은 시라카와 요시노리를 비롯한 일본군 고관들을 처단하는 데 성공한다. 장제스가 "중국의 백만대군이 하지 못한 일을 한국의 한 용사가 능히 하였으니 장하도다"라고 크게 칭송했다. 이후 임정과 의열단 등에 대한 적극적인 후원이 시작된다. 그러나 장제스의 국민당 정부는 끝까지 한국의 임시정부를 승인하지 않았다. 표면적으로 내세운 이유는 중국 내 한국 독립운동 단체의 분열과 대립을 들었다. 여러 단체에 대한 형평성의 문제를 언급하기도 한다. 내밀하게는 점증하는 소련의 위협과 향후 한반도에 대한 중국의 지배권 확보를 염두에 둔 전략이었다. 미국도 마찬가지였다. 미국 내 한인 독립운동 단체 어느 곳도 한인을 공식적으로 대표하는 기구로 인정하지 않았다.

율성은 이제 많은 것을 배우고 익히고 알게 되었다. 그것이 오히려 괴로울 때가 있었다. 일주일에 두 차례 김원봉에게 들러 듣고 본 것을 보고할 때, 언젠가 김원봉이 지나가듯 한마디 했다.

"생각이 많으면 항일전선의 최일선에 서기 어렵다. 생각이 많으면 목표를 정확하게 타격하기 어렵다. 생각이 많으면 실패도 많아진다. 내가 자네에게 다른 임무를 주지 않은 까닭은 군사훈련 중에 흔들리는 눈빛을 몇 번 보았기 때문이다."

그랬던가. 실탄 사격훈련에서는 늘 좋은 점수가 나왔는데. 그랬구나. 율성은 총에 착검한 채 적을 찌르는 창검술 훈련을 할 때 몇 번 망설였던 기억이 났다. 김원봉은 지나가는 투로 말했지만, 율성은 서늘한 느낌이었다. 필요한 일이었으나 터트리고 쏘고 찔러 사람의 목숨을 끊어야 하는 일에서 즐거움을 느낀다면 그 또한 비극일 것이었다. 졸업식 후 어디론가 임무를 수행하러 떠난 조카 정국훈도 그런 속내를 드러낸 적이 있다.

"일정한 거리를 두고 실탄을 발사하는 훈련을 할 때는 그래도 좀 나은데요. 가까이서 착검한 총을 휘둘러 상대의 심장 깊숙이 찔러 넣을 때 사실 마음이 편하지는 않아요. 그게 훈련이긴 하지만……."

"그렇게 하지 않으면 내가 먼저 죽게 되잖아." 율성은 국훈이 더 단단해지지 않으면 임무를 수행하는 과정에서 곤란을 겪을 수도 있겠다는 염려가 컸다. 어쩌면 나와 생각이 그렇게 비슷할까 싶어 한편으론 흐뭇하면서도 그것을 내색할 수가 없었다. 자주는 아니었으나 율성은 만주 출신의 동료생도 김남일과 조정식에게 만주에서의 일을 묻고 이야기 들을 기회를 만들곤 했다. 적개심만이 불필요한 연민을 억누를 수 있다고 생각했기 때문이다. 김원봉도 대륙의 정세에 대한 교육시간에 만주에서의 피눈물에 대해 특강을 하기도 했다.

만주는 손쉽게 관동군의 손아귀에 장악되고 만다. 만주를 넘어 대륙 전체를 지배하고자 하는 열망은 일본 군부의 오랜 염원이었다. 20세기에 접어들면서 하얼빈을 중심으로 한 만주 북부 지역은 러시아 제국이 영향력을 행사하고 있었으나 만주 남부 지역은 남만주철도주식회사(약칭 만철[滿鐵])로 대표되는 일본 자본의 경제적 식민지가 되었다. 1920년대 이후 일본 정당정치에서 정우회 내각은 미쓰이 내각, 민정당 내각은 미쓰비시 내각으로 불릴 만큼 정당 정치세력과 재벌은 밀착되어 있었다.

만철은 영국이 인도에 설립한 동인도회사와 조선에 만든 동양척식주식회사를 뛰어넘는, 일본제국의 세력권을 지배하는 중추적인 지배 기구였다. 만철은 철도를 기반으로 광산, 항만, 정유, 유통, 제조, 출판, 교육, 의료 등 다양한 분야로 뻗어 나가 만주국의 경제를 장악했다. 1920년대에는 일본 정부 1년 세입의 4분의 1에 달하는 막대한 연간 수익을 기록하였을 정도로 규모가 거대화되었다. 만철에 근무하는 일본인들은 2만 명이 넘었는데, 이들은 중국인 하인을 고용하는 등 귀족과 같은 삶을 누렸다. 대부분 경성제국대학을 졸업한 엘리트들로 이루어진 만철의 직원 가운데 조선인 근무자는 극히 드물었다.

1931년 9월 18일 오후 10시경 펑톈(奉天) 북쪽 류타오후(柳條溝)에서 만주 철도의 선로가 누군가에 의해 폭파되었다. 일본 관동군 작전참모 이시와라 간지(石原莞爾)를 비롯한 장교들의 치밀한 계획에 따른 자작극이었다. 석 달 전인 1931년 6월 27일에는 관동군 소속 첩자였던 나카무라 신타로(中村震太郎) 대위가 농업기사로 위장하고 다싱안링(大興安嶺) 일대에서 임무를 수행하다가 펑톈 군벌에 억류되어 살해당했다. 1931년 7월 1일에는 지린성에서 만보산 사건이 일어나고, 다음 날인 1931년 7월 2일 조선일보에서 무려 200명의 재중 한인교포가 살해당했다는 오보를 낸다. 그 여파로 조선에서는 1927년에 이어 화교 배척 폭동이 발생한다. 일련의 과정에서 기회를 노리던 관동군은 중국군에 대하여 즉시 군사행동을 개시한다. 19일 새벽에 시작한 전투는 다음 해인 1932년 2월 5일 마침내 하얼빈을 점령함으로써 만주의 대부분 지역을 장악한다.

관동군의 만주 침략은 일본 정부의 통제를 벗어난 독단적 행동이었다. 그렇지만 1931년 4월 조각된 와카쓰키 레이지로(若槻禮次郎) 입헌민정당 내각은 전혀 이를 통제할 수 없었다. 육군 수뇌부는 관동군의 행동을 사실상 묵인했다. 추밀원과 귀족원, 정우회 등의 보수 세력들은 관동군의 행동을 적극 지지하였다. 만주 침략에 큰 이해가 있는 재계도 적극 지지하였다. 만주 침략을 계기로 표면화된 일본 보수 강경 세력의 공세에 대중적 지지 기반이 취약한 민정당 내각은 무력할 수밖에 없었다. 일본은 급격하게 군국주의의 길로 나아간다.

1931년 9월 만주를 점령하고 청나라의 마지막 황제인 푸이를 옹립하여 괴뢰국인 만주국을 건국함으로써 일본제국은 대륙 점령의 기초를 확실하게 다지게 된다. 만주사변과 만주국 건국은 다른 한 부류의 조선인들에게 만주를 기회의 땅으로 여기게 되는 기이한 풍경을 만들게 한다. 그것은 1930년대 조선 땅에 금광 개발 붐이라는 기이한 풍경을 연출한 것과 유사한 것이었다. 잃어버린 나라를 되찾겠다는 열망이 제국의 거대한 힘에 압도당한, 혹은 처음부터 그러한 마음조차 갖지 않았던, 제국주의를 모방하고 선망했던 이들이 갖게 된 일종의 도착증과 같았다.

김원봉은 말을 멈추고 짧게 탄식을 했다. 그는 생도들에게 물었다. "일본제국의 식민 지배 상황이 길어질수록 제국의 체제는 더욱 단단해질 것이다. 독립은 가망 없는 일이라는 패배 의식이 결핵균처럼 퍼질 것이다. 우리가 적들의 심장부를 계속해서 타격하고 침략의 원흉과 민족의 배신자들을 처단하는 일이 중요한 까닭이 무엇인가?"

"조국의 독립을 위한 거사가 계속되고 있다는 것. 누군가는 목숨을 내걸고 싸우고 있다는 것. 그러하니 지치거나 포기하지 말

것. 그런 신호를 끊임없이 보내는 거죠. 적들에게는 우리가 노예 상태를 결단코 수락하지 않았다는 것을 보여주는 것이고요." 연약한 심성을 지닌 정국훈의 흐트러짐 없는 답변은 율성에게도 김원봉에게도 크나큰 안심과 감동을 주었다. 국훈은 지금은 어디에 가 있을까. 목적지와 맡겨진 임무는 단장인 김원봉 외는 기밀이어서 아무리 조카라 해도 묻지 못했다. 그것이 서로를 위하고 조직을 보전하는 길이기도 했다.

전화국에서 일하던 때, 1930년대 난징에 거주하던 이들의 일상을 좀 더 많이 알게 된 것은 율성에게 과외의 소득이라 할 수 있었다. 1927년 봄 난징 국민정부가 수립된 이래 난징의 인구는 꾸준히 증가하고 있었다. 1930년대에 오면 어림잡아 100만 명을 상회했다. 1937년 말 난징에 일본군이 무차별 폭격을 가하고 점령을 개시하기 전 장제스 국민정부 시기 난징은 항일의 분위기가 강하여 일본인이 거주하기에 상당히 불편한 도시였다. 당시 난징의 일본인 수는 150여 명 정도로 대부분 관원이나 회사원이었고 소수 영세업자가 외곽 샤관(下關) 쪽에 거주하였다. 조선인들은 대략 300명 수준이었다. 그중에서 전당포를 열어 중국인들을 상대로 고리의 이율로 소득을 올리는 이들과 일제의 밀정 노릇을 하는 조선인들도 꽤 있었다.

그 무렵 난징 시민들의 심각한 아편 중독 현상이 문제였다. 난징 지역으로 유입되는 아편은 중국 동북 지역이나 신장(新疆) 지역에서 상하이를 거쳐 들어온 것이거나 상하이 일본인 회사의 수입품이었고, 장쑤와 안후이의 일본군 점령지에서 재배된 상품이 들어오기도 하였다. 그 모든 일에는 당시 난징 국민정부 혹은 일본 특무기관과 일본 회사가 개입하고 있다는 것을 알게 되었다. 사실 아편은 난징뿐 아니라 19세기부터 중국 사회를 읽는 핵심 용어라는 것을 율성은 그때 알게 되었다. 당나라 때부터 재배되었던 아편은 꽃의 아름다움 탓에 양귀비라 불렸으며 처음에는 병을 치료하기 위한 약재로 사용되었다.

전화국에 근무하는 중국 젊은이들은 일과를 마치고 골목길 곳곳에 있는 음식점에 들러 식사에 곁들인 술을 마시며 쉬지 않고 이야기를 나누었다. 그럴 때 아편은 밥을 먹고 차를 마시는 일처럼 소소한 일과의 하나인 듯 보였다. 율성도 동료가 권하는 아편을 매번 거절하지는 못했다. 그것은 냄새가 향기롭고 맛이 맑고 달아서 중독성이 있었다. 놀라운 일이었다. 특히 기분이 울적하고 가슴이 답답할 때 서로 마주 보고 돌아가면서 그것을 흡입할 때면 처음에는 정신이 오히려 맑아지고 머리와 눈이 깨끗해지는 경험이 신비로웠다. 몇 모금 더 마시다 보면 갑자기 가슴이 확 열리면서 쾌감이 두 배 세 배로 늘어나는 듯했다. 주고받는 전화 속에서 아편을 구하고 그것을 나누어 피우기 위해 약속을 잡는 경우가 일상적인 대화로 자리 잡는 것을 보고 율성은 무척 걱정되었다. 아편으로 인해 중국은 크나큰 곤경에 처한 역사가 있지 않은가. 아편은 서구 기독교 세력의 중국 진출과 서양음악의 전파와 무관하지 않다.

율성이 태어나 자라고 청소년기를 보낸 곳은 광주 양림동이었다. 서구 기독교 세력이 가장 먼저 자리 잡은 동네였다. 교회가 문을 열고 교회에서 학교와 병원을 세워 교육과 진료를 시작했다. 율성의 아버지도 교회 건축을 위해 적지 않은 헌금을 바쳤으며, 큰아버지는 나중에 목사가 되어 여러 사회운동을 했다. 무엇보다 율성이 음악을 최초로 접한 곳이 교회였다. 피아노 건반 소리를 듣고 있으면 그 청아한 소리가 가슴속에 가득 차 그를 전율케 했다. 그래서 율성은 기독교에 대해 아무런 반감을 갖지 않았다. 그런데 난징에 와서 그는 생각이 조금씩 변하는 것을 자각하고 있었다. 중국에서 특히 아편과 기독교회와 서양음악이 서로 연결되어 있다는 것을 차차 깨닫게 되었다. 1840년 아편전쟁 이후 청나라 정부에서 어쩔 수 없이 '금교령(禁教令)'을 해제하게 되었고 국가 권력기관의 통제 기능도 잃게 되자 중국은 각국 기독교인들의 최전방 포교 대상지가 되었고, 중국 역사에서 네 번째로 큰 대규모의 기독교 전파가 이루어졌다. 20세기 초까지 기독교는 중국에서 이미 매우 광범위한 포교가 이루어지고 있었고, 기독교 음악도 교리 전파, 집단 통제의 효과적인 수단이 되어 확산하고 있었다. 중국음악이 '신음악(新音樂)'으로 넘어가던 시기, 기독교 음악은 중국 근대 음악의 형성과 발전에 매우 큰 영향을 주었다. 그러나 이 시기의 기독교 전파는 제국주의 세력 확장의 수단으로 기능할 수밖에 없었다.

율성은 그런 사실을 깨닫게 되면서 얼마간의 혼란을 느꼈다. 율성은 서구의 근대 음악 이론에 목말랐고, 그가 만들고자 하는 음악도 최소한 음악 형식은 결국 서구의 근대 음악이었다. 율성이 아끼는 악기 역시 만돌린과 바이올린이었다. 경극이나 지방 민가의 합주용으로 많이 쓰였던 중국의 대표적인 찰현악기 얼후(二胡)는 난징에 와서야 처음 보았다. 두 개의 줄이란 의미를 갖고 있는 얼후는 율성이 듣기에 바이올린에 비하여 상대적으로 좁은 중저역대의 주파수 대역을 갖고 있는 악기였다. 물론 악기의 우열이 아니라 조선에서나 중국에서나 음악의 경우에도 동양은 계몽의 대상으로 여겨졌고, 율성은 서구의 근대 음악을 보편적 음악으로 별다른 비판 없이 받아들였던 것이다.

그의 고향에서 기독교 선교사들은 어떠했던가. 가끔 기억을 더듬어보곤 했다. 그가 열렬한 기독교 신자가 되지 못했던 것은, 어쩌면 기독교회가 조국의 해방과는 무관한 내용을 사람들에게 전하고 있었기 때문이라는 자각 때문이었다. 그는 점차 그렇게 확신했다. 제국, 식민지화, 문화적 침략 등의 목록은 기독교 음악과 중국 근대 음악의 관계에서 피할 수 없는 주제임이 분명했다. 고향의 기독교회에서는 일본 제국주의자들에게서 어떻게 해방될 수 있을 것인가를 말하지 않았다. 지금의 고난은 하나님이 예비하신 것이라고, 그러므로 하나님을 전적으로 믿고 그의 가르침을 따르는 것이 가장 중요하다는 것, 그게 전부였다. 전화국에서 일하고 동료 젊은이들과 어울리면서 율성이 보고 배우고 느낀 것이 그러했다.

그러나 듣고 본 모든 것을 상세하게 보고하라는 국민당의 첩보와 특수공작 부서 책임자 캉저의 말을 율성은 자주 어겼다. 보고 들어 알게 된 것 모두를 그대로 보고한다는 것은 스스로 위험에 빠지는 일이기도 하다는 것을 율성은 알았다. 중국인 남자 교환수가 보고하러 들어오라는 캉저의 지시를 전달할 때가 있었다.

율성은, "네가 아는 것이, 내가 아는 것의 전부다"라고 대꾸한다. 그는 처음에 그 뜻을 몰라 멀뚱히 쳐다보다가 깊은 신음을 뱉는다. "정뤼청, 그러다 위험해져. 한번 신뢰를 잃거나 의심받기 시작하면 회복이 어렵다."

이제 정율성은 의열단 단장인 김원봉에게만 보고하고 의논하고 질문하는 일이 잦아졌다. 국민당 정부의 비밀공작 부서인 남의사(藍衣社)는 난징에 남아 암약하고 있을 공산당 요인을 색출하려고 일본 특무부대 못지않게 신경을 곤두세우고 있었다. 자칫하면 신변이 위태로울 수도 있다고 율성은 직감했다. 최소한 국민당 인사들과의 접촉에서는 알아도 모른 체하고, 질문은 입 밖으로 내지 않아야 한다고 그는 자주 다짐한다.

중국인이든 조선인이든 목숨을 내놓고 일본제국의 침략에 항거하던 이들도 적지 않았으나 주어진 상황을 수락하면서 시류에 삶을 의탁하거나 무력하게 소비하는 이들도 많았다. 사정이 없지는 않겠으나 제국의 밀정이 되어 조국을 배신하는 이도 적지 않았다. 조선은 중국인으로 여기고 중국은 조선인으로 여겨서 어느 곳에서나 배척당하는 중국 내 조선인 독립지사들도 적지 않았다. 정율성은 그것이 세상이라거나 혹은 삶이라거나 하는 허무주의에 빠져들지는 않았으나, 세상이란 그리고 삶이란 단순하지 않다는 것을 새삼스럽게 깨닫게 되었다.

만주사변 전후에 일어난 여러 일을 알게 되면서 율성은 전화국에서 더 머무는 것이 위험할 수도 있다는 생각을 자주 하게 된다. 그러나 김원봉은 3기 군사학교 훈련 과정에 집중하고 있었다. 훈련 장소를 옮겨 다녀야 했고, 신변 안전을 신경 쓰느라 얼굴은 수척해지고 여유가 보이지 않았다. 다른 동지들은 사지에서 임무를 수행하다가 잡혀서 모진 고문을 당하거나 목숨을 잃기도 할 것이었다.

율성은 어느 틈에 안일해진 자신이 마땅치 않았다. 누구 한 사람, 마음속에 있는 말을 터놓고 나눌 수 있는 이가 없어서 그즈음의 율성은 어머니에게 그리고 신흥중학교 때 여학생 정미희에게 부치지 못할 편지를 자주 썼다. 남는 시간에는 라디오에서 흘러나오는 음악을 듣고 그것을 악보 위에 옮겨 적었다. 악보를 보고 바이올린을 소리 죽여 연주했다. 그래도 채워지지 않는 불안과 답답함이 자주 그를 괴롭혔다. 언제까지 전화국 교환수로 위장해서 그다지 의미 있어 보이지 않는 일을 계속해야 하는지, 그것을 누구에게 물어야 하는지 병이 생길 지경이었다.

만주사변의 성공적 마무리로 일본 사회 역시 크게 흥분한다. 만주는 만년설을 품고 있는 에베레스트산처럼 많은 이들에게 정복

과 개척의 이미지로 다가왔다. 만주국 건국으로 식민도시 부산 또한 대단한 흥분 상태에 있었다. 1934년 말 신설된 부산–펑톈 간의 급행열차 이름도 노조미(望み, 희망)였다. 이제 조선과 만주는 1931년 이후 급속도로 가까워진다. 조선의 언론에는 만주에 관한 크고 작은 소식이, 어떤 경우 만주국에서 보도 통제된 것까지 실렸다. 만주는 국토의 한 부분인 양 일상의 관심사가 되었다. 많은 조선 지식인들이 만주를 방문했다.

오래전부터 살았던 만주족과 한인(漢族)들에게 급속하게 세를 불려가는 조선인들은 경계의 대상이었다. 조선인들이 많이 거주하고 있던 지린성 당국은 벼농사에 종사하는 자는 중국인에 한하고, 그 외 조선인을 비롯한 외국인은 허가를 받아야 한다고 제한을 두고 있었다. 그러나 중국인 지주 중에 당국의 허가를 받지 않고 조선인과 소작 계약을 맺는 자들이 더러 있었다.

그중에 중국인 학영덕이 일본 영사의 묵인 아래 수전 경작 알선회사인 장롱도전공사(長農稻田公司)를 설립하고, 지주 12명과 소작 계약을, 조선인들과는 그 논에 대한 임대 이전 계약을 맺었다. 창춘의 일본 영사 다시로 시게나루(田代重德)가 그것을 묵인한 까닭에는 감추어둔 속셈이 있었다. 일이 잘 되면 빈곤을 면치 못하고 있는 조선인 소작 농민에게 일정한 도움이 될 것이고, 그 공이 일본에 있음을 조선인들이 깨닫게 되는 효과가 있을 것이라는 말은 듣기 그럴듯한 허언이었다. 그보다는 항일 무장투쟁을 막기 위하여 북만에 안전한 농촌을 만들 필요성과 절박함이 있었다. 궁극적으로는 중국인과 조선인들의 갈등을 심화하여 저들이 공동으로 제국에 대항하는 것을 무력화하려는 것이었다.

예상대로, 1931년 5월 25일 창춘 공안국 순경은 수로 공사를 지휘하던 한인 감독 1명을 체포하고 한인 2명을 구타한다. 7월 1일에는 중국 농민 400여 명이 삽을 들고 수로공사를 하고 있던 지린성 만보산(萬寶山)으로 집결해서 수로와 물막이 시설을 닥치는 대로 파괴했다. 중국과 일본 경찰이 대치하는 가운데 일본 영사와 창춘 공안국이 협상했다. 조선인들의 거주를 허용하지 않겠다는 의지를 가진 중국 당국과 사태를 악화하여 만주 침략 기회로 삼고자 하는 일본은 상대의 의중을 서로 꿰뚫은 탓에 중국인이나 조선인 한 명의 사상자도 발생하지 않고 사태를 마무리했다.

문제는 그다음 날인 1931년 7월 2일 서울의 『조선일보』에서 무려 200명의 재중 한인 교포가 살해당했다는 오보를 낸 것이었다. 거짓 정보를 흘린 공작은 관동군 작전참모 이시와라 간지와 만철 경제조사부 이시카와 데쓰오의 합작품이었다. 만철은 기본적으로 철도회사지만 만주 지역을 넘어 대륙과 소비에트의 정보까지 수집해서 각종 보고서를 생산하는 경제조사부를 두고 관동군 사령부와 협력 체계를 구축하고 있던, 때로는 관동군 사령부를 넘어서는 특별한 정보기관이었다. 조선에서는 공작과 오보의 여파로 7월 4일 평양과 인천 등지에서 100명이 넘는 화교가 참혹하게 학살당하는 사건이 일어났다.

일제강점기 동안 조선과 만주 곳곳에서 중국인들을 향한 조선인들의 테러와 잔혹 행위가 끊이지 않았고, 중국인들은 일본인들 못지않게 조선인을 경계하고 증오했다. 일본은 조선을 식민 지배하는 동안 조선인을 가혹하게 통제하면서도 중국과의 관계에서는 보호자를 자처했다. 조선은 일본 제국주의자들의 침략으로 나라를 잃었고 중국은 말할 수 없는 고통을 받는 처지여서 제국과 싸웠던 두 나라 사람들에게는 일정한 동지애가 있을 수 있었다. 그러나 항일운동 과정에서 두 나라의 동지들에게는 메울 수 없는 빈틈이 있었다.

의열단은 김구의 임정보다 이른 1928년부터 난징에서 장제스의 국민당 정부와 접촉을 시도한다. 다양한 접촉과 제안이 오가는 중에 한중연합을 통한 군사적 단결과 국민당 정부의 재정적 지원을 촉구한 결과 3년간 난징에서 군사학교를 운영하여 정율성 등을 위시한 125명의 조선인 청년 투사를 양성하게 된다. 그것 역시 윤봉길 의거가 촉매제가 되었다. 그러나 장제스의 국민당 정부에서, 천궈푸(陳果夫)와 천리푸(陳立夫)의 중앙당 조직부는 김구의 임정 세력을, 남의사(藍衣社)의 텅제(藤杰)와 간궈신(干國勳)은 김원봉의 의열단을 지원하고 있었다. 한국 독립운동 세력을 분할 지원함으로써 그들의 영향력을 극대화하고자 했던 장제스의 국민당 정부 정책이었다. 국민당의 첩보와 특수공작부서 책임자인 캉저가 율성에게 임무를 부여하며 했던, 방해하고 교란하는 것이 첩보부서의 중요한 임무라던 말은 항일전선의 동지적 관계에 있는 조선의 독립운동 조직에도 해당되는가 싶었다.

그들은 한국 임시정부를 대한민국의 임시정부가 아닌 김구가 주도하는 '한국독립당 임시정부'라고 불렀다. 그들은 김구에게 임정 요직에 공산주의 계열의 인사들을 임명하지 말 것을 요구했다. 중국에 와 있는 외국 대사관과 직접 접촉하는 것도 허용하지 않았다.

율성은 자신의 나라를 잃어버린 채 다른 나라에 의지하고서야 나라를 되찾겠다고 모진 세월을 감당하고 있는 김구와 김원봉과 알거나 그렇지 못한 수많은 항일전선의 동지들을 생각하면 가슴이 무너지는 것 같았다.

그러나 일과가 끝나고 동료직원들과 어울려 밥을 먹고 차를 마시고 드물게 클럽에 가거나 소소한 파티에서 어울릴 때 율성은 가끔 생각에 잠겼다. 이런 종류의 삶, 사실 많은 사람이 선택하고 아무런 일도 없었다는 듯 시침 뚝 떼고 살아가는 삶도 나쁘지 않을 것 같기도 한데. 그런 생각을 하면서, 부끄러워지기도 했다. 그즈음 율성은 술을 배웠고, 부르는 노래엔 슬픔이 가득했다.

물을 수는 없었으나 마음속으로 풀리지 않는 의문이 있었다. 예전과 달리 의열단은 왜 싸움에 나서지 않는가, 김원봉 단장은 왜 국민당 정부에 지나치게 의존하고 있는가. 율성이 전화국에서 일한 지 벌써 일 년이 다 되어가도록 의열단의 거사 소식이 들려오지 않았다. 동지들이 잡히거나 다치지 않았다는 데서 위안을 얻어야 할지, 예전의 그 명성이 소멸해버린 데 대해 비통해해야 옳은 것인지 분간되지 않았다.

그러던 어느 날, 김원봉이 율성에게 물었다.

"자네, 지금도 가끔 노래를 부르나?"

율성은 긴장했다. 들려오는 소식은 없지만, 다른 동지들은 국내로 들어가서 누군가를 저격하고 어딘가에 폭탄을 던지다가 붙잡혀 감옥에 갇히거나 목숨을 잃으면서 조국의 독립을 위해 싸울 준비를 할 것이었다. 그런데 자신은 별 탈 없이 지내면서 노래를 부르곤 했다는 게 부끄러웠다. 노래로 동지들의 마음을 위로하고 그들에게 힘을 불어넣어주겠다는 애초의 다짐도 희미해가고 있었다. 그래서 지금도 노래 부르느냐는 질문에 담긴 속내를, 엷은 미소를 지으며 묻고는 있으나, 농담이라도 빈말을 하지 않는 그의 성품을 알고 있는 율성은 큰 죄를 짓기라고 한 것처럼 얼굴이 굳었다. 김원봉은 그의 마음을 짐작이라도 한 듯 웃어 보였다.

"전에 보니까 자네 노래 실력이 대단하던데, 음악 공부를 본격적으로 해볼 생각이 있는가 해서 물어본 거야."

김원봉의 제안은 율성에게 더할 수 없는 축복이었다. 율성은 김원봉의 제안에 감격했다. 드디어 꿈을 이루는가 싶었다. 김원봉은 다정했으나 한편으로는 매우 엄격했고, 함부로 대할 수 없는 조직의 지도자였다. 그것을 모르지 않았으나 율성은 김원봉에게 한걸음에 다가가 그를 얼싸안고 기쁨과 고마운 마음을 드러낸다.

"단장님, 단장님. 고맙습니다, 감사합니다."

중국에 올 때 늙으신 어머니가 당부하던, 몸 다치지 말고 음악 공부할 기회가 있으면 꼭 그렇게 하라는 당부를 이제야 이룰 수 있겠구나 싶었다. 율성이 집을 떠나올 때 그를 데리러 왔던 셋째 형 의은에게 어머니가 했던 말이 새삼 떠올랐다.

"데리고 가라. 하지만 잘 돌봐야 한다. 그래도 될 수 있으면 위험한 일은 안 했으면 좋겠구나. 하고 싶어 하는 노래 공부는 꼭 할 수 있게 해야 한다. 형이니까 네가 꼭 잘 챙겨야 한다……."

지아비와 자식들 모두 독립운동에 나서다 죽거나 감옥에 있거나 일경에 쫓기는 형편이었다. 이제 마지막 남은 아들마저 중국으로 떠나보내는 어미 마음이 찢어질 듯했다. 중국으로 간다는 것은 독립운동을 하겠다는 것이고, 그것은 필경 목숨을 내놓는 일이라는 걸 모르지 않았다. 율성의 모친은 그렇게 말해놓고 돌아서서 눈물을 훔쳤다. 나라 없는 백성의 운명이 새삼 서러웠다. 율성은 어머니를 뒤로하고 나선 길에서 어머니의 그 마음을 읽고 마음 깊이 새겼다. 그런데 드디어! 음악 공부의 기회가 생긴 것이다.

그 무렵 상하이에는 소련의 레닌그라드 음악원 교수를 지낸 성악가 크리노바가 머물고 있었다. 크리노바 교수는 매주 일요일 새벽 300킬로미터가 넘는 거리를 기차를 타고 상하이로 와서 수업을 듣고 다시 그날 밤 상하이를 떠나 월요일 새벽 난징에 도착하는, 왕복 스무 시간이 넘는 고된 일정에도 마냥 행복해하는 정율성에게 감격한다. 율성의 음악 실력은 그의 열의만큼이나 날로 성장하고 있었다.

수업이 시작되고 몇 달이 지나지 않아 상하이에서 음악회가 열렸다. 상하이에는 1927년 중국 최초의 서양음악 교육기관인 국립음악학원이 설립되어 있었다. 매년 서양 고전음악을 소개하는 음악회를 열었다. 그 학교에서도 강의하고 있던 크리노바 교수는 율성에게 무대에 오를 기회를 만들어준다.

율성은 설레고 기쁜 마음으로 연습을 거듭한다. 마침내 무대에 오른 그는 1904년 나폴리의 작곡가 레온 카발로가 작곡하고 그의 후배인 엔리코 카루소가 불러 세계적으로 유명해진 〈아침의 노래(Mattinata)〉를 부른다. 대성공이었다. 관객들이 기립해서 열화와 같은 박수를 보내주었다. 기대를 넘어선 뜨거운 반응에 어쩔 줄 몰라 하고 서 있는 율성을 크리노바 교수가 얼싸안고 같이 기뻐했다.

"대단해요, 율성. 그 노래는 고음 처리가 어려워서 웬만한 성악가도 부르기 쉽지 않은데 완벽에 가깝게 아주 잘 불렀어요. 정말 잘했어, 잘했어요."

'흰옷으로 단장한 새벽의 여신이 위대한 창문을 향해 문을 열고'로 시작하는 〈아침의 노래〉는 밝고 경쾌한 느낌을 주는 사랑의 노래다. 마티나타(Mattinata)는 이탈리아어로 아침이라는 뜻이다. 흔히 밤에 부르는 사랑 노래를 세레나데(serenade)라고 하고 아침에 부르는 사랑 노래는 마티나타라고 한다. 살아 있을 때부터 테너의 제왕이라거나 성악 발성의 교과서로 칭송받던 테너 엔리코 카루소가 불러 더욱 유명해진 노래다. 세상의 어떤 악기보다 테너의 목소리가 더 아름답다고 할 때 그것은 엔리코 카루소를 두고 하는 말이었다. 카루소는 중저음에서는 바리톤이나 베이스가 연주하듯 풍성한 소리를 내고 고음에서는 힘 있는 음색으로 사랑을 받았다. 풍부한 성량과 풍요로운 음색, 선명한 감정 표현에서 그를 넘어서는 성악가가 없었다.

크리노바 교수는 정율성에게 이탈리아 유학을 권한다.

"율성, 이탈리아로 가서 좀 더 체계적으로 음악 공부를 하면 어떨까? 내가 소개장을 써줄 테니까. 이삼 년 정도만 더 공부하면 율성은 꼭 동방의 카루소가 될 거야. 나는 믿어."

그녀의 칭찬은 진심이었다. 그러나 율성은 대답하지 못한다. 율성이 크리노바 교수에게 음악 이론과 성악에 대해 개인 교습을 받기 위해서는 많은 돈이 들었다. 그가 전화국 교환수로 받는 월급으로는 엄두를 내지 못했다. 수업 비용을 의열단 단장 김원봉이 대주었다. 그런데 언젠가부터 김원봉의 태도에 변화의 조짐이 있었다. 그 무렵 율성은 자신보다 앞서 중국에 온 누나 봉은이 상하이에 있다는 소식을 들었고, 수소문 끝에 어렵게 만날 수 있었다. 음악 공부를 하고 난 다음엔 누나 집에서 하룻밤씩 지내고 난징으로 돌아오고 있었다. 김원봉은 그것을 내켜 하지 않아 했다.

정봉은의 남편 곧 정율성의 매형은 김원봉과 함께 황포군관학교를 졸업하고 다음 해인 1927년에는 장제스의 국민당군에 맞선 광저우(廣州) 공산당 봉기에 참여한 박건웅이었다. 중일전쟁의 전운이 짙어지고 있던 1936년 김산, 그리고 김성숙 등 20여 명과 함께 조선민족해방동맹을 결성한 민족적 공산주의자였다. 그는 율성이 간부학교에 입학하기 직전 의열단과 김원봉을 떠나 있었다. 충칭(重慶)에서 공산주의를 표방하는 유일한 조선인 독립운동 조직이 조선민족해방동맹이었다.

'노동자에게는 조국이 없다'고 외치는 공산주의 계열에서는 그들을 백안시했다. 계급혁명보다 민족해방을 더 중요하게 여겼으나 우파 민족주의자들이 대부분인 임정에서도 그들을 달가워하지 않아 했다. 그들은 소련이나 중국공산당에 입당하기를 거부하면서 조선인들의 공산당을 만들고 싶었다. 기회주의자요 분파주의자들이라는 맹비난을 퍼붓는 이들이 더러 있었다. 언제 어디서나 맹신이 이성을 갉아먹었다. 옳은 것과 옳지 않은 것과의 경계가 자주 흐려졌다. 박건웅은 겨울이 모질게도 길구나, 탄식했다.

어쨌거나 한때 가깝게 지내던 동지였으나 박건웅과 김원봉은 그 무렵 소원하게 지내는 때였다. 율성이 그를 자주 만나는 것이 김원봉은 불편했다. 자칫 자신보다 박건웅의 입장을 지지하게 되지 않을까 조바심이 들기도 했다. 율성은 누나와 해후하고 나서, 자신을 중국으로 데려오고 난 후 종적을 감췄던 셋째 형 의은의 소식을 들었다. 다시 국내로 잠입하다가 일경에 체포되었다는 것이었다. 연이어 오랜 감옥 생활로 병이 깊었던 첫째 형 효룡이 세상을 떠났다는 소식이 들려왔다. 온몸이 와르르 무너져내리는 것 같았다.

음악 공부를 할 수 있게 되고 지도교수인 크리노바 교수에게 칭찬을 받는 일이 더할 나위 없이 기뻤다. 그러나 그와 같은 소식은 율성의 마음에 짙은 그림자를 드리웠다. 지금 한가하게 음악을 할 때인가. 음악이 나라를 되찾는 데 쓸 만한 무기가 될 수는 있을 것인가. 짙은 회의가 그를 불면에 빠지게 했다. 아프다는 핑계를 대고 예고 없이, 전화국에 자주 결근했다. 문을 굳게 닫고, 노크에도 기척 하지 않았다. 어느 날, 율성은 박건웅에게 물었다.

"매형, 왜 우리는, 의열단은 지금 싸우지 않는 겁니까?" 그가 전화국에서 일한 지 벌써 일 년이 지나가고 있었으나 의열단의 투쟁 소식을 듣지 못하고 있었다. 박건웅은 의열단과 김원봉에 지극한 애정이 여전했다. 그는 잠시 침묵을 지키다가 굳은 표정으로 율성의 의문에 답한다.

"의열단은, 가장 치열하게 싸워왔고 앞으로도 그럴 것이야. 다만 지금 중국 정세가 우리 독립운동 세력에 매우 불리해. 알다시피 중국은 장제스 국민당 세력과 마오쩌둥의 공산 세력 사이에 서로를 절멸하려는 전쟁 상태에 있다. 그래도 난징은 장제스의 국민당 세력이 장악하고 있는데, 그들은 일본제국과 싸우려 들지 않아."

그것은 사실이었다. 대륙에서 일본 제국군에 맞서 싸우는 군대는 마오쩌둥의 홍군(紅軍)이 유일했다. 그러나 홍군은 장제스 정부의 압도적인 무력에 자칫 소멸 직전의 벼랑으로 내몰리고 있었다.

1935년 7월 25일부터 8월 20일까지 모스크바 노동조합회관에서 제7차 코민테른대회가 열렸다. 회의에서는 '인민전선노선'이 채택되었다. 노동자 계급만의 단결로는 파시즘과의 투쟁에서 승리하기 어렵다. 따라서 프롤레타리아 독재의 지지자는 아니더라도, 전통적인 민주주의적 자유를 옹호하면서 파시즘을 저지하는 데 관심이 있는 사회집단에까지 동맹 대상의 범주를 확대해야 한다. 특히 중국공산당은 외국 침략자와 싸우는 것을 진심으로 바라고 있는 모든 자와 협정을 맺을 필요가 있다고 강조한다. 중국 내에서 활동하고 있는 조선의 독립운동 세력과 긴밀한 관계를 맺어야 한다는 방침을 정한다.

그러나 장제스의 국민당 정부는 일본제국 군대와 싸우는 대신 그들과 일정한 타협을 통한 현상 유지를 선호하고 있었다.

수많은 중국 사람들이 국민당 정부의 노선에 반발하면서 곳곳에서 항의집회를 연다. 1931년 9월 24일 상하이에서는 학생 10만 명과 항만 노동자 3만 5천 명이 파업에 들어가고, 26일에는 시민 20만 명이 참가한 항일 구국대회가 열려 일본과의 경제 단교를 결의한다. 28일 베이징에서도 20만여 명의 시민이 항일 구국대회를 열고, 국민당 정부에 대일 선전포고를 요구하면서 항일의용군 편성을 결의하기에 이른다. 그러나 장제스의 국민당 정부는 오히려 공산당 토벌전에 주력한다. 1932년 6월 이래 50만 명을 동원한 제4차 토벌전에 이어 1933년 6월부터 시작된 100만 대군이 동원된 제5차 토벌전으로 공산당의 세력은 크게 위축되었다. 급기야 1934년 10월 중국공산당은 장쑤성(江西省)의 소비에트 근거지를 포기하고, 북상 피난길에 올랐다.

박건웅은 비음이 약간 섞인 억양으로 말했다. 오랜 망명 생활에 몸이 망가졌을 것이었다.

"김원봉 동지를 지켜보는 사람들이 답답해하는 것도 이해해. 변했나 하는 의구심도 있겠지. 물속에 녹아버린 소금이 되더라도 소금 본래의 맛은 살아 있을 것이다. 우리는 그 소금처럼 언제 어디서나 우리 목표가 조국의 해방이라는 것을 잊어서는 안 된다. 그렇게 강조하면서 의연하게 투쟁을 이어오던 의열단의 김원봉 동지 아닌가."

그는 잠시 말을 멈춘다. 누나 봉은이 만둣국을 내왔다.

"우리 식구는 얼굴 마주하기만 하면 정치 이야기뿐이구나."

그녀 얼굴에는 따뜻함과 근심이 함께 섞여 있었다. 첫째 오빠 호룡은 옥살이의 여독을 이기지 못하고 세상을 떠났다. 둘째 오빠 충룡은 장제스의 국민당군 장교로 북벌전쟁에 참전했다가 전사했다. 막내 오빠 의은은 일경에 체포되었다. 남편 박건웅과 동생 부은(율성)은 항상 위험에 처해 있다. 일경에 쫓기고 있었고, 따로 직업이 있는 것이 아니어서 가난했다. 타국에서 어렵게 살아가는 동포들의 후원과 조국에서 보내주는 얼마간의 도움만으로는 생활이 곤궁했다. 더구나 남편은 국민당이나 공산당의 도움도 거절하고 있지 않은가. 그러나 그런 티를 내지 않았다. 삯바느질로는 부족해서 프랑스 조계지에 가서 집 안 청소 일을 하는 것으로 가족의 생계를 챙겼다.

그녀는 몇 년 후 더 이상의 곤궁을 견디지 못하고 고향으로 돌아간다. 박건웅은 중국에 남아 1942년 김구의 임정으로 들어가 활동을 계속한다.

박건웅은 아내가 차려온 만둣국을 맛있게 먹고 나서 하던 이야기를 마무리한다. 아내의 수고와 근심을 충분히 안다. 지금 자신 앞에 앉아 있는 어린 처남 율성에게는 의열단이 왜 장제스 국민당에 예속되다시피 하고 있고, 왜 예전처럼 싸우지 않는가가 중요하다. 선배로서 어른으로서 답해주어야 마땅한 일이다.

"그런데…… 지금 의열단을 일제의 손아귀에서 보호하고 있는 세력도 자금을 대고 있는 세력도 장제스의 국민당이야. 섣불리 예전처럼 싸울 정세가 아니란 말이지. 김원봉 동지가 책임져야 할 식구도 많아. 목숨을 버린 동지들 가족을 그가 책임지고 있기도 하니까 그 동지도 마음고생이 심할 거야. 누가 뭐래도 김원봉 동지가 이 어려운 상황에서도 간부학교를 열어 자네와 같은 젊은 인재들을 양성해내고 있는 것만도 대단한 일이야."

박건웅의 말이 아니어도 율성은 저간의 사정과 당면한 상황을 이해하고 있었다. 다만 답답했을 뿐이다. 물론 전적으로 감당하거나 대신해줄 수 있는 타인의 삶이란 없는 것이다. 어차피 홀로 해결해야 한다는 것을 그가 모르지 않았다. 묻거나 하소연하거나 맞장구치며 마음을 나눌 사람이 없었을 뿐이다. 누나를 만나고 매형에게서 이야기를 들을 수 있어서 그나마 다행이었다. 아니라면 어쩌면 자신은 미쳐버렸을지도 모른다고 그는 생각한다.

그런 와중에 김원봉의 재정 지원을 받으면서 음악 공부를 하는 자신의 처지가 마땅치 않았다. 음악 공부를 하고 있을 때가 가장 행복한데. 이제 크리노바 교수가 이탈리아 유학을 권하는데. 자신도 그랬으면 좋겠는데. 그러나 돈이 없다.

가난해서, 돈이 없어서 포기해야만 했던 많은 것들을 그는 생각한다. 작고하신 아버지 정해업(鄭海業)은 율성이 아직 어렸을 때, 잠깐 수피아 여학교의 교사로 일했다. 넉넉하지는 않았으나 양림교회 예배당 건축헌금으로 한 달 봉급 20원을 내놓기도 했으니 가난하지도 않았을 것이다. 혹시 모르지. 가난해도 예배당을 짓는데 필요한 돈을 모으고 있으니 그 정도는 내야 한다고 생각했을 수도. 그런데 율성이 숭일중학교를 졸업할 무렵엔 정말 가난한 게 분명했다. 상급학교 진학을 2년이나 쉬어야 했으니 돈이 없어서가 아니라면 설명되지 않는다. 5년제인 전주 신흥중학교로 진학한 것도 학비가 그리 많이는 소용되지 않았기 때문이다.

그 무렵엔 그의 아버지가 교사가 아닌 농부였다. 많지 않은 전답에서 짓는 농사로는 가난을 벗어나기 힘들었다. 그랬을 것이다. 율성은 짐작한다. 아버지가 학교를 그만두었던 것은 어쩌면 3·1 만세운동과 관련 있을 것이다. 큰형과 작은형이 일경에 체포되어 감옥을 들락거리는 일들도 영향을 끼쳤을 것이다. 그래도 자식들을 모두 학교에 보냈으니 절대적 빈곤 상태는 아니었을 것이다.

다만 아버지가 갑자기 돌아가시자 2년을 마저 마치지 못하고 신흥중학교를 그만두어야 했다. 돈이 없었기 때문이다. 노래 연습을 함께하던 여학생 정미희를 마음속으로만 담아두었던 까닭도 사실은 가난한 탓이었다고 그는 생각한다. 그럴 때마다 율성의 마음은 물처럼 흔들렸다.

그 무렵 실의에 빠져 지내던 때를 율성은 상기한다. 무엇을 해서 먹고살아야 할지 도무지 그 방법이 생각나지 않았다. 정식으로 배울 기회가 없었던 음악 공부. 만돌린과 바이올린을 제대로 연주할 수 없었던 까닭도 돈이 없었기 때문이다. 결핵균이 몸을 허물어트리듯 가난은 영혼을 갉아먹는 질병이라고 그때 그는 생각했다. 그런데 나라까지 빼앗기고 없었다. 나라가 있었다면 우리는 좀 덜 가난하고 좀 더 많은 기회가 있었을까. 그건 모르겠다. 어느 때나 가난한 사람은 그렇지 않은 사람보다 더욱 많았다. 신흥중학교 시절에 동갑내기 조카 국훈과도 그런 이야기를 더러 나누었다.

"그래도 내 나라가 있다면, 나라를 뺏기지 않았다면, 가난을 벗어나기 위해서만 더 많은 애를 쓸 수 있을 것 아니에요? 그러면 좀 더 나아질 가능성은 있지 않을까요? 가난한 데다 빼앗긴 나라까지 찾아야 하는 일은 우리에게 너무 가혹한 것 아닌가요?"

조카가 자신보다 더 생각이 깊고 어른스러웠던 데가 있어서 지금 생각해도 율성은 흐뭇했다. 그러나 신념이 굳으면 좌절도 클 텐데……. 그 아이는 지금 어디에서 무슨 일을 할까. 헤이안마루를 타고 함께 중국에 왔던 다른 친구들, 김일곤과 김재호와 최명선. 만주에서 왔던 김남일과 조정식. 그 동지들은 또 어떻게 되었을까. 그들도 대부분 가난했을 것인데, 가난한 데다 빼앗긴 나라까지 찾아야 하는 일을 가난한 그들이 떠맡아야 하는 것이 너무 불공평하지 않은가. 그것도 목숨을 내놓고서야 가능한 일이라니 너무 가혹하지 않은가. 생각이 깊으면 슬픔도 많아지는가. 율성은 달이 어스름히 내려앉은 골목길 맨 끝에 있는 하숙에 들어설 때마다 울컥했다.

김원봉은 이제 더는 상하이로 가서 음악 공부하는 데 드는 비용을 지원해줄 수 없다고 율성에게 통고했다. 차라리 잘되었다고 생각하면서도 율성은 갑작스러운 결정에 당황했다. 스스로 판단하고 결심해서 조직의 지원을 받지 않는 것과 달리 자신의 의사와 무관한 결정을 받아들이는 일은 차원이 다른 일이었다.

율성은 크게 실망한다. 존경했던 지도자인 데다 그의 음악 공부를 후원하고 배려해주었던 김원봉의 태도 변화가 당혹스럽고 야속하다. 그래서 늘 순종하고 따랐던 율성이었으나 이번만큼은 그렇게 되지 않아서 큰소리로 따진다.

"왜요? 대체 무엇 때문에요? 제가 박건웅 동지를 만나서요? 저는 그렇게 할 수 없습니다. 저는 음악 공부를 계속하겠습니다."

김원봉은 예상하지 못했던 율성의 반응에 충격을 받은 듯 아무런 말도 하지 않았다.

정율성의 음악적 재능을 알고 그를 아끼는 크리노바 교수는 수업료 대신 꽃 한 다발만 가져오라고 그를 위로한다. 율성은 아무런 인연도 없는 크리노바 교수에게서 그와 같은 환대를 받는 것에 무한한 고마움을 느낀다. 그러나 얼마 가지 못해 음악 수업은 중단된다. 김원봉과의 사이에 메울 수 없는 거리가 생기고, 중국을 둘러싼 정세는 나날이 위태로워지고 있었기 때문이었다. 무엇보다 의지하고 따랐던 김원봉에 대한 존경심이 사라져버린 것이 율성에게는 씻을 수 없는 상처가 된다. 누구를 믿고 따라야 하는가에 대한 회의와 혹여 자신이 지나친 이기심에 빠져 잘못 생각한 것은 아닐까. 그는 오랜 시간 괴로워한다.

김원봉도 상심이 크기는 마찬가지였다. 자신이 속 좁았나 하는 마음도 없지 않았다. 2기 간부학교 졸업생 55명 모두가 자랑스러웠다. 그래도 특별히 아꼈던 이가 정율성이었다. 그러나 무리해가면서 음악 공부를 지원해주었던 율성에게 느낀 배신감이 작지 않았다. 더구나, 그것은 물론 그로서는 당연한 일이기는 했으나, 그 무렵 율성에게 닥친 위험에서 그를 보호하느라 마음고생이 심하던 차였다. 국민당 공작부서 책임자 캉저는 율성을 주시하고 있었다. 전화국에서 듣고 본 모든 것을 캉저에게 상세하게 보고하라는 말을 율성은 자주 어겼다. 자신은 의열단원이니 단장인 김원봉에게만 충실하면 된다는 게 율성의 뜻이었다. 굳이 오해와 위험을 자초할 필요 없는 일이었다. 몇 번 주의를 주었으나, 율성은 고집을 부렸다. 김원봉은 그것도 기특하기는 했다.

아무려나 오랫동안 항일전선의 최일선에서 싸우면서 단련된 그였다. 그랬어도 겪어보지 못했던 또 다른 상황에서 그는 심한 좌절감을 느낀다. 누구에게나 모든 일에나 시작과 끝이 있기는 하지만, 김원봉은 끙, 하고 깊은 신음을 내쉰다. 오래 지녔던 믿음들이 퇴색하지는 않을 것이었으나, 더 깊어질 일은 없겠다는 생각이 그를 아프게 했다.

5
1942년 9월 옌안, 2차 심문

타이항산엔 추위가 일찍 왔다. 9월에 들어서자 벌써 서리가 내렸다. 율성은 1942년 9월 초순, 다시 공산당 보안국으로부터 소환을 받았다. 타이항산 조선혁명군정학교 교무부장을 맡은 지 겨우 한 달이 지난 때였다.

타이항산은, 베이징과 산시성(山西省), 허베이성(河北省), 허난(河北省)에 걸쳐 있는 남북길이 약 600킬로미터, 동서길이 250킬로미터에 걸쳐 있는 험준한 산맥이다. 그만큼 오랜 옛날부터 천혜의 군사적 요충지였다. 타이항산맥 이서 지역은 충적평야, 선상지, 하계망이 발달했고 베이징, 허베이성 등이 위치한 화베이 평원이며, 남동쪽으로는 황토고원이 발달한 산시성(陝西省), 북서쪽으로는 네이멍구(內蒙古) 자치구에 인접한다. 이 같은 입지적 조건으로 인해 타이항산맥은 고대부터 중국의 교통 및 전략상 요충지로 중요시되어왔다. 고대 이래 중국 문명의 중추로 기능해왔던 중원과 네이멍구 자치구 등을 경계 짓는 천연 장벽 구실을 하는 동시에, 중국 문명권 내부의 지역 경계와 교통로를 형성하였기 때문이었다.

장제스의 국민당군에게 쫓겨 옌안으로 들어온 마오쩌둥의 공산당은, 정부는 옌안에 두되 팔로군 총사령부는 타이항산에 설치했다. 타이항산맥이 베이징과 옌안 사이를 가로막고 있어서 장제스의 국민당군과 베이징을 점령한 일본 제국군의 공격을 막아내는 데는 유리했다. 그러나 타이항산맥이 옌안이 아닌 베이징 쪽에 치우쳐 있는 게 문제였다. 베이징은 옌안으로부터 600킬로미터 넘게 떨어져 있어서 옌안에서 베이징을 향해 출병하기는 너무 힘들었다. 그런 까닭에 베이징과 좀 더 가까운 타이항산에 팔로군 총사령부를 두었다. 위험도 컸지만, 국민당군과 일본군을 공격하기 위한 전진기지로는 더할 수 없이 마땅한 곳이었다.

타이항산에는 마오쩌둥의 팔로군만 있는 게 아니었다. 만주와 베이징 일대에서 독립운동을 하고 있던 조선인들이 항일전선의 새로운 거점이 된 타이항산으로 몰려들고 있었다.

난징을 점령한 마쓰이 이와네 대장 휘하의 5만여 일본군은 1937년 12월 중국인 포로와 일반 시민을 대상으로 강간과 무자비한 학살과 거침없는 약탈을 자행했다. 기관총에 의한 무차별 사격으로 죽이고, 총알이 아깝다는 이유로 생매장하거나 휘발유를 뿌려 불태워 살해하는 등 30만 명이 넘는 중국인을 학살했다. 특히 개전 초기인 1937년 여름에는 조선의 제주 서귀포시 대정읍 상모리 일대에 건설한 알뜨르(아래에 있는 들판이라는 제주어) 비행장에서 발진한 전투기 600기를 동원해서 모두 300t에 이르는 폭탄을 투하했다. 난징은 생지옥이 되었다.

난징에서 대학살이 벌어진 직후 1938년 1월, 국민당은 한커우(漢口)로 후퇴한다. 한커우에서 김원봉은 200여 명의 의열단원을 모아 '조선의용대'라는 군사조직으로 재편한다. 대장은 김원봉이었다. 그러나 지휘권은 장제스에게 있었다. 김원봉이 장제스의 국민당 정부의 예속에서 벗어나 진정한 항일독립군으로 나아가지 못한 점은 다른 나라에 의지해서 항일운동을 했던 조선 독립운동 조직 대부분의 한계였다. 내부에서 격렬한 반발과 갈등이 다시 시작된다. 특히 그와 오랫동안 같이했던 윤세주가 김원봉을 몰아세웠다.

윤세주는 항일의식이 강렬했던, 전홍표 선생이 교장이었던 밀양 동화중학교에서 공부한 김원봉의 동문이자 3년 후배였다. 1919년 3·1독립만세운동 때 고향인 경남 밀양 장터의 만세시위를 주동하고 중국으로 망명했다. 1919년 11월 의열단에 들어왔다. 김원봉이 세운 간부학교 1기생이었고, 정율성이 생도였던 2기 간부학교의 교관이었다. 국내에도 여러 차례 진입공작을 했다. 체포와 구속으로 단련된 항일지사였다.

"대체 왜 우리 의열단은 장제스 국민당의 예속해서 벗어나지 못하고 있는가? 저들이 지금 우리를 어떻게 대접하고 있는가? 우리는 언제 싸우는가?"

그것은 윤세주의 말이었으나 다른 대다수 조선의용대원의 뜻이었다. 장제스의 국민당은 오랫동안 항일 투쟁의 최전선에서 활약하면서 유격전과 특수공작에 베테랑이 된 조선의용대원들을 전투에 내보내는 대신 포로 심문이나 선무 작전 정도에만 활용하고 있었다.

"조금 더 기다려보자. 일본군의 기세가 무섭다. 저들이 광기에 찬 학살을 아무렇지도 않게 자행하고 있는 시기다. 다가올 우리의 투쟁을 준비한다고 생각하자. 의지가 있으니 반드시 때는 온다."

김원봉의 말은 그러나 힘이 없었다. 미국의 지원을 받는 100만이 넘는 장제스 군대가 속수무책으로 밀리고 있었다. 1941년 7월 결국 김두봉과 윤세주, 최창익 등은 싸우고자 하는 열망으로 가득한 대원들과 함께 국민당군의 진열에서 벗어나 타이항산으로 이동했다. 잔류 인원 소수를 데리고 김구의 임정으로 간 김원봉은 1944년에는 임시정부의 군무부장에 취임하고, 광복군 제1지대장 및 부사령관 등을 맡는다.

김두봉과 윤세주 등의 조선의용대를 받아들인 옌안의 공산당은 그들을 조선의용군으로 편제한다. 사령관은 무정, 조선독립동맹의 주석은 김두봉이 맡았다. 1937년 10월 옌안에 와서 항일군정대학 음악지도원으로 있다가 1939년 루쉰예술학원의 교수가 되었던 정율성은 1942년 8월 타이항산으로 이동 명령을 받는다. 타이항산에 조선혁명군정학교가 세워졌고 무정이 교장을 맡았다. 정율성은 학교 운영을 담당하는 교무부장이 되었다. 타이항산에서 율성은 난징 간부학교에서 함께 훈련을 받았던 몇몇 동지들과 반갑게 해후한다. 목포항에서 헤이안마루를 타고 중국에 함께 왔던 간부학교 동기 김일곤이었다. 두 사람은 얼싸안고 기쁨에 젖은 채 쌓인 회포를 풀기에 시간이 모자랐다.

그 무렵, 1941년 11월 밤 옌안에서의 심문이 있은 지 1년이 채 지나지 않아 율성은 공산당 보안국의 소환을 받았다. 취조실에 캉셩은 보이지 않았다. 보안국 건물에 들어설 때부터 율성을 안내하던 사내가 율성의 속내를 짐작한 듯, 캉셩은 다른 임무로 지금 여기에 없다고 말하면서 뜨거운 보이차를 내놓았다. 얼었던 몸이 조금 풀렸다.

세 명의 사내가 율성 건너편에 앉았고 가운데에 앉아 있는, 책임자인 듯싶은 자가 율성이 작곡해서 널리 알려진 〈옌안의 노래〉와 〈팔로군행진곡〉에 관한 이야기로 입을 열었다. 냉담한 어조는 아니었다. 다행인가 하고 자칫 방심할 뻔했으나, 자신은 지금 보안부 취조실에 앉아 있다는 것을 바로 깨달았다. 중국공산당 보안부는 한가한 곳이 아니었다. 사내가 〈옌안의 노래〉를 흥얼거렸다.

보탑산[波塔普山] 봉우리에 노을 불타오르고
연하강(延河江) 물결 위에 달빛 흐르네
장엄하고 아름다운 도시
항전의 노래 곳곳에 울린다
아, 옌안……

"참으로 아름다운 노래다. 서정적이면서도 웅장하다. 적에 맞서 싸우는 우리 홍군의 마음을 하나로 모으고, 사기를 크게 드높이는 데 큰 역할을 했다. 팔로군행진곡은 보탤 말이 필요 없는, 명곡이다. 아, 나팔 소리 들린다. 아, 항전의 노래 우렁차다. 동무들 발을 맞춰 항일의 싸움터로, 동무들 발을 맞춰 후방으로 전진, 전진! …… 좋다."

사내가 차를 한잔 더 따라주었다. 그 말을 하려고 나를 소환한 것은 아닐 텐데. 경계를 풀지 않은 채 율성은 그의 다음 말을 기다렸다. 그는 율성 앞으로 비교적 선명한 흑백사진 세 장을 내밀었다. 모두 중국에 와서 알게 되고 인연을 맺은 여성들의 사진이어서 한눈에 알아보았다. 구러우 전화국 전화교환수 소조 책임자 진숙화, 김산이 1936년 8월 옌안으로 떠난 무렵 정율성에게 소개해 주었던 루오칭(羅靑), 김성숙의 아내 두쥔후이가 사진 속의 인물들이었다. 아내 딩쉐쑹은 없었다. 이것은 또 무엇을 의미하는가. 아직도 김산인가 싶어서 율성은 숨을 깊게 들이마셨다.

"우리 임무가 무엇인지 잘 알 것이다. 적을 교란하여 흩어놓는 것. 우리에게 위해가 될 만한 자를 제거하는 것."

율성은 물었다. "나는 그대들의 동지인가, 적인가. 나는 그대들에게 필요한 자인가, 위해를 가할 자인가?"

사내가 조용히 웃었다. 피우던 담배를 비벼 끈 다음 낮게 깔린 중저음으로 천천히 말했다.

"다른 하나가 더 있다. 주요 인물에 대한 상세하고 정확한 자료를 남기는 것. 우리는 일본제국 군대뿐 아니라 장제스 군대와도 싸우고 있다. 주요 인물을 어디에 배치해서 어떤 임무를 맡기는가 하는 문제는 전쟁을 승리로 이끄는 데 매우 중요한 사항이다."

그가 말을 멈추고 율성의 표정을 살폈다. 율성은 벌써 피로감이 몰려왔다. 사내가 피우던 담배 연기 탓에 연거푸 기침이 나왔다. 누구나 사정이 같았지만, 옌안에서는 하루 한 끼 조밥이라도 먹을 수 있었으나 타이항산은 더욱 사정이 나빴다. 강냉이는 말할 것도 없고 나중에는 겨도 모자랄 지경이었다. 도토리 미나리 범벅떡을 해 먹거나 감에 겨를 발라서 단겨떡도 해 먹었다. 제일 귀한 것은 소금이었다. 염분 섭취를 하지 못한 대부분의 얼굴이 누렇게 떴다. 입을 옷이 거의 없어서 거적때기를 옷이라고 걸치고 있었다. 종이도, 신발도, 덮고 잘 이불조차 없었다. 마치 짐승의 그것과 다를 게 없어 보이는 비참한 삶을 어떻게 견뎌내는지 기이했다. 율성은 그 무렵 폐결핵으로 고생하고 있었다. 타이항산은 물론 공산당 정부의 임시수도 옌안에도 폐결핵 치료제를 구할 수가 없었다. 추위와 굶주림에 지친 항일 전사들이 일본군과의 전투뿐 아니라 폐결핵으로도 고통받다가 죽어갔다.

"정뤼청 동지는 당 중앙에서 관심 있게 보고 있는 주요 인물이다. 편하게 말하겠다. 동지가 상하이와 난징, 그리고 옌안에 들어와서 만난 인사들과 나눈 주요 대화들, 그들과의 관계들 모두 우리는 다시 확인하고 정리해두어야 한다. 이는 뤼청 동지를 위해서도 좋은 일이다. 일말의 의혹도 남김없이 털고 가는 것이 좋지 않겠는가."

말은 그럴듯했으나 남은 의혹이라니, 일본의 스파이로 몰아 결국은 처형했으되 김산에 대한 당의 의심이 여전하다는 뜻이었다. 자칫 구렁에 빠져 헤어나오지 못할 수도 있겠거니 하여 율성은 두려움을 느꼈다. 마오쩌둥은 1942년 2월부터 공산당 내부, 특히 옌안의 지식인을 대상으로 한 정풍운동을 추진하고 있었다.

1934년 4월 국민당 군대 100만 명으로 이뤄진 제5차 공세를 견디지 못한 마오쩌둥의 공산당 홍군은, 1934년 10월 16일 대장정에 나선다. 중화 소비에트 공화국 임시정부가 있던 동남부의 장시성(江西省)과 푸젠성(福建省) 경계에 있는 소도시 루이진(瑞金)을 출발한 홍군은 약 1년에 걸쳐 중국 서북부 산시성으로 이동한다. 1만 킬로미터에 달하는 엄청난 거리를 도보와 우마로만 이동하였다. 10만에 육박했던 출발 인원 중 산시성 옌안에 도착했을 때 살아남은 인원은 6천 명에 불과했다.

장제스의 국민당군은 270대의 전투기와 200대의 최신식 대포를 이용해서 루이진 중심부를 초토화한다. 누가 봐도 가망 없어 보이던 홍군의 대장정은 그러나 일본제국 군대와의 싸움에 소극적이던 장제스의 국민당 정부에 반발하고 있던 중국인들, 특히 농지개혁에 환호하면서 지지를 보낸 농민들의 지지와 참여로 1935년 10월 19일 드디어 옌안에 도착할 수 있었다. 중국에서 공산주의 세력을 완전하게 섬멸하려던 장제스의 꿈이 사라지고 홍군은 재도약의 발판을 마련한다. 이제 베이징에서 1천 킬로미터 정도

떨어진, 산시성 북부에 있는 작은 도시 옌안은 중국 혁명의 근거지가 된다.

그런데 장제스 국민당 정부군의 총공세에 밀려 1년여의 대장정을 마치고 마침내 옌안에 도착한 후 곧이어 마주한 심각한 문제가 하나 있었다. 그것은 불과 수천 명에 불과하던 소읍 옌안 인구가 몇 년 만에 10만 명을 넘어선 것이었다. 생산은 변변치 못한데 엄청난 인구가 소비해야 할 식량이 절대적으로 부족했다. 1942년 2월 1일의 당 중앙학교 개학식에서 마오쩌둥은 힘주어 말했다.

"우리가 마르크스-레닌주의를 학습하는 이유는 그것이 우리의 눈을 즐겁게 해주기 때문도 아니요, 그렇다고 그것이 신비스러운 힘을 갖고 있기 때문도 아니다. 그것은 오직 문자 그대로 유용함 때문이다."

그것은 마르크스-레닌주의를 중국식 실정에 맞는 중국식 공산주의 운동의 이념으로 전환하고자 하는 마오쩌둥의 생각이었다. 정풍운동은 당 조직을 개편하고 흐트러진 규율을 강화하자는 목적 말고도 식량을 옌안 바깥에서 들여오는 문제를 해결하기 위해서도 필요했다. 몇 개월 동안, 운동은 거칠게 진행되고 있었다. 추방이나 물리적 폭력이 아닌 동료 사이에서의 토론을 통해 자극을 주고 학습을 통해 문제를 해결한다는 정풍운동의 방식은 겉으로는 그럴듯해 보였다.

그러나 비판이 자신의 정치생명뿐 아니라 실제 목숨을 위협하는 수준으로 진행될 때 그것을 저항 없이 받아들이는 사람은 없었다. 누구도 자신의 생각만이 진리라고 주장할 수 없고, 그것을 증명하기란 더욱 가능하지 않았다. 독단이 지혜를 결여할 것이 분명한데도 마오쩌둥의 정풍운동은 이제 거칠 것 없이 공산당 전 조직과 기관을 대상으로 확산하고 있었다. 시간이 흐를수록 사람은 타인의 결함을 보고 웃으며, 인간은 이리처럼 상대에게 적대적이라는 점이 드러나고 있었다. 옌안과 타이항산에 있는 모두가 납작 엎드려 있던 때였다. 그런데 다시 보안부에 소환당해 심문을 받는 율성은 불안과 우울과 짜증과 회의감이 고루 섞여 마음이 편하지 않았다. 건강이 나빠 더욱 그러했다.

"먼저 이 인물. 이 인물은 누구인가? 무슨 관계인가?"

진숙화의 사진을 짚는 사내의 거친 손. 손톱 아래 검은 때가 유난히 율성의 눈살을 찌푸리게 했다. 그녀와는 아무 상관이 없다는 것을 오랫동안 나를 관찰한 저들이 모르지 않을 것 아닌가. 율성은 대답하지 않았다. 자신도 모르게 비웃음이 났다. 구러우 전화국 주임이었고, 율성의 생일파티를 열어준 상급자일 뿐이었다. 침묵이 길어지자 사내가 입을 열었는데 율성은 깜짝 놀랐다.

"누구인지는 서로 알고 있지 않은가. 구러우 전화국 진숙화 주임. 그녀는 국민당의 스파이요, 일본 특무의 밀정이고, 소련 정보부의 간첩이었다. 그대는 그것을 알았는가?"

율성이 그것을 무슨 수로 알겠는가. 또 저 사내의 말을 어디까지 믿을 수 있는가. 다만 황망했다. 곱고 선한 사람이었다. 율성보다 서너 살 위였으니 겨우 스물서넛이었을 젊고 매력적인 여성이었다. 뤼청, 뤼청 하면서 율성의 만돌린 연주를 더 듣고 싶어 했다. 한창 중국인의 마음을 사로잡기 시작한 리진후이의 롄화가무반(聯華歌舞班)이 연 음악회에 두어 번 함께 갔을 뿐이다. 그것도 어쩌면 다른 직원들 두엇과 동행하지 않았을까. 그런데 장제스와 일본과 소련 당국 모두와 몇 겹의 스파이 관계에 있을 만큼 그녀가 중요한 일을 맡고 있었던가.

율성은 사실 그대로를 말하고 건너편 사내에게 되묻는다. 직장 동료 그 이상의 관계가 아니었다. 나는 의열단 간부학교를 마치고 처음 맡겨진 임무가 전화국에 침투해서 상하이와 난징을 오가는 주요 인물 사이의 통화 내용을 엿듣는 것이었다. 그 일 말고 다른 일에 신경 쓸 겨를이 없었다. 진숙화가 정말 여러 곳과 거래가 있었느냐? 어떻게 그것이 가능하냐. 그리고 그 후엔 어떻게 되었느냐? 듣고 보니 내가 오히려 궁금하다.

"궁금한가?" 심문하던 사내가 율성의 눈을 깊숙하게 응시했다.

"진숙화는 난징에서 일본군이 대학살을 저지르고 난 다음에 일본군 위안소로 넘겨졌다."

"일본군 위안소라니, 그건 또 무슨 말인가? 그게 무엇인가? 일본 특무의 밀정이었다면서 왜 그들이 그런 짓을 한단 말인가?"

정율성은 1937년 10월 옌안에 도착했다. 그로부터 겨우 두 달 후인 1937년 12월, 난징에서 대학살이 일어나고 있다는 소식이 중국 곳곳으로 퍼져 나갔다. 옌안에 있던 정율성도 소식을 들었다. 그에게 난징은 제2의 고향이었다. 율성이 옌안으로 떠나기 직전 상하이의 정세가 위태로워지자 누나와 두쥔후이를 비롯한 많은 동지가 난징으로 피난을 가 있었다. 난징은 장제스의 국민당 정부군 수도였다. 그래도 중국 땅에서는 가장 안전한 곳으로 믿었다. 의열단 동지들과 오랜 벗들이 난징에 남아 있었다.

율성은 난징이 일본군 수중에 떨어지고 처참한 살육이 행해지고 있다는 소식을 전해 듣고 애간장이 탔다. 걱정 근심으로 숨을 쉴 수조차 없었다. 옌안 산베이공학에서 공부하고 있던 때였다. 그러나 마음만 달려갈 뿐 옌안에서 난징은 1천 킬로미터 거리에 있었다. 진숙화에 대해서는 잊고 있었다. 수없이 스쳐 지나간 특별한 의미 없는 사람이었기 때문이다. 그런데 그녀가 생각하지 못했던 불행에 빠졌다는 것이다. 사내가 설명을 덧붙인다. 율성은 한 번도 상상하지 못했던 일을 상상하느라 경악스럽기만 하다.

1937년 7월 7일 베이징의 루거우차오(蘆溝橋)에서 시작된 중일전쟁은 8월에는 상하이로 확전한다. 당시 상하이에는 화중방면군 9개 사단 등 30만 명의 일본군 병력이 주둔하고 있었다. 일본군은 난징을 공격하는 여러 지역에서 2만에서 8만 명에 이르는 중국 여성을 무차별적으로 강간한다. 그 과정에서 일본군 제3, 9, 11, 13, 18, 113사단과 여러 지대에 성병이 급속히 번진다. 나중에 일본이 패전하고 포츠담 회담을 수락한 후, 난징대학살의 책임을 지고 극동 국제군사재판에서 사형 판결을 받아 처형된 마쓰이 이와네 사령관은 침략전쟁에 중대한 영향을 미치는 성병 확산을 방지하고 일본군의 전투력을 진작할 목적으로 화중방면군 참모장 쓰카다 오사무(塚田攻)에게 특별한 명령을 내린다. 그것은 일본군의 하수구, 곧 군 위안소를 설치하라는 것이었다. 1937년 12월 11일 일본 화중방면군은 일본인 위안부를 중국으로 조속히 보내줄 것을 본국 외무성에 요구하는 한편, 자금을 마련하여 중국 거주 일본인 업자에게 민간 위안소 개설을 요청한다. 동시에 하부 부대에 비밀리에 명령을 내려 스스로 각종 형식의 임시 위안소를 만들도록 한다.

"이상이 우리가 그동안 확인한 정보다. 중국인 그리고 상하이에 거주하던 일단의 조선인이 민간 위안소를 지금도 운영하고 있다. 진숙화는 국민당과 일본과 소련의 기관과 협력 관계였다. 그 스스로 그랬을 리는 없다. 문제는 악랄한 일본 특무가 진숙화를 꾀어내 일본군 제16사단 제30여단 제33연대 제2대대가 운영하는 위안소로 보냈다. 그 이후는 알 수 없다."

진숙화의 불행에 마음 아파하다 율성은 상하이에 있다가 난징으로 피신해 있던 누나 봉은과 루오칭과 두쥔후이는 그럼 어떻게 되었을까, 걱정으로 창자가 끊어질 듯했다. 건너편에 앉아 있는 보안부 사내에게 묻지는 않았다. 그가 함께 걱정하고 함께 의논할 동료는 아닌 것이다.

1935년 봄에서 1936년 가을까지 정율성은 난징에서 상하이를 오가며 크리노바 교수에게 음악 공부를 했다. 정율성은 상하이에 거주하던 누나 정봉은의 집에 자주 가게 된다. 거기에서 잊지 못할 사람들, 조선과 중국의 혁명가들을 만났다. 매형 박건웅과 김산 그리고 김성숙의 부인 두쥔후이가 그들이었다. 특히 중국공산당의 오랜 당원이면서 1930년 중국창작비평회에 가입해서 작가로서 활동하고 있던 두쥔후이는 정율성의 음악에 대한 열정에 큰 관심과 따뜻한 애정을 보여준 사람이다.

그들은 모일 때마다 숨 가쁘게 전개되고 있는 동북아시아 정세에 대해 각자의 의견을 개진하면서 항일전선의 앞날을 걱정했다. 율성은 나이도 어리고 투쟁 경력도 많지 않고 정세에 밝지 못해 이야기에 끼어들기보다는 주로 듣는 편이었다. 돌아보면 김산이 격정적인 편이었다.

김산은 조선인 동지들 800여 명과 함께 광저우와 난창(南昌)에 가서 중국 혁명에 참여했던 일을 회한을 담아 이야기한다. 1925년부터 27년 사이 약 2년여 동안 200여 명의 조선의 혁명 전사가 무수히 희생하고 만다. 전멸할 운명에 놓인 중국 최초의 소비에트 하이루펑에서도 동지 15명과 함께 싸웠는데 지금까지 살아남은 사람이 겨우 두 명뿐이다. 조국의 해방과 혁명을 위해서가 아니라 모두 중국 혁명에 매몰된 탓이다.

한참 지나 1954년 중국 정부가 광저우 봉기에서 희생한 조선인들의 넋을 기리기 위해 중조인민혈의정(中朝人民血義亭)이라는 기념각을 조성한다. 비문에, '광저우봉기 때 희생된 조선 동지들은 영생불멸하리! 중 · 조 두 나라 인민의 전투적 친선은 영원히 빛나리라!'고 새겼다. 그러나 그것은 모두 죽은 나중의 일이어서 지금 김산의 마음은 비참할 뿐이다.

조선의 해방을 위해 싸워야 할 아까운 동지들이 중국 혁명의 소용돌이 속에서 희생된 것에 대해 김산은 두고두고 애석해했다. 그가 회한을 담아 힘주어 말하던 것을 율성은 뚜렷하게 기억한다.

"지금은 우리 민족뿐 아니라 모두가 파시즘 지배의 위기에 있다. 위기와 더불어 살아가고 있는 우리는 위기에 맞서 싸워야 한다. 우리에게 부과된 불가피한 운명이다."

그러나 그렇게 중국공산당 혁명에 헌신했던 김산은 공산당 보안부의 의심을 받고 1938년 끝내 처형당하고 만다. 1920~30년경에는 충분한 증거가 없어도 의심을 받으면 그렇게 허망하고 안타깝게 죽임을 당하는 일이 적지 않았다. 별것 아닌 일로 실종되는 이들도 있었다. 율성은 지금 저들, 책상 건너편에 앉아 자신을 심문하고 있는 자들이 김산을 죽인 자들이라는 생각에 소름이 돋았다. 다른 것은 몰라도 김산에 대해서는 일체의 언급을 하지 말아야 한다고 그는 다짐한다.

김산은 러일전쟁 중이던 1905년 3월 평북 용천의 가난한 자작농의 셋째 아들로 태어났다. 조선이 일제의 식민지로 전락하고 만 시기 그의 나이 일곱 살 때, 예방 접종을 정해진 날짜에 하지 않았다는 이유로 일본 순사가 어머니의 얼굴을 마구 때리는 것을 목격한다. 김산은 1920년 초 홀로 700리를 걸어 신흥무관학교에 입학한다. 그는 중국에서 항일운동의 지도자들을 만나면서 안창호의 흥사단에 입단하였다가, 조선의 독립을 위해서는 우선 힘을 기르자는 나약한 목소리에 그 끝이 언제인가 회의하다가 의열단 활동에 흥미를 갖게 된다. 그는 조국의 독립을 염원했던 민족주의를 포기하지는 않았으나 의열단의 무정부주의를 거쳐 1923년 중국공산당에 입당한다. 억압받는 모든 민족의 해방을 위해서는 국제적인 협력 관계가 중요하다고 본 때문이다.

1936년 8월, 김산은 홍군이 옌안을 새로운 근거지로 정하자 그도 새로운 혁명의 도시 옌안으로 향한다. 그러나 중국공산당의 당원 자격도 빼앗기고 중요한 일에서 배제되고 감시당하던 김산은 1938년 가을, 소리 없이 처형되었다. 김산은 일제의 이간계에 당했다. 일경은 체포한 항일투사 중에서 밀정으로 활용할 이들은 그렇게 했고, 김산처럼 그럴 가능성이 없다고 판단되는 경우에는 몇 달씩 잡아두었다가 아무 일 없던 것처럼 풀어주었다. 그를 의심하기에 좋게 만들고 결국엔 그들 내부의 혼란을 조장해서 없애버리는 계략을 구사했다.

그것은 장제스의 국민당 정부뿐 아니라 마오쩌둥이 지도하는 공산당에서도 조선의 독립운동 세력에게 보내는 일종의 경고이기도 했다. 제국 일본에 맞서 함께 투쟁하는 사정은 다르지 않으나 그 이후의 목표는 같지 않았다. 중국은 장제스든 마오쩌둥이든 조선을 오랜 변방으로 생각했고 제국 일본을 몰아낸 다음에는 한반도에 대한 지배권을 다시 회복하고자 하는 속셈을 감추지 않았다. 김산의 처형은 그러므로 제국 일본과 대륙 중국의 야망 사이에 낀 조선의 처지를 선명하게 드러낸 사건이기도 했다.

김산은 한참 후에 그가 아무런 증거 없이 억울한 죽임을 당했다는 것이 밝혀지고, 1983년에는 그의 명예가 회복된다. 그러나 그것은 훨씬 나중의 일일 뿐이다. 그에게 무한한 친밀감을 느끼고 있던 정율성에게는 충격과 공포심을 안겨준다. 이후 율성에게 김산이라는 이름은 무의식적으로 터부의 대상이었다. 그래야 살 수 있다고 그는 믿었다.

"루오칭은 진산(金山)의 소개로 만났는가?" 마침내 사내의 입에서 진. 산. 이라는 발음이 새어 나왔다. 둔탁한 둔기로 이마를 가격당한 듯한 충격에 율성의 앉은 몸이 휘청였다.

"그렇지 않다. 상하이에서 만난 두쥔후이의 소개였다."

율성은 두쥔후이라면 저들이 문제 삼지 못할 것이라고 생각했다. 누나 봉은과 매형 박건웅을 맺어준 사람은 김규식이었다. 김규식의 아내 김순애의 여동생이 정율성의 작은외숙모 김필례다. 그즈음 김규식이 1933년부터 난징 중앙정치학원의 교수를 지내던 때였다. 율성은 미처 알지 못했으나 그의 의열단 제2기 간부학교 입학식 때 참석해서 '세계정세와 민족혁명의 앞날'이라는 특강을 했었다. 김성숙도 그 무렵 임시정부 국무위원을 지내고 있으면서 상하이의 중국 문화총동맹과 작가연맹 등에 가담하여 신문화운동과 반제국동맹의 간부로 활동하던 차였다. 김성숙은 조선에서 결혼한 아내와 자식들이 있었으나 두쥔후이와 사랑에 빠진다.

두쥔후이는 율성보다 열 살 정도 많은 서른 초반의 여성이었다. 일찍부터 공산당에 가입했고 열정적으로 문예 활동을 하고 있었다. 그들은 율성의 누나 봉은의 집에서 자주 만났고 난징에서 상하이를 오가며 크리노바 교수에게 음악 공부를 하고 있던 율성은 자연스럽게 그들과 인연을 맺었다.

김산이 1936년 8월, 옌안으로 떠난 무렵 정율성은 김산의 소개로 만난 루오칭과 교류하게 된다. 공산당원이었던 루오칭은 난징 금룡성 인근 현무호 근처에서 지낼 무렵 고문으로 '5월문예사' 창립에 관여하면서 정율성에게 참여를 권한다. 율성은 루오칭의 주선으로, 이사 자격으로 5월문예사에 참여한다. 1936년 5월 1일의 창립대회에서 발기인 중 한 사람인 주취도가 당시의 중국 형편을 담은 시 한 편을 발표한다. 정율성은 이 시에 곡을 붙여 〈5월의 노래〉라는 이름으로 발표한다.

> 5월의 석류화 곱기도 한데
> 중화의 벽혈(碧血) 더더욱 아름답네
> 백성들의 원한은 누가 풀고, 나라의 수치는 누가 씻으랴
> 시대의 청년들이여 용감히 앞으로 돌진하세

주취도가 쓰고 정율성이 곡을 붙인 〈5월의 노래〉는 진보적인

문화예술운동을 하던 5월문예사를 상징하는 노래가 된다. 또한 셴싱하이(冼星海)가 작곡하여 중국인들 사이에 널리 불리던 〈의용군행진곡〉을 이날 정율성이 불러서 참석한 이들의 열광적인 박수세례를 받는다. 거기에서 끝이 아니었다. 조선의 서정적인 노래 〈아리랑〉을 불러 사람들에게 깊은 인상을 남긴다. 5월문예사는 진보적인 문학작품을 대본으로 꾸며 연극 무대에 올리는 한편 강연회와 토론회를 개최하여 중국인들의 의식 개혁 작업에 힘을 쏟는다. 정율성은 음악뿐 아니라 뛰어난 웅변 솜씨로도 중국 문화예술인들의 마음을 사로잡는데 특히 루오칭은 율성을 높이 평가한다.

그러나 루오칭은 그해, 1936년 10월 상해에 설립된 전국항일구국연합회 회의에 5월문예사를 대표하여 참석했다가 중국 국민당 경찰에 체포된다. 다음 달인 11월에 중국인 노동자들에 대한 비인간적 대우와 노동 탄압에 항의하는 전국항일구국연합 집회 지도자 일곱 명을 체포·구속하는데, 루오칭이 포함된다. 중국인들은 일본인 사업가를 편들고 그들을 규탄하는 예술인들을 오히려 구속한 장제스의 국민당 정부를 비난하면서 루오칭을 포함한 일곱 사람을 '7군자'로 추앙한다.

1937년 7월 마침내 석방된 루오칭이 난징으로 돌아와 중앙호텔에 머물고 있다는 소식을 들은 율성은 그를 찾아가 부둥켜안고 눈물을 흘린다. 마침 중앙호텔에는 파리 음악원에서 작곡과 지휘를 전공하고 돌아온 〈구국군가〉의 작곡가 셴싱하이가 머물고 있었다. 율성은 중화인민공화국 국가인 〈의용군행진곡〉의 작곡자로 후일 중국 혁명 음악의 대부가 되는 셴싱하이를 우연히 만나 깊이 교류하게 된다.

이들보다 앞서 홍군 시기(1927~1937) 혁명 음악 활동에 뛰어든 한인 음악가 최음파(崔音波)가 있다. 중국의 3대 인민음악가 중 녜얼(聶耳)은 홍군 시기를 대표하는 작곡가로, 셴싱하이와 정율성은 팔로군 시기를 대표하는 작곡가로 추앙받는다. 최음파는 이들보다 앞서 혁명 음악 활동에 뛰어든 한인 음악가이다. 그러나 정율성은 중국 주류 음악이 개척되던 초기에 선두에서 활약한 중요한 음악가이며, 무산계급 혁명 음악의 발전을 위한 길을 개척한 최음파의 존재는 알지 못했다. 최음파가 중앙 소비에트 구역인 루이진에서 활동하다가 대장정이 끝난 1935년 10월 19일 이전, 도중 1935년 6월 중순에 그만 사망한 때문이다.

"두쥔후이!"

율성의 판단은 그르지 않았다. 보안부의 사내는 율성에게 루오칭과 두쥔후이는 물론 김산에 대해서도 더는 캐묻지 않았다.

"신뢰하는 자도 검증할 의무가 우리에게 있다. 이해하라."

이른 아침부터 열 시간 넘게 심문을 받고 보안부 사무실을 나올 때는 거처를 향해 가는 길조차 침침했다. 그를 내보내며 저들끼리 낮게 속삭이던 말이 율성의 폐부를 찔렀다. "나는 아무도 믿지 않아." 다른 목소리도 들렸다. "조선인이잖아."

율성은 더는 보안부의 소환을 받지 않았다. 율성은 음악을 통해 이제 옌안과 타이항산을 비롯한 중국에서 그 위치를 확고하게 다져가는 중이었다.

김성숙은 조선의 해방을 맞아, 1945년 12월 1일 두쥔후이와 세 아들을 중국에 남겨둔 채 미군 수송기를 타고 모국으로 향한다. 중국에 남아 마오쩌둥의 중화인민공화국 건설에 참여한 두쥔후이는 독립에 공을 세운 외국인으로는 드물게 한국 정부로부터 2016년 건국훈장 애족장(5등급)을 받는다.

율성이 음악으로 그의 이름을 알려가는 과정에서뿐 아니라 그에 대한 중국공산당의 부질없는 의심을 거두게 한 데에는 두쥔후이의 역할이 매우 컸다. 그가 평생 가슴에 담아두었던 이가 김원봉과 김산, 크리노바 교수, 그리고 두쥔후이였다.

율성에게 음악은 그의 존재를 널리 각인시키는 훌륭한 무기가 된다. 1935년 두쥔후이는 '상하이 구국부녀회' 회장으로 활동하고 있었다. 율성은 잠시 그녀의 집에 머무르고 있었다. 율성은 그녀의 권유에 따라 가입한 '대공전영희극독자회(大公電影戲劇讀者會)' 제6대 회장으로 활동한다. 그는 〈유격전가〉 〈전투적 여성의 노래〉 등을 연이어 발표한다. 대공전영희극독자회는 시민들을 대상으로 항일 의식을 불러일으키는 공연은 물론 전선을 방문하여 부상병들을 위로하고 그들의 항전 의지를 고취하는 일을 했다.

정율성이 생과 사의 갈림길에서 전투 중인 병사들이 한마음으로 힘껏 부르며 그들의 전의를 드높이는 전투적인 음악을 주로 발표하고 후일 그와 관련된 이름으로 역사에 기록되는 사정은 그러한 데서 기인했다. 만일 그가 평화롭고 일상적인 생활 가운데 있었다면 보다 서정적이고 아름다운, 그래서 보편적인 정서에 스며드는 음악가로서 기억될 수 있었을 것이다. 크리노바 교수의 권유를 따라 이탈리아로 가서 음악 수업을 더 받을 수 있었다면 그의 음악은 전혀 다른 세계를 선보였을 것이다. 그러나 1930년대는 전쟁과 폭력의 시대였다.

율성은 조국의 해방을 위해서는 일차적으로 일제에 맞서 싸우고 있는 중국을 지켜야 한다고 생각했다. 조선의 해방과 중국이 일본제국과의 전쟁에서 승리하는 것은 별개의 일이 아니라고 믿었다. 김원봉이나 김산, 그리고 매형인 박건웅은 장제스든 마오쩌둥이든 중국과의 협력은 중요하지만, 잊지 말아야 할 것은 결국은 우리 조선의 해방이라고 입버릇처럼 말했다. 율성도 그렇게 생각했다.

그를 최전선으로 보내는 대신 상하이나 난징에 묶어둔 장제스 국민당 정부의 속내를 김원봉은 간파하고 있었다. 그들의 통제 밖에서 의열단(조선의용대)이 군사 세력화하는 것을 원하지 않았다. 김구의 임정을 비롯한 독립운동 단체에 대해서는 3인으로 구성된 위원회를 통해 분할 관리했다. 쑨원의 삼민주의를 한국 민족운동의 기본 정치철학으로 요구했다. 김원봉의 의열단 간부학교에 중국인 교관을 파견하여 삼민주의를 학습하도록 한 것 역시 한반도를 저들의 변방으로 보고 장차 그들의 지배권을 회복하고자 하는 뜻이 담겨 있었다. 김원봉과 김산은 물론 이제 정율성도 그것을 모르지 않았으나, 그들은 진정한 의미에서 독립군이 되지 못했다. 장제스든 마오쩌둥이든 중국의 지원이 아니면 일본제국에 대항할 실제적인 힘이 없었다. 그들은 크고 깊게 좌절했다.

장제스 국민당과 마오쩌둥의 공산당 사이의 전쟁은 그들 간의 권력 투쟁을 넘어선 새로운 세계 질서에 관한 이데올로기 전쟁이었다. 마오쩌둥의 공산당은 모든 민족의 평등을 내세우고 장제스의 국민당 그리고 일본제국과 싸우고 있었다. 율성이 옌안행을 최종 결심한 것은 그러한 까닭이 가장 컸다. 다만, 결국은 모두 중국 공산당이라는 붉은 꽃그늘 아래에서 멀리 벗어나지는 못했다. 좋은 의미이든 그렇지 않든 간에.

1937년 10월, 정율성은 난징을 떠나서 옌안으로 가고 싶었다. 본격적인 항일 투쟁을 위해서 마오쩌둥의 공산당이 세운 혁명의 본거지로 가고 싶은 열망이 컸다. 그러나 옌안으로 가는 길은 쉽지 않았다. 옌안은 겨우 자리한 혁명의 근거지인 탓에 출입하는 데에 엄격한 심사가 이루어지고 있었다. 국민당군과 일제의 밀정이 침투할 가능성이 있었기 때문인데, 율성은 중국인도 아니었고 아직 공산당원도 아니었다.

그는 두쥔후이를 찾아가 옌안으로 갈 수 있도록 도와달라는 부탁을 한다. 우선 그의 누나 봉은은 반대했다. 누나가 보기에 율성은 아직 어렸고, 옌안은 안전한 곳이 아니었다. 상하이나 난징이라고 안전을 보장하는 곳은 아니지만 할 수 있다면 자신과 가까운 곳에 머물면서 음악을 했으면 하고 바랐다. 총을 들지 않고도 적들과 싸울 수 있지 않겠는가, 특히 율성은 음악으로도 자신의 몫을 충분하게 감당할 수 있지 않겠는가 하고 말렸다. 하지만 율성의 매형 박건웅은 아내와 생각이 달라서 율성의 옌안행을 적극 지지한다. 김원봉의 영향력 밖으로 율성이 나가는 게 그가 혁명가로 성장하는 데 더 바람직하다고 평소 생각하고 있던 박건웅은 이번이 그 기회라고 여겼다. 다행히 두쥔후이도 율성의 옌안행을 지지한다. 율성의 음악적 재능을 펼치는 데 좋은 기회일 수 있다고 생각했다.

마오쩌둥의 대장정 기간 중국 곳곳의 농촌 지역을 지나면서 홍군은 문맹률이 높은 농민들을 상대로 한 정치선전에는 무엇보다 연극이나 음악과 같은 문화예술이 더욱 효과가 크다는 것을 깨닫는다. 글로 된 전단이나 벽보보다 상대적으로 더 이해하기 쉽고 정서적 울림이 크기 때문이었다. 특히 마오쩌둥은 혁명에 있어서 농촌 지역을 더 주목했다. 그가 농촌 출신인 까닭에 농민의 바람이 무엇인지 더욱 잘 알고 있었기 때문이기도 했다. 가장 큰 곤란은 혁명의 이념을 적절한 가사로 압축해서 표현해낼 역량 있는 시인, 작가와 곡을 붙여 흥겹게 노래 부를 수 있도록 할 수 있는 음악가가 절대로 부족하다는 점이었다. 공산당의 고급 간부이면서 문화예술 활동 단체의 지도자인 두쥔후이는 그런 점에서 율성의 옌안행을 적극적으로 지지했던 것이다.

남편인 박건웅과 두쥔후이의 설명을 들은 율성의 누나 봉은도 동의할 수밖에 없었다. 어차피 항일 투쟁의 끝에는 자칫 목숨을 내놓을 수밖에 없을 테고, 중국공산당이라는 큰 울타리 안에서 활동하는 것이 그나마 안전할 수도 있겠다는 생각이 들었다. 게다가 율성의 재능인 음악 활동으로 그가 늘 꿈꾸던 삶이 어쩌면 가능할지도 모르겠다는 판단도 그녀에게 위로가 되어주었다.

두쥔후이는 1937년 중국공산당 지하당원으로 활동하고 있던 선샤푸(宣侠父)를 율성에게 보낸다. 선샤푸는 서안 팔로군 주임 린바이취(林佰渠)에게 보내는 자신의 소개장을 율성에게 건네며 그에게 기대가 크다고, 조심해서 가라고 당부한다. 율성은 곧바로 두쥔후이를 찾아가 고마움을 전하면서 떠나기 전에 두쥔후이에게 노래 한 곡을 불러준다. 그가 할 수 있는 유일한 선물이었다.

율성은 가지고 간 바이올린으로 상하이의 음악회에서 그가 불렀던 노래, 레온 카발로가 작곡하고 엔리코 카루소가 부른 유명한 〈아침의 노래〉를 연주했다. 두쥔후이는 눈물을 흘리며 감격한다. 율성의 두 손을 잡으며, 영원히 잊지 못할 선물이라고, 다음에 또 만나면 율성이 직접 작곡한 노래를 듣고 싶다고 그를 격려한다. 준비해두었던 여비 30원을 건넨다.

정율성은 그 여비와 소개장, 그리고 고향에서부터 들고 온 만돌린과 바이올린 든 가방을 들고 1937년 10월 옌안을 향해 출발한 지 일주일 후 10월 하순에 마침내 옌안엔 도착한다. 셋째 형 의은을 따라 처음 상하이에 오던 때 그랬던 것처럼 율성은 다시 가슴이 벅차오르는 것을 느낀다. 옌안은 혁명의 도시였고 열정적인 청년 전사들의 도시였다.

율성이 옌안에 도착하던 해 연말경 옌안에는 산베이공학이라는 이름의 학교가 문을 연다. 공산당 간부를 양성하기 위한 교육기관으로, 율성은 1기로 입학해서 공부한다. 당시 옌안에 살던 사람들 대부분은 토굴에서 생활했다. 율성은 어떤 때는 토굴에서 어떤 때는 강변 혹은 거친 땅에서의 수업을 즐거운 마음으로 마친다. 3개월 과정의 정치와 철학과 군사학을 가르쳤던 산베이공학 1기를 수료한 율성은 다시 1938년 5월에 개교한 루쉰예술학원에 설치한 음악학부에서 공부할 기회를 얻는다.

루쉰예술학원에는 율성보다 한 발 앞서 옌안에 들어온 셴싱하이가 교수로 있었다. 파리 음악원에서 작곡과 지휘를 전공하고 돌아온 셴싱하이에게서 꿈에 그리던 정식 음악 수업을 듣게 된 기회였다. 그뿐 아니라 평생의 반려가 될 딩쉐쑹을 만나는 운명이 그를 기다리고 있었다.

옌안엔 산베이공학과 루쉰예술학원에 더해 항일군정대학과 중국여자대학 등이 속속 문을 열었다. 궁핍과 불안이 떠나지 않았으나 일본제국과 장제스군에 대한 항전의 열망으로 가득한, 대륙 곳곳에서 모여든 젊은이들로 옌안은 활기가 넘쳤다.

어느 날 옌안 시내를 굽어보는 바오타산 기슭으로 해가 떨어질 때, 나란히 걷던 모예(莫耶)가 문득 걸음을 멈추고 율성을 바라보았다. 모예는 루쉰예술학원 음악학부 동료 학생이었다.

"뤄칭, 저 아름다운 모습을 좀 봐. 나는 지금 옌안에 있다는 게 정말 행복해. 표현할 수 있는 언어가 없어. 더구나 뤄칭 같은 좋은 친구들과 함께 공부하고 있는 것은 더할 수 없는 행운이야. 진심으로."

율성은 그 말에 공감했다. 근래 자신의 마음이 그랬다. 홀로 계실 어머니를 뒤로하고 고향을 떠나 상하이에 도착하던 때로부터 3년이 조금 지나 있었다. 길지 않은 시간이었으나 율성은 그동안 잊지 못할 많은 사람을 만났다. 수많은 일을 겪고 다양한 공부를 하면서 세상을 보는 눈이 깊어졌다. 조금씩 흔들릴 때도 있었으나 음악과 조국 해방에 대한 열정은 더욱 타올랐다. 비슷한 목표를 갖고 공부하는 뛰어난 젊은이들과 어울릴 수 있는 환경도 그의 가슴을 뛰게 했다. 모예가 말을 이었다.

"우리 노래를 한 곡 만들자. 어때? 옌안의 장엄한 아름다움과 열정을 담은 노래를 함께 만들자."

모예가 시를 썼고, 율성이 곡을 만들었다. 얼마 후 옌안 시내 중앙대례당에서 음악회가 열렸다. 마오쩌둥을 비롯한 공산당 주요 지도자들이 참석했다. 옌안에 있는 여러 대학 학생들도 대부분 참석해서 공연장은 좌석이 부족할 만큼 열기로 가득했다. 루쉰예술학원 음악부 교수와 학생들도 공연에 참가할 기회가 주어졌다. 순서가 되자 드디어 율성은 음악학부 동기생 여가수 탕룽메이(唐榮枚)와 함께 무대에 올라 모예와 함께 만들었던 노래를 부른다. 〈옌안의 노래〉였다.

보탑산 봉우리에 노을 불타오르고
연하강 물결 위에 달빛 흐르네
봄바람 들판으로 솔솔 불어오고
산과 산 철벽을 이뤘네
아, 옌안
장엄하고 웅대한 도시
항전의 노래 곳곳에 울린다
아, 옌안

노래가 끝나자 모든 관객이 자리에서 일어났다. 아름답고도 비장한 가사와 선율이 청중의 가슴을 휘어잡아 우레와 같은 박수와 환호가 오랫동안 그치지 않았다. 며칠 지나지 않아 당 중앙 선전부에서 나온 일꾼들이 뤼순예술학원을 찾아와 〈옌안의 노래〉 악보를 가져갔다. 〈옌안송〉이라는 이름으로 제목을 바꾸어 악보를 대량으로 인쇄했다. 그것을 학교를 비롯한 기관과 팔로군 전투원과 농민을 가리지 않고 옌안 곳곳에 배포했다. 공산당 최고지도자 마오쩌둥(毛澤東)과 저우언라이(周恩來), 그리고 팔로군 총사령관 주다이전(朱代珍, 주더[朱德]), 옌안방어부대장 왕진(王震) 등이 정율성을 연이어 초대했다. 특히 팔로군 총사령관 주다이전은 율성의 둘째 형 충룡과 운남 강무당 동기생으로 함께 공부했고 같이 싸웠던 인연이 있어서 율성을 크게 환대했다.

"참으로 반갑다. 그대의 형님인 충룡이 장제스군과 싸우다 아깝게 목숨을 잃었다. 살아 있었다면 얼마나 자랑스럽겠는가. 대견하다. 그대가 만들고 부른 〈옌안송〉은 우리 인민들 가슴에 아름다움의 감각을 깨우쳤고 투쟁의 뜨거운 불을 지폈다. 고맙다, 뤄칭!"

그는 율성과 헤어질 때 장총 한 정을 율성에게 선물로 주었다. 그가 준 장총은 두고두고 율성에게 유용하게 쓰인다.

정율성은 상상할 수 없었던 일이 연거푸 일어나자 주체하지 못할 기쁨으로 가슴이 터질 것 같았다. 그는 의열단 간부학교를 졸업하고 나서 그랬던 것처럼, 고향에 계신 어머니께 부치지 못할 편지를 쓴다. 그때는 어머니가 기뻐하실 것 같지 않아서, 간부학교를 마치고 나면 그다음 행로는 전선으로 달려가 싸우게 될 것이었으므로 어머니가 그것을 기뻐하실 것인가 염려했다. 그러나 지금은 전혀 다르다. 율성은 벅찬 마음을 애써 진정하고 편지를 쓴다. 편지는 언젠가 어머니께 전해드릴 것이다. 아니라도 괜찮았다.

> 어머니. 어머니, 저 막내 부은입니다. 여기서는 율성이라고 부릅니다. 아, 이름을 그리 바꾼 것은 뜻 그대로 음악으로 큰 뜻을 이루겠다, 음악으로 성공하겠다는 바람을 담은 것입니다. 그래요, 어머니. 이제 저는 중국에 온 지 3년 만에 그 뜻을 절반은 이룬 듯합니다. 제가 만들어 부른 노래가 이곳 중국

사람들 입에서 입으로, 도시의 거리거리마다 울려퍼지고 있어요, 어머니. 최고지도자들이 저를 불러 격려해주었어요.

정율성은 〈옌안의 노래〉를 통해 많은 이들에게 깊은 인상을 남기며 음악가로서 성공적으로 데뷔했다. 당 최고 지도자들과 옌안의 쟁쟁한 인사들은 물론 여러 대학의 학생들 사이에서 그의 이름이 자주 호명되었다. 특히 그가 조선인이라는 데서 더 큰 관심을 받았다. 그는 루쉰예술대학을 졸업하자 곧장 항일군정대학 음악지도원으로 발령받는다. 옌안의 항일군정대학은 군사지도자 육성을 목표로 설립한 학교였다. 이제 그는 학생의 입장에서 음악을 가르치는 교수가 되었다. 많은 사람의 주목은 부담으로 다가왔으나 율성은 음악에 대한 열정이 더해져 〈항전돌격운동가〉와 〈10월 혁명 행진곡〉과 〈생산요〉 등의 노래를 연이어 발표한다. 학생들을 조직해 합창단을 만들고 음악회을 열어 그가 작곡한 노래들을 선보였다.

그의 명성이 높아지면서 1939년 1월, 옌안으로 들어온 지 2년 만에 정율성은 중국공산당 정식 당원 자격을 얻는다. 그의 나이 26세 때였다. 1939년 7월에는 〈팔로군 대행진〉을 작곡해서 음악가로서의 명성이 드높아졌다. 1938년에 발표한 〈옌안송〉으로 이름을 알린 율성은 〈팔로군 대행진〉을 통해 음악가로서의 확고한 위치를 확보한다.

"앞으로! 앞으로! 앞으로! 태양을 향한 우리의 대오, 조국의 대지 위에 섰다……"로 시작하는 〈팔로군 대행진〉은 중국의 젊은이들 마음을 격동케 해서 전선에서 목숨을 걸고 싸울 때 커다란 힘이 되었다. 훨씬 나중인 1988년 7월 25일, 중앙군사위원회 주석 덩샤오핑(鄧小平)에 의해 공식적으로 〈중국인민해방군가〉로 확정된다.

엄격한 심사를 거쳐 당원이 될 수 있었던 것은 그의 음악적 명성이 큰 몫을 했다. 상하이 시절부터 그의 음악적 재능을 아끼고 옌안행을 도왔던 두쥔후이의 드러나지 않은 도움도 한몫을 했다. 팔로군 총사령관 주다이전과 옌안과 타이항산 지구 거주 조선인의 후견인이었던 무정 장군도 그러했다.

율성은 그러나 공산주의를 맹종하지는 않았다. 그는 공산주의를 이데올로기로서가 아닌 조국 해방의 유력한 수단으로 보았다. 그런 의미에서 그의 중국공산당 입당은 의열단 간부학교에서 쑨원의 삼민주의를 강의했던 강택이 강조하던 말의 실천이었다. 율성은 그렇게 생각했다. 장제스 국민당 정부를 대표해서 간부학교 고문으로 있던 강택은 한중연합을 통한 제국주의 세력 분쇄를 강조했다. 조선의 독립을 위해서도 공고한 단결이 필요하다고 역설했다. 장제스의 국민당이 항일전선에 치열했다면 정율성은 기꺼이 국민당의 일원이 되었을 것이다. 그러나 1930년대 중국에서 일본제국과 맞서 싸우고 있는 세력은 마오쩌둥의 공산당이었다.

사이가 멀어지긴 했으나 한때 존경했던 의열단 단장 김원봉과 일본의 밀정이라는 누명을 쓰고 억울한 죽임을 당한 김산과 매형 박건웅이 했던 말도 율성은 잊지 않고 새겼다. 그들은 한결같이, 우리가 장제스든 마오쩌둥이든 중국 세력과 손잡는 까닭은 그것이 오직 우리 조국의 해방에 유용한 길이어서일 뿐이라고 강조했다. 다른 나라와의 관계에서 진정한 의미의 친구는 없다고, 필요에 따른 동맹만 있을 뿐이라고 말했다.

정율성이 중국공산당 당원이 된 것은 그러한 이유와 함께 다른 까닭도 있었다. 상하이와 난징 시절 그를 아끼고 도움을 주었던 이들 대부분이 공산당과 밀접한 관계에 있었다. 그러한 인연과 함께 옌안에 있으면서 공산당원이 되는 것이 자신을 보호해줄 울타리라는 현실적인 이유도 없지 않았다. 그렇다고 항상 울타리가 된 것은 아니었다. 김산과 가까웠다는 이유 하나로 율성은 벌써 두 번이나 공산당 보안부의 심문을 받았다. 평생 반려가 된 딩쉐쑹과의 인연도 자칫 끊어질 뻔했다. 그가 조선인이라는 이유 때문이었다.

율성은 20대의 청년이었다. 훤칠한 키에 준수한 용모에다 음악적 재능이 뛰어났다. 고향을 떠나올 무렵엔 내향적 성격이었고, 중국에서도 매사에 신중했다. 많은 공부를 하고, 여러 인물을 만나고, 정세를 알아가고, 음악적 성취를 더해가면서 율성은 이제 매우 쾌활한 성격으로 변해갔다. 주변의 여성들은 그에게 많은 호감을 보였다. 진심으로 환대해주었다. 구러우 전화국의 진숙화, 성악과 작곡법을 가르쳐주었던 크리노바 교수, 함께 〈5월의 노래〉를 만들었던 루오칭, 그리고 김성숙의 아내 두쥔후이, 〈옌안의 노래〉에 가사를 썼던 모예와 무대에 올라 함께 노래를 불렀던 음악학부 동기생 탕룽메이 등이 그들이었다.

그런데 율성이 루쉰예술대학을 졸업하고 항일군정대학 음악지도원으로 일하던 무렵 같은 대학 여학생 대장으로 활동하던 딩쉐쑹을 만나게 되면서 그의 가슴에 지금껏 드러나지 않았던 연정이 활활 불타오르게 된다. 율성은 이미 옌안의 인기 스타였다. 여학생이 드물던 혁명 도시 옌안에서 남자들 못잖은 열정으로 가득했던 딩쉐쑹 역시 주목받는 인물이었다. 수수한 차림이었으나 딩쉐쑹은 이목구비가 또렷한 고운 얼굴이었다. 많은 남학생으로부터 연서와 꽃다발 선물을 받았다. 율성보다 네 살 아래인 딩쉐쑹은 율성에게 호감을 보였고, 율성도 그녀에게 환심을 사기 위해 바이올린을 연주하거나 노래를 불러주곤 했다. 두 사람의 연애 사실은 머지않아 옌안의 화젯거리가 되었다.

문제는 그 무렵 율성이 보안부의 의심을 받아 소환을 받았다는 데 있었다. 장제스의 국민당군에 밀려 산간벽지 옌안에 겨우 거점을 마련했으나 중국공산당은 장제스와 일본 제국군 모두를 상대하고 있었다. 특히 1938년과 39년 사이 일본군은 비행기를 동원해서 옌안 일대를 대대적으로 폭격하고 있었다. 공습에 대비할 방공포를 갖지 못한 옌안은 공습에 속수무책이었다. 멀쩡한 건물이 없을 정도로 피해가 심해서 모두 신경이 날카로울 때였다. 1940년 초에는 30만 대군을 동원한 장제스의 국민당군이 옌안을 봉쇄한다. 그러한 즈음 보안부의 의심을 받고 있다는 사실 하나만으로도 그와 가깝게 지내는 이가 위험에 노출될 것은 불문가지였다.

딩쉐쑹을 아끼는 사람들은 율성과의 교제를 말렸다. 딩쉐쑹은 항일군정대학을 마치고 중국여자대학에 다니고 있었는데, 부교장인 커칭시(柯庆施)가 특히 율성과의 교제를 만류했다. 당의 의심을 받는 율성을 가까이하다가 당의 신임을 받는 딩쉐쑹의 미래를 망칠 수 있다는 것이 그의 충고였다.

김산의 죽음에 대한 충격과 보안부의 심문과 딩쉐쑹과의 관계에 위기를 겪으면서 율성은 깊은 좌절감을 느낀다. 부실한 식사와 마음의 고통은 급기야 그를 찾아온 결핵균을 이기지 못한다. 심한 기침이 잦아지고 피를 토하는 지경에 이르자 율성은 학교를 휴직하고 깊은 산속으로 요양을 떠난다. 잠깐이라도 함께 있지 못하면 병이 날 것처럼 아끼고 사랑했던 딩쉐쑹과도 영영 이별인가 싶어서 그는 소리죽여 울었다.

율성이 요양하던 때, 전에 팔로군 총사령관 주다이전이 선물로 주었던 장총은 매우 요긴하게 사용되었다. 의열단 간부학교에서 익힌 사격 솜씨에 쓸 만한 장총 한 자루는 깊은 산속에서 고라니와 토끼, 가끔은 멧돼지를 사냥해서 허기를 달래는 데 쓰였다. 고향 광주에서 살던 때 집 근처 광주천에 나가 낚시와 족대 등으로 물고기를 곧잘 잡아 오던 실력도 사냥과 함께 유감없이 발휘되었다.

시간은 많았으므로 율성은 매일같이 바이올린 연주로 병든 몸과 쓸쓸한 마음을 달랬다. 결핵을 치료할 약은 없었으나 산나물 종류의 신선한 채소도 적지 않은 덕분에 반년 남짓 산속에서 요양하면서 율성의 몸은 상당히 회복되었다. 그러나 딩쉐쑹을 향한 그리움이 크고 깊었다. 문득 쳐다본 밤하늘에 걸린 달에 딩쉐쑹의 얼굴이 걸려 있었다. 그녀와 함께했던 아름답고 슬픈 시간을 헤아리느라 잠을 이루지 못하는 날이 많았다. 나는 정녕 없는 꿈을 꾸었던가, 회한이 가슴을 가득 채웠다. 보안부의 의심과 사랑하는 이와의 결별이란 그가 나라를 잃어버린 조선인이라는 것 말고는 없었다.

그는 다시 도시로 돌아온다. 맨 먼저 무정을 찾아간다. 무정은 오랫동안 공산당의 고급 간부로 활동했고 마오쩌둥을 따라 대장정을 마친 포병 전문가였다. 중국공산당에 참여하고 있는 조선인 중에서 가장 유력한 인사였고, 1941년에는 조선의용군 총사령관으로 옌안 일대의 조선인 후견인이기도 했다. 둘째 형 충룡과 함께 전선에서 싸웠던 전우이기도 했다. 무정은 율성을 따뜻하게 맞아주었다.

"그래, 몸은 좀 나아졌는가?" 그는 걱정을 담아 율성에게 묻는다. 뜨거운 차를 내놓았다. 율성에게 마시라는 손짓을 하고 찾아온 용건을 말하기를 기다렸다. 율성은 조심스럽게 말을 꺼낸다.

"네, 좋아졌습니다. 그런데 한 가지 어려운 부탁이 있어서요……."

무정은 쾌활하게 웃었다. 젊은 후배들의 안타까우면서도 간절한 사랑 이야기가 평생 전선에서 지내느라 개인적 삶을 돌보지 못했던 그의 마음을 울컥하게 했다. 무정은 홍군의 부사령관이던 평더화이 밑에서 참모장을 맡아 일하던 시절 그의 주선으로 중국 여인과 결혼한 이력이 있었다. 율성의 고민을 들은 무정은 당의 고위 관계자들은 물론 딩쉐쑹을 직접 만나 정율성의 사상과 출신에 아무 문제가 없다는 것을 적극적으로 설명한다. 보안부로 소환해 율성을 심문하던 캉셩은 더 이상 율성을 붙잡아두지 못했고, 딩쉐쑹도 마음을 돌려 두 사람은 1941년 12월 하순 마침내 결혼식을 올리고 부부가 된다. 율성의 나이 27세였고, 딩쉐쑹은 23세의 나이로 새로 조직된 변구의 주석 비서로 내정되어 있던 때였다.

결혼식 사회는 문예이론가로 이름을 날리고 있던 주양(周楊)이 맡았다. 가난한 시절이라 율성이 사냥해 온 산양 두 마리 중에서 한 마리는 양고기구이로 내놓고, 다른 한 마리를 새로 개설된 옌안 시장에서 곡식으로 바꾼 잡곡으로 상을 차렸다. 양가 부모도 없는 결혼식과 간소한 차림에도 불구하고 율성과 딩쉐쑹을 좋아하는 수많은 옌안의 젊은이들이 참석해서 아낌없는 축하를 해주었다. 특히 마오쩌둥이 참석한 가운데 열렸던 음악회에서 〈연안의 노래〉를 함께 불렀던 율성의 루쉰예술학원 음악학부 동기생 여가수 탕룽메이가 부른 축가는 모두의 가슴을 뭉클하고 아름답게 적셔주었다.

수줍게 웃는 널 보는 처음 본 순간
내 운명이란 걸 알았어
어지러운 세상 속 두근대는 설렘

네 작은 어깨도 내겐 큰 힘이 돼

이렇게 네 손을 잡고 영원히 함께 있고 싶어

다행이다 널 사랑해서

남은 생을 함께할 수 있어서…….

옌안의 노래

보탑산 봉우리에 노을 불타오르고

연하강 물결 위에 달빛 흐르네

봄바람 들판으로 솔솔 불어오고

산과 산 철벽을 이뤘네

아, 옌안

장엄하고 웅대한 도시

항전의 노래 곳곳에 울린다

6

1936년 8월 조선

정율성은 1942년 8월 옌안에서 타이항산으로 이동하라는 공산당 중앙의 명령을 받는다. 딩쉐쑹과 결혼 후 꿈같은 신혼을 보내던 시기였고, 아내는 홑몸이 아니었다. 더구나 그는 아직 폐결핵이 완쾌되지 않은 상태였다. 타이항산 전선에서는 일본군과 수시로 교전이 있어서 그는 한편으로는 기뻤다. 실제 전투에 참여해본 적이 없던 때문이었다. 그러나 아내의 배가 불러오고 있는 데다, 건강이 여의치 않은 탓에 무거운 마음을 안고 율성은 타이항산으로 향한다.

그 무렵 조선인 조직에 얼마간의 변화가 생겼다. 1942년 7월 화북조선인청년연합회는 조선독립동맹으로, 조선의용대 화북지대는 조선의용군으로 개편한다. 조선독립동맹의 주석은 김두봉, 조선의용군사령관은 무정이 맡았다. 무정은 팔로군 포병단장을 그만두고 타이항산으로 향하는 길이었다. 조선 혁명에 매진하기 위해서였는데, 이때 정율성은 무정과 함께 타이항산으로 간다. 조선혁명군정학교 교장은 무정, 정율성은 교무부장을 맡았다. 무정은 대외적인 업무로 숨 가빠했으므로, 학교의 실질적인 운영은 율성의 몫이었다.

타이항산에 도착하고 얼마 지나지 않아 율성은 난징 간부학교에서 함께 훈련을 받았던 몇몇 동지와 반갑게 해후한다. 목포항에서 헤이안마루를 타고 중국에 함께 왔던 간부학교 동기 김일곤(가명, 문명철)이었다. 두 사람은 얼싸안고 기쁨에 젖은 채 쌓인 회포를 풀기에 시간이 모자랐다.

"살아 있었구나, 유대진. 아니 정율성. 네 이름을 많이 들었다. 옌안송을 네가 만들었다는 이야기를 듣고 말할 수 없이 기뻤다. 전선에서 낮에는 옌안송을 부르고 밤에는 팔로군행진곡을 부르고 들었다. 나는 항상 너와 함께했다."

"그래, 정말 반갑고 고맙다. 우리가 헤어진 것인 간부학교를 마친 후였으니, 벌써 몇 년이냐? 그때가 1934년 4월이었으니 무려 8년이 넘었구나."

두 사람은 일과가 끝난 저녁에 매일같이 만나, 빈약한 식사를 하면서도 이야기꽃을 피우느라 밤을 새우기 일쑤였다. 김일곤의 사촌 김승곤은 조선의용대에 있다가 낙양에서 북상할 때 어디론가 사라져버렸다. 윤세주 선생은 1942년 5월 일본군과의 전투 중에 아깝게 목숨을 잃었다. 그때 일본군은 20개 사단 40만 명의 병력을 투입해서 옌안을 포위 공격했다. '참빛작전'으로 불린 대공세에 맞서 조선의용군을 이끌고 팔로군 지휘부와 주력부대를 탈

출시키는 데엔 성공했으나 정작 그 자신은 총상을 입은 채 낙오되었고 동굴 속에서 사흘을 버티다 과다출혈로 숨을 거두었다.

율성은 중국에서 가장 존경하고 따랐던 선배 혁명가 두 사람, 김산과 윤세주의 죽음에 비통함을 감추지 못했다. 몸이 성치 않은 그였으나 김일곤과 독주를 나눠 마시며 두 사람을 애도했다. 김원봉 단장은 임정으로 합류했다.

율성은 해야 할 일이 많았다. 조선혁명군정학교에 부여된 임무는 조선 출신 청년들을 위한 교육 말고도 다양했다. 일본군 점령 지역에서 넘어오는 귀순자나 포로를 심문하는 일과 밭을 갈고 고기를 잡고 나물을 캐는 일도 그가 챙겨야 하는 일이었다. 팔로군 본부에서 오는 보급품이 항상 부족한 탓이었다. 미나리는 그래도 풍부한 채소였다. 율성은 우리 민요 〈도라지 타령〉에 가사를 조금 달리한 〈미나리 타령〉을 가르치고 함께 부르면서 배고픔과 노동의 힘겨움을 견뎠다.

미나리 미나리 돌미나리
태항산 골짜기 돌미나리
한두 뿌리만 뜯어도
대바구니에 철철 넘치는구나
에헤야 데헤야 좋구나
어여라 뜯어라 지화자 캐어라
이것도 우리의 혁명이다

율성은 1943년 타이항산 일대의 조선 청년들 가운데 문학과 예술에 관심 있는 이들을 모아 '조선문예협회'를 만들었다. 회장은 그가 맡았다. 조선과 중국의 시를 읽고 노래를 부르고 또 직접 창작 연습을 했다. 특히 1936년 1월에 10부 한정판으로 발간한 백석 시집 『사슴』을 어렵게 구해 필사본으로 나눠 읽었다. 율성은 시집에 수록된 시 「모닥불」을 즐겨 암송하곤 했다. 마치 어린 시절 고향의 따뜻한 풍경이 손에 잡힐 듯한 데다 더해 고행과 나라 잃은 슬픔을 노래하고 있다고 본 때문이었다.

> 새끼오리도 헌신짝도 소똥도 갓신창도 개니빠디도 너울쪽도 짚검불도
> 가락잎도 머리카락도 헌겊조각도 막대꼬치도 기왓장도 닭도 개터럭도 타는 모닥불
> ……
> 모닥불은 어려서 우리 할아버지가 어미아비 없는 서러운 아이로
> 불상하니도 몽둥발이가 된 슬픈 역사가 있다

그 무렵 10년 가까이 소식을 몰라 애태우게 했던 율성의 조카 정국훈이 어느 날 불쑥 나타나 사람들을 놀라게 했다. 그는 반거지 행색이었다. 입성은 말할 것도 없었고 얼굴에 병색이 완연했다. 국훈은 간부학교를 졸업하자마자 국내 침투 임무를 받았다.

조선의 정세와 주요 정치세력의 동향을 면밀하게 살펴 오라는 게 그에게 맡겨진 일이었다. 중국에서도 신문과 방송으로 대륙을 중심으로 전개되고 있는 숨가쁜 정세를 대략은 알 수 있었으나, 조선 내부의 사정까지 정확하게 파악하기는 힘든 일이어서 그랬다.

정국훈은 그들 일행을 상하이에 내려주고 사라졌던 작은아버지 정의은이 다시 조선으로 들어오자마자 일경에 체포되었음을 알았다. 국훈은 고향 집에는 가지 않았어야 했고, 그렇게 훈련받았다. 딱 한 번만 부모님을 뵙고 싶다는 간절한 마음을 억제하지 못했다. 그의 아버지 정효룡은 오랜 감옥 생활로 얻은 병이 악화하여 그가 의열단 간부학교에서 훈련받던 즈음 세상을 떠났다. 어머니를 뵙고서야 작은아버지는 체포되었고, 아버지는 돌아가셨다는 이야기를 들었다. 아버지 임종을 지키지 못한 한스러움과 홀로 남은 어머니를 모른 체하고 집을 나설 수 없어 며칠 망설이다 그만 일경에 체포되고 만다.

국훈은 5년을 경성 감옥에 있다가 풀려난 후 고향 집에서 2년 동안 몸을 추스른다. 그동안 조선의 정세를 담은 장문의 보고서를 썼다. 난징이 일본군의 수중에 떨어지고 대학살이 일어났다는 소식을 조선에서 들었다. 국훈은 율성이 있다는 옌안과 타이항산으로 들어왔다가 공산당 보안부에 체포된다. 그가 들고 온 조선 정세에 관한 정밀한 보고서는 일본 특무의 밀정으로 의심받기 좋은 물증이 되었다. 그게 어떻게 그리 되느냐는 항변조차 할 수 없었다. 보안부는 가혹하게 그를 다뤘다.

"아, 너는 어쩌자고 그렇게 험한 시간을 보냈느냐?"

율성은 조카 국훈을 끌어안고 슬픔에 잠겨 울었다.

"목숨을 잃거나 고문에 몸을 상해 평생 장애를 안고 모진 삶을 견뎌야 하는 사람도 많은데요, 뭘."

국훈이 되려 율성을 위로했다. 쓸쓸함이 배어 있었다. 율성은 또 자신보다 어른스러운 그의 말에 마음이 아팠다. 국훈은 보안부에 모든 것을 빼앗겼다고 했다. 다만 필사해 지니고 있던 윤동주의 시 몇 편은 돌려받았다고, 한번 읽어보라고 때 묻은 노트 한 권을 내밀었다. 1941년에 발표한 윤동주 시 「별 헤는 밤」이었다. 고향에 계신 어머니와 옌안에 홀로 남은 아내 생각에 율성은 목이 멨다.

> 어머님, 나는 별 하나에 아름다운 말 한마디씩 불러봅니다. 소학교 때 책상을 같이했던 아이들의 이름과 패, 경, 옥 이런 이국 소녀들의 이름과, 벌써 애기 어머니 된 계집애들의 이름과, 가난한 이웃 사람들의 이름과, 비둘기, 강아지, 토끼, 노새, 노루, 프란시스 잼, 라이너 마리아 릴케, 이런 시인의 이름을 불러봅니다.
>
> 이네들은 너무나 멀리 있습니다.
> 별이 아슬이 멀듯이……

율성은 조카 국훈의 상한 몸을 지극정성으로 보살폈다. 정작 자신도 폐결핵이 완치되지 않아 힘들어하면서도 그를 잘 돌보지 못한 것이 마치 자신의 잘못인 것처럼 마음이 쓰였다. 고향에 계신 율성의 어머니는 별 탈 없이 계신다는 국훈의 말을 믿어야 좋을지 가늠하기 어려웠다. 건강이 크게 나빠지지만 않았다면 그나마 다행일 것이었다. 자식들이 하나같이 독립운동에 뛰어들어 죽거나 감옥에 갇혀 있거나 소식을 모르는데 당신의 마음이 얼마나 애타고 아플 것인가를 율성은 생각했다.

국훈의 건강이 조금씩 회복되는 데엔 율성의 사냥과 고기잡이 솜씨가 한몫을 단단히 했다. 율성의 건강도 점차 좋아졌다. 늘 가난한 식탁에 사냥과 고기잡이에서 얻은 재료들은 그들의 몸에 더할 나위 없이 좋은 보약이 되어주었다.

국훈은 율성에게 조선에서 한창 인기를 끌던 홍명희 대하소설 『임꺽정전』에 대해 드문드문 이야기를 해주었다. 1939년까지 10년 가까이 『조선일보』에 연재되던 대하소설인데, 조선 중기에 활약했던 화적패 임꺽정과 그 무리의 활동상을 그린 소설이라 했다. 작가가 작품을 완결하지는 못했으나 관군이 서림을 앞세워 임꺽정의 무리를 토벌하기 위해 출동하는 부분에서 미완성인 채로 이야기가 끝나는데, 그게 오히려 절묘하다고 했다. 어째서 그러한가, 율성이 물었다.

"역사에서 민초가 권력자들의 억압과의 투쟁에서 실제 승리한 적은 한 번도 없지 않아요? 꾸며낸 이야기로서의 소설이라고는 하지만 만약 임꺽정 무리가 승리해서 오랜 억압의 세계를 끝내는 것으로 마무리되었다면, 그래서 이름 없는 민초들의 세상이 오는 것으로 그려졌다면 오히려 비현실적이겠잖아요. 수하였던 서림이 제 한 몸 부지하겠다고 관가에 두령을 팔아넘기고, 그래서 끝내 임꺽정들의 거사가 실패로 귀결되는 것이 보다 비장미를 주지요. 남은 사람들이 그들이 다 하지 못한 일들을 이어가도록 힘을 북돋아주기도 하겠고요."

율성은 소설에 대해서는 잘 알지 못했으나 국훈의 말을 듣고 언젠가 때가 되면 작가인 홍명희를 한번 만나보고 싶다는 생각을 했다. 홍명희 소설이 다루는 지체 낮은 백성들의 세계란 기실 그가 음악을 통해 만나고 음악으로 하나되는 항일 전사들과 다르지 않을 것이니 그렇다면 둘의 마음에는 통하는 것이 필경 있으리라 싶었다.

율성은 국훈과 조선의 정세에 이야기를 나누면서 탄식을 했다. 손기정 선수가 베를린 올림픽 마라톤 경기에서 우승한 소식과 신문 보도에서 일장기를 지운 사진을 실었다가 큰 사달이 났다는 것까지는 전해 들어 알고 있었다. 국훈은 조선은 물론 일본과 유럽 등지의 정세를 상당할 정도로 꿰고 있었다. 율성은 그의 이야기를 들으면서 지금 옌안과 타이항산에서 장제스의 국민당군과 일본제국군에 맞서 싸우고 있는 우리는 전쟁에만 매몰되어 자칫 우물 안의 개구리가 되어 있는 것은 아닌지 걱정되었다. 국훈이 전해주는 이야기를 오래 들었다.

몇 년 전, 1936년 8월 제11회 하계 올림픽이 독일 수도 베를린에서 열렸다. 49개국에서 3,963명이 19개 종목 129개 세부 종목에 참가하여 실력을 겨루었고, 개최국인 독일이 33개의 금메달로 종합 우승을 차지했다. 1차 세계대전을 일으킨 탓으로 한동안 국제 올림픽 대회에 참가할 수 없었던 독일은 1931년 바르셀로나 IOC 총회의 결정으로 11회 대회 개최국이 된다. 독일 나치스 정권의 히틀러는 올림픽을 나치스의 우월함을 보이기 위한 도구로 삼고 만반의 준비를 한다. 독일은 세계 최초로 텔레비전을 개발한 나라로 1935년부터 정규 방송을 시작하였다. 히틀러는 독일 민족의 우수성을 알리기 위하여 사상 처음으로 올림픽 경기를 라디오와 텔레비전으로 생중계하였다. 선수촌 등 베를린 곳곳에 24개의 대형 스크린을 설치하여 사람들이 무료로 경기를 보게 하였으며 세계 32개국에 화면을 송출하기도 하였다.

이 시기 일제는 급속하게 파시즘화되어가면서 조선에 대한 통제와 강압이 더욱 심해지고 있었고, 국내 민족운동과 사회운동 어느 것도 적극적 활동을 전개할 수 없는 상황으로 내몰리고 있었다. 1917년 러시아혁명과 1차 세계대전 종전 후 민족자결의 풍조 속에 세계의 수많은 지식인과 청년 학생들, 그리고 조선의 사회주의자뿐만 아니라 민족주의자들까지 사로잡았던 데모크라시, 곧 민주주의와 세계 개조 등 세계와 역사 발전에 대한 기대와 전망은 파시즘의 대두와 함께 점차 사라져갔다.

시대와 역사의 흐름이 민족자결과 민주주의 발전이라는 진보적 방향으로만 흐르지 않는다는 점이 확인되면서 국내 일부 지식인, 청년 학생들은 미래에 대한 두려움에 빠지게 되었고, 패배의식에서 절망하게 된다. 1930년대 사회주의 세력의 전향과 민족주의 세력의 변절이라는 좌우를 막론한 상당수 민족운동 세력의 변화에는 1910년대 후반 이래 민족운동 세력이 신봉해온 민주주의 세계 대세와 역사 발전에 대한 좌절이 자리 잡고 있었다. 이탈리아에 이어 독일에서도 1933년 1월, 파시스트 정당이 정권을 장악하여 독재정치를 시작한 것은 세계 민주 발전을 후퇴시키고 시대에 역행하는 것뿐만 아니라 무엇보다도 조선 정세의 장래를 불투명하게 하는 것이었다.

1931년 3월에 소위 '3월 사건'이 일어났다. 이는 쇼와유신(昭和維新)과 일본 국가 개조를 주장하며 국가주의 운동을 전개하던 오카와 슈메이(大川周明)와 육군참모본부의 중견 장교들이 추진한 쿠데타 모의 사건으로, 쿠데타를 통해 우가키 가즈시게(宇垣一成) 육군대신 중심의 내각을 수립하려고 했다. 3월 사건은 우가키 외에도 고이소 구니아키(小磯國昭) 군무국장, 니노미야 하루시게(二宮治重) 참모차장 등 군부 최고위층의 암묵적 양해에서 추진되었지만, 마지막에 쿠데타에 부담을 느낀 우가키의 거부로 취소되었다. 3월 사건은 민간에서 추진되어오던 국가주의 운동이 일본 군부와 결합하여 직접 행동에 옮겨진 최초의 사건이자 이후 전개된 일본 군부의 직접적이고 무력적인 정치 개입의 신호탄이었다.

이 사건은 일본 내 국가주의 세력의 성장과 지향, 일본 정당정치의 균열을 보여주는 것이었다. 1932년 5월 15일, 3월 사건의 민간 주도 세력인 오카와 슈메이(大川周明) 등과 해군 청년 장교들이 중심이 된 쿠데타가 일어나 이누카이 수상이 암살되는 '5 · 15사건'이 일어났다. 별 준비 없이 진행된 5 · 15사건은 쉽게 진압되었지만, 그 처리 과정에서 일본 정계의 큰 변동을 초래했다. 결국 제국 일본은 1933년 3월 1일 만주국 괴뢰정부의 수립을 강행하였고, 3월 27일에는 국제연맹에서 탈퇴한다.

파시즘의 강화 속에서도 스페인에서는 1936년 2월 16일 총선거를 통해 스페인 사회주의노동자당, 좌익공화당, 스페인 공산당으로 구성된 인민전선이 승리하여 2월 19일 좌익공화당을 중심으로 내각이 수립되었고, 5월 11일에는 좌익공화당의 마누엘 아사냐가 대통령에 당선되었다. 1936년 4월 26일과 5월 3일에 실시된 프랑스 총선거에서 파시즘에 반대하는 인민전선파가 승리하였다.

그러나 총선에서 승리한 스페인 좌익정부가 토지개혁을 포함한 개혁정책을 전개하자, 지주와 자본가의 저항은 물론 반종교적 흐름에 대한 가톨릭교회의 격렬한 반대가 일어났다. 마침내 7월 17일 스페인령 모로코에서 프란시스코 프랑코를 중심으로 군부가 쿠데타를 일으켰다. 스페인 내란을 계기로 유럽에서 인민전선파와 파시스트 간의 대립과 투쟁이 전면화되기 시작했다. 독일과 이탈리아의 파시스트 정부는 프랑코 반란군을 전폭적으로 지원하였고, 각국에서 자발적으로 조직된 국제여단은 공화국 정부군을 지원하였다. 영국과 프랑스는 중립을 지켰고, 공화국 정부군에 대한 지원은 시늉만 냈다. 소련 역시 독일과의 불가침 조약을 의식해서 지원에 소극적인 태도를 보였다.

파시즘의 대두와 군국주의화로 세계의 대세에 대한 신념과 비전을 상실하고, 운동의 침체로 무기력 상태에 빠진 민족운동 전반에 대해서, 파시즘과 이에 대항한 인민전선의 대두라는 세계정세의 변화를 주시하면서 적극적인 자세로 나아갈 것을 촉구하고 있던『동아일보』는 조선 민중에게 민족의식을 고취하는 방법의 하나로 1936년 8월에 개최되는 베를린 올림픽에 주목하고 있었다. 그것은 올림픽에 비록 일본 선수단의 일원이지만 조선인 선수가 일곱 명이나 참가하고 있었기 때문이며, 손기정의 메달 획득이 유력하다는 판단 때문이었다.

올림픽의 꽃이라고 할 수 있는 마라톤에서 손기정 선수가 1936년 8월 1일, 2시간 29분 19초라는 세계 신기록으로 우승을 차지하였고, 3위도 남승룡이 차지해 유색인종에 대한 차별을 무색하게 하였다. 시상식 게양대에 일장기가 오르고 일본 국가가 연주되자 손기정의 얼굴엔 침울한 표정이 역력했다. 나라를 잃었으므로 그들은 조선이 아닌 일본 선수 자격으로 대회에 참가했던 것이다. 시상식 때 손기정은 1위 기념으로 받은 월계수 묘목을 일부러 가슴에 끌어안아서 일장기를 최대한 가렸고, 남승룡 선수도 최대한 바지를 끌어 올려 일장기를 가리려 시도했다.

이 대회의 기록영화가 국내로 들어오자,『동아일보』는 이 영화의 소개 기사란에 손기정 선수의 사진에서 가슴의 일장기를 지워

버린 채 실었다. 『조선중앙일보』는 8월 13일, 『동아일보』는 8월 13일 자 지방판에서 손기정 선수의 가슴에 있던 일장기 부분을 덧칠해서 지워버리고 보도했다. 손기정 우승 이후 민족의식의 고양에 위기를 느낀 총독부는 당일 『동아일보』의 발매 및 배포를 금지하고 관련자 다수를 연행해 심문한다. 그리고 8월 29일 자로 『동아일보』를 무기 정간시켰다. 정간은 무려 10개월이나 계속되었고 1937년 6월 2일에야 해제되었다. 일장기 말소 사건이 터지자 송진우와 김성수 등은 이를 일으킨 기자들을 질책하였고, 즉시 복간을 위해 총독부와 교섭에 나섰다. 그렇지만 우가키 후임으로 조선총독으로 부임한 미나미 지로(南次郎)는 강경하게 대응한다.

『동아일보』는 1937년 6월 3일 자로 속간되었다. 정간해제 이후 『동아일보』의 논조는 체제 비판에서 체제 순응으로 크게 변화되었다. 처음에는 일제의 탄압을 의식해서 조심스럽게 기사를 써나갔다. 정간 전에 일본 군부와 내각에 대해 가해졌던 비판도 사라져갔다. 1937년 7월 7일 일제가 중일전쟁을 일으키면서 『동아일보』의 논조는 다시 변하기 시작했다. 1937년 8월 중반에 들어서 『동아일보』의 논조는 급격히 변화하였다. 8월 8일에 끝난 71차 일본 중의원 회의를 통해 일본 경제가 전시 체제로 개편되어 통제경제 강화책이 시행된 것을 일본 경제의 일대 비약이라고 평가하였다. 1937년 7월 12일 조선총독부 경무국은 경성부 내 언론 관계자를 소집해 전쟁에 대한 언론기관의 협조를 요청했다. 다음 날인 7월 13일에는 미나미 총독이 직접 조선의 언론계 대표자들을 불러 시국에 협조할 것을 요청했다. 요청이라기보다는 사실상 경고였다. 그것은『매일신보』를 제외하고『동아일보』와『조선일보』가 중일전쟁 발발에 대해 침묵하고 논평을 회피한다고 보았기 때문이었다. 그리고 이런 총독부의 요청을 전후하여『조선일보』는 총독부 방침에 적극적으로 따를 것을 결정한다.

"그랬구나. 1930년대 초반까지지도 총독부의 식민정치에 비판적인 논조를 유지할 수 있었던 조선의 언론과 지식인 사회가 1930년대 말이 되면 완전하게 저들에게 순응하게 되는구나."

율성은 얼마나 더 많은 시간이 지나야 대륙에서 일본 제국군을 몰아낼 수 있을까, 얼마나 더 많은 희생이 있어야 장제스의 국민당군을 압도하고 공산당이 제자리를 잡을 수 있을까, 그렇게 해서 조국의 해방을 이룰 수는 있을까, 많은 생각으로 불면의 밤을 보냈다.

1943년 4월 14일 팔로군과 함께 진서북 방면으로 작전을 나갔던 김일곤과 정국훈은 일본군의 포위망에 걸려 전사하고 만다. 율성은 또다시 간장이 찢어지는 비통함을 주체하지 못했다. 오래전 고향을 떠나 헤이안마루를 타고 상하이에 함께 왔던 두 동지를 잃은 슬픔이 진정되지 않았다. 한 사람은 친구였고 다른 하나는 조카였으나 의열단 간부학교에서 훈련을 받고 항일전선에 함께했던 동지들이었다.

타이항산에서 일본군과 맞서 가장 치열하고 용감하게 싸운 세력은 조선의용군이었다. 그들의 뿌리는 의열단에 있었고, 율성과 같은 간부학교 졸업생이 대부분이었다. 그들이 마오쩌둥의 중국 공산당원이 되었거나 아니거나는 그들에게 별다른 의미가 없었다. 정율성에게도 마찬가지다. 조국의 해방을 위한 길만이 그들의 생각과 실천의 변하지 않는 원칙과 목표였다. 그들 삶의 전부였다. 율성은 몸과 마음이 가누기 힘들 정도로 망가졌다.

공산당 본부에서는 1944년 1월 타이항산에 있는 조선혁명군정학교를 옌안으로 옮기라는 지시를 내린다. 2년 남짓한 타이항산 전선에서 정율성의 삶은 그를 더욱 튼튼한 전사로 만들기에 부족함이 없는 시간이었다. 동지들과 함께 싸우며 견뎠던 시간, 동지들의 죽음에 비통해하면서 가슴 아파했던 시간, 보안부에 소환당하고 나서의 회의, 그럼에도 불구하고 조국 해방의 염원을 더욱 단단하게 다졌던 시간, 음악으로 동지들의 슬픔을 위로하고 싸울 힘을 더해주었던 시간이었다.

정율성이 타이항산에 있을 때 그의 아내 딩쉐쑹은 홀로 딸아이를 낳았다.

7
1945년 8월, 조국을 향해

1945년 8월 6일 오전 8시 15분. 25만 명이 거주하고 있는 일본 히로시마 상공 580미터에서 원자폭탄 '리틀보이'가 폭발했다. 반경 1.6킬로미터 안의 모든 것이 소멸했다. 반경 11킬로미터까지 불바다가 되었다. 7만 명이 즉사했고, 10만여 명이 고통 속에 헤매다 열흘 이내에 대부분 숨졌다. 원자폭탄의 투하는 제2차 세계대전 종전을 앞당기기는 했으나, 그 이전에도 일본 제국군은 종말을 향해 가고 있었다. 도쿄를 비롯한 일본 66개의 도시에서 미군 B29의 폭격으로 30만 명가량 숨졌고, 170만 명에 이르는 사람들이 집을 잃었다. 물론 자업자득이었다.

1939년에는 몽골 초원에서 몽골 기병대와 소련 기갑부대의 협공으로 악명 높은 관동군 6만여 명이 전멸했다. 타이항산에 거점을 둔 팔로군은 일본 육군을 험한 산악지대에 묶어두었다. 1945년 5월 독일과 이탈리아의 항복으로 주력 전차부대를 유럽에서 극동으로 이동 배치한 소련 육군의 총공격도 임박한 시점이었다. 일본의 항복을 압박하듯 히로시마에 원자폭탄을 떨어뜨린 사흘 후 8월 9일 나가사키에 또다시 원자폭탄이 투하됐다. 소련군이 남하하기 시작했고, 타이항산의 팔로군은 이제 방어에서 대대적인 공세를 준비했다. 1945년 8월 11일 밤 12시, 팔로군 총사령관 주다이전(주더)은 조선의용군에게도 만주 지역으로 진격하라는 6호 명령을 내린다.

"조선의용군 사령관 무정, 부사령관 박효삼과 박일우는 소속부대를 통솔하여 팔로군 및 동북군 전 부대와 함께 동북(만주)으로 즉시 출병한다. 적(일본군)과 괴뢰군(만주군)을 섬멸하고 조선을 해방하라."

임박한 일본의 항복 징후를 접하면서 이제나저제나 출병 기회를 기다리던 조선의용군은 뛰듯이 기뻐하며 출동 준비를 시작했다. 정율성도 채비를 서둘렀다. 잠시 아내 딩쉐쑹과 이제 겨우 두 살이 지난 딸아이 소제(샤오티)의 얼굴이 떠올랐다.

율성이 옌안에서 타이항산으로 이동할 때 홀로 옌안에 남아 있던 딩쉐쑹은 임신한 몸으로 얼음이 채 녹지 않은 비탈길을 걷다 미끄러진 일이 있었다. 뱃속의 아이가 놀라서였는지 그로부터 얼마 지나지 않아 산기를 느끼고 출산을 했다. 태어난 아이의 몸무게가 겨우 2.5킬로그램밖에 되지 않았다. 극심한 식량난 탓에 딩쉐쑹은 임신 중에도 충분한 영양 공급이 어려웠고 태어난 아이에게 줄 젖도 잘 나오지 않았다. 아이를 살리는 게 우선이라는 생각에 딩쉐쑹은 남편 율성이 애지중지하던 바이올린을 내다 팔았다.

흰 산양 한 마리를 샀다. 나오지 않는 자신의 젖 대신 산양의 젖을 대신 먹였다. 서툰 손짓으로 산양의 젖을 짜는 일은 쉽지 않았다. 그러나 율성이 고향에서부터 항상 곁에 두었던 바이올린 덕분에 아이는 하루하루 건강하고 예쁘게 자랐다. 중국어로 바이올린을 사오티친(小提琴 혹은 四弦琴)이라 부른다. 딩쉐쑹은 아이의 이름을 소제(小提)라고 지었다. 남편에게 한없이 미안했으나 바이올린과 맞바꾼 산양의 젖으로 아이가 살 수 있었다.

그런데 아이가 6개월쯤 자랐을 무렵, 당에서는 딩쉐쑹에게 위안스현 지방정부로 발령을 냈다. 아이를 데리고 가기도 어디에 맡기기도 마땅치 않아 고민이 깊었다. 그 무렵 옌안의 젊은 혁명가들은 대부분 자식을 제대로 양육하기 어려운 상황에서 할 수 없이 아이를 입양 보내는 경우가 적지 않았다. 딩쉐쑹도 혁명사업과 가정을 꾸리는 두 가지 일을 함께 할 수 없는 현실에 가슴이 아팠다. 한때 사랑스러운 아이 소제를 누군가에게 입양 보내야 하지 않을까 고민이 크던 때 1944년 1월, 마침 타이항산에서 율성이 옌안으로 돌아왔다.

두 사람은 만 3년 만에야 다시 만날 수 있었다. 타이항산과 옌안 사이는 무려 2천 리가 넘었다. 더구나 둘 다 맡겨진 혁명 사업에 집중하느라 사적인 시간을 낼 겨를조차 없었다. 딩쉐쑹은 남편의 허락도 구하지 않고 그가 그처럼 소중하게 여기던 바이올린을 팔아버린 것이 미안했고, 정율성은 홀로 아이를 낳고 잘 길러준 것이 무엇보다 고맙고 기뻤다. 아이 이름을 소제라고 지은 데 대해서도 정말 잘 어울리는 이름이라고 아내와 아이를 한꺼번에 껴안고 기뻐했다.

율성은 타이항산에서 옌안으로 옮긴 조선혁명군정학교에서 근무한다. 딩쉐쑹은 임지로 떠나 이제는 율성이 아이를 홀로 키워야 했다. 1944년 봄이었다. 타이항산에서 옌안으로 돌아온 조선인들은 뤄지아핑(羅家坪)이라 부르는 마을에 모여 살았다. 마을 사람들은 율성의 아이를 자신의 아이나 되듯이 정성스레 돌봐주었다. 율성은 자주 사냥과 물고기잡이를 해서 그들과 함께 풍성한 식사를 하고 밤늦게까지 노래를 불렀다. 그에게는 만돌린이 남아 있어서 〈옌안송〉은 물론 그 이후에 만든 〈옌수이요(延水謠)〉를 연주하고 노래 불렀다. "보탑산 봉우리에 노을 불타오르고 연하강 물결 위에 달빛 흐르네"로 시작하는 〈옌안송〉이 혁명의 도시 옌안의 장엄한 풍경과 항일 전사들의 투쟁을 고취하는 노래라면, "연하강, 푸른 연하강"으로 시작하는 〈옌수이요〉는 도도하게 흘러내리는 유장한 옌허강의 아름다운 풍광과 함께 강변에서 사랑의 언어를 속삭이는 젊은이들의 모습을 담은 매우 서정적인 노래였다.

율성은 언제나 대중과 함께하면서 현장에서 음악의 소재와 주제를 찾았다. 그가 만들고 부른 노래는 어떠한 사상이나 이념보다 더 빠르고 강렬하게 사람들의 가슴속에 파고들어 깊고 오랫동안 자리 잡는 마력이 있었다. 물질적으로 늘 부족하고 장제스군과 일본 제국군의 끊임없는 공격에 위협을 느끼면서도 옌안에서는 항상 크고 작은 음악회가 중단되지 않았다. 살아 있음을 확인하는 그리고 적들을 향한 투쟁을 멈추지 않겠다는 의지의 표상으로서 음악은 존재했고 그 중심에는 정율성이 있었다.

아내가 자리를 비운 동안 한 번은 소제가 백일해에 걸려 사경을 헤맬 때가 있었다. 이질까지 겹친 듯 그 어린아이의 몸에서 물 같은 설사가 줄줄 흘렀다. 아이는 점점 야위어가고 약은 구하지 못해 발을 동동 구르며 아내에게 연락을 했다. 아이가 살아 있을 때 얼굴이라도 볼 수 있게 하려는 안타까운 마음이었다. 다행히 연락을 받은 아내 딩쉐쑹이 주사기와 약이 들어 있는 작은 앰플을 구해왔다. 사람들은 모두 포위망을 뚫고라도 국민당군 지역으로 가야 아이를 살릴 수 있겠다고 걱정하고 있었다. 율성은 고향에서 그리고 상하이 군사학교 훈련 때 주사 놓는 법을 배웠다. 실제 주사를 놓아본 적은 없었으나 앰플을 구했으니 그 정도는 일도 아니었다. 밤새도록 우느라 기운이 빠져나간 아이는 지쳐 잠이 들었고, 딩쉐쑹은 아이 이마에 맺힌 땀을 닦으며 아이의 가쁜 숨소리를 귀에 대고 듣느라 잠을 이루지 못했다. 다행스럽게 소제는 다시 기운을 회복했고 사람들은 가슴을 쓸어내리며 안도했다.

파란만장하게 견뎌야 했던 지난 일들이 떠올라 율성은 목이 메었다. 이제 조국 해방을 위한 결전의 시간이 다가왔고 아내와 아이를 남겨둔 채 그는 전선으로 떠나야 했다. 율성은 전선을 향해 떠나기 전에 직접 가사를 붙인 노래 한 곡을 만든다. 〈조국 향해 나가자〉로 제목을 붙였다.

하나 둘 셋 발맞추어 총을 메고 나가자
씩씩하고 용감한 조선의 용사들
오늘은 화북 거쳐 내일은 만주리라
앞의 장애 물리치고 조국 향해 나가자
진리로 굳게 뭉친 우리 강철 대오는
모든 정신 행동 인민 위해 노력해
용감히 싸우리라 조국의 해방 위해
끝까지 싸우리라 인민의 자유 위해

이제 조선의용군은 그 숫자가 몰라보게 늘어난다. 조국 해방을 위한 전투에 참여한다는 열정으로 흥분을 감추지 못했다. 율성이 지은 〈조국 향해 나가자〉를 우렁차게 부르며 출정 준비를 서둘렀다. 무기를 점검하고 보급품을 챙기고 남은 가족이 탈 없이 지내다 해방된 조국에서 만날 것을 기약하는 시간이 더디게 흘렀다. 그런데 청천벽력 같은 소식이 들려왔다. 아니, 새로운 명령이 하달된 것이다. 출정을 보류하라는 지시였다.

너무 빠른 일본의 항복 때문이었다. 일본 제국군이 조선에서 물러간다는 것은 조국의 해방을 의미했으므로 그것 자체는 기뻐해야 마땅했다. 누구나 기뻐했다. 그런데 그것을 우리의 손으로가 아닌 연합국의 승리로 얻어진 것이라는 데서 오는 허탈과 미심쩍음과 또 다른 불안이 그들을 엄습했다. 남다른 예민한 성격의 율성도 다르지 않았다.

그에 앞서 1945년 봄에 옌안에는 조선에서 활동하고 있던 이들이 하나둘 모여들고 있었다. 4월에는 경성제국대학에서 학생들을 가르치고 있던 김태준이 타이항산을 거쳐 옌안으로 들어왔다. 1933년에 조선 고소설을 정리한 책『조선소설사』를 출간한 국문학자였다. 6월에는 김사량이 타이항산에 도착했다는 소식이 옌안까지 들려왔다. 김사량은 스물일곱 살이던 1940년, 아쿠타가와 류노스케(芥川龍之介)를 기념하기 위해 제정된 아쿠다가와상 후보작에 그의 소설『빛 속으로』가 선정될 만큼 널리 알려진 소설가였다. 유명한 춤꾼 최승희의 남편 안막도 옌안에 들어왔다. 그는 와세다 대학에서 공부하다 조선 프롤레타리아 예술동맹(KAPF) 도쿄 지부를 중심으로 프로 문학운동에 열정적인 문예평론가였다.

내로라하는 조선의 지식인들이 앞다투어 옌안에 나타나자 율성은 무언가 커다란 변화의 징후를 읽었다. 고국에 가서 정세를 알아 오라는 임무를 수행하다 옥고를 치르고 간신히 옌안으로 들어와 조선 지식인들의 동향을 일러주던 조카 정국훈이 생각났다. 국훈은 일본군의 매복에 걸려 1943년 4월 아깝게 목숨을 잃은, 조카이자 의열단 간부학교 동지였다. 율성은 그들을 만나 정세가 어떻게 변화하고 있는가 듣고 싶었다. 그때 국훈의 전언으로는 1930년대 후반에 오면 조선의 지식인 사회는 조국 해방의 꿈을 포기하고 체념과 순응의 길로 들어섰다는 것이었다.

그들은 거칠 것 없이 동아시아 전역을 침략하고 식민 지배하던 일본의 '신체제'에 대한 미망과 '대동아'에 대한 환상에 빠져들었다. 서구의 식민 지배에 대한 정당성이 서구가 지닌 경제력과 군사력에서의 객관적 우위에서가 아니라 과학, 문화, 정치와 같은 여러 분야에서 서구가 확보한 근대적 지식이 서구만이 아닌 하나의 보편적 지식이라는 믿음을 일본제국의 그것에 적용한 조선 지식인의 미몽이었다고 율성은 분석했다. 저들은 내선일체를 통해 차별 없는 동등한 국민이 되기를 열망했으나 국권을 상실한 마당에 그것은 가능하지도 않을 뿐 아니라 지배와 피지배 관계에서 벗어날 수 없다는 현실에 눈감았다.

그러한 고통의 시기에도 어떤 사람들은 가족을 돌보지 못하고 자신의 목숨까지 버려가면서 독립 투쟁을 하고 있었다. 만주와 상하이와 타이항산의 전선에서 무장독립운동을 꾀했던 사람들은 극도의 궁핍과 열악한 삶 속에서도 나라를 되찾기 위한 투쟁의 길에서 열심히 살다 죽어가고 있었다. 율성은 억울했다. 죽은 조카 국훈이 했던 말도 상기되었다.

"그래도 내 나라가 있다면, 나라를 뺏기지 않았다면, 가난을 벗어나기 위한 데에만 더 많은 애를 쓸 수 있을 것 아니에요. 그러면 좀 더 나아질 가능성은 있지 않을까요? 가난한 데다 빼앗긴 나라까지 찾아야 하는 일은 우리에게 너무 가혹한 것 아닌가요?"

옌안에 들어온 조선의 지식인들이 모두 환영을 받은 건 아니었다. 특히 김태준은 일본 특무의 밀정이라는 의심을 받아 공산당 보안부의 심한 취조를 견뎌야 했다. 서대문형무소에 수감 중이던 조선의용군 출신 심운에게서 옌안의 팔로군과 접선하는 방법을 전달받았다는 그의 진술은 보안부로부터 의심을 키웠다. 감옥에 있는 사람에게서 무슨 수로 그러한 방법을 들었느냐는 심문에 김태준은 적절한 대답을 하지 못한다. 밀정이라는 분명한 증거가 없는 상태에서 밀정이 아니라는 것을 증명하는 일은 고된 과정이 필요했다. 아니, 딱히 방법이 없었다. 다만 증거가 없는 사람을 무작정 가둬두는 일은 조선인들의 반감을 사는 일이기도 한 탓에 보안부는 그를 석방한다. 대신 그가 옌안에 머무는 동안 일거수일투족이 감시를 당한다.

임정에서 조선독립동맹 김두봉을 만나기 위해 보낸 장건상(張建相)은 김두봉과 만나 항일 독립운동조직 내 좌우합작을 의논한다. 흔쾌히 합의하고 임정이 있는 충칭(重慶)으로 급히 돌아가던 중에 일본이 항복해버렸다는 소식을 듣고 그는 회한 가득한 눈물을 흘린다. 그의 탄식처럼 좌우통합을 이루지 못한 채 해방을 맞은 옌안의 독립운동가들은 대부분 평양행을 택한다. 임정은 서울로 돌아갔다. 또 다른 비극이 잉태되고 있었다.

일본제국은 항복 선언을 했으나 그것은 끝이 아니라 또 다른 비극의 시작이었다. 그들의 항복 선언의 의미는 일본 제국군만 중국과 조선에서 물러간다는 의미였다. 그러나 어쨌든 조국을 강점하고 약탈하던 일본이 물러가게 되었으므로 타이항산에 있던 조선의 독립지사들은 그 가족과 함께 귀국을 서둘렀다. 출정이 아닌 귀국이라는 말에 율성은 마음이 흔들렸다. 중국공산당 지도자 마오쩌둥은 귀국 채비를 하던 조선인들에게 고별 인사를 했다. 그는 다소 격정적으로 말했다. 일본이 항복했으나 그에게는 남은 일이 하나 있었다. 장제스의 국민당을 제압하고 중국을 통일해야 하는 어려운 과제가 그 앞에 있었다.

"조선이 완전한 해방을 쟁취하기 전까지는 우리 중국의 해방도 이루어질 수 없다. 우리와 함께 싸웠던 조선의 동지들이 고국에 돌아가서도 제국주의자들과 치열하게 싸워달라. 그 힘으로 우리도 중국의 인민을 해방하고 새로운 세상을 만들 것이다. 건투를 빈다. 먼길에 부디 몸 성히 잘 가시라."

무정 장군을 필두로 한 조선의용군은 이제 그리운 고국을 향해 나아갔다. 이제 영원히 고국으로 돌아가는 길이어서 여자와 어린 아이를 포함한 모든 가족이 함께한 엄청난 대열이었다. 1년 동안의 고난을 견디고 마침내 옌안에 이르렀던 공산당의 대장정과 흡사한 모습이었다. 정율성은 아내와 아이와 함께 귀국행렬에 합류했다. 만감이 교차했다. 고향을 떠나온 지 어느덧 12년이 지났다. 스무 살의 수줍고 풋풋한 청년이었던 율성은 그동안 항일 전사로 거듭났을 뿐 아니라 옌안의 혁명 전사들 가슴에 영원히 남을 뛰어난 작곡가로 성장해 있었다.

율성은 사랑하는 아내 딩쉐쑹과 하나뿐인 딸아이 소제를 번갈아 바라보았다. 기쁨과 걱정이 교차했다. 일본군이 항복을 했다고는 하지만 그들의 잔당은 여전히 조선의용군이 가는 길을 순순히 열어주지는 않을 것이었다. 장제스의 국민당군도 그러할 것이었다. 무장한 채 조선인의 목숨을 함부로 해치고 재물을 약탈하는 마적들도 활개 칠 것이었다. 변변한 교통수단도 없이 마차나 말에 의지하거나 대부분 걸어서 이렇게 많은 사람이 고국 땅까지 무사히 이를 수 있을지 걱정이 깊었다.

딩쉐쑹도 고민이 적지 않았다. 그녀가 평생 바랐던 것은 조국 중국의 혁명이었다. 중국이 아닌 다른 곳에서 그녀가 살아갈 일에 대해서 한 번도 상상해본 적이 없었다. 남편 율성과 결혼할 때도 미처 생각해보지 않은 일이었다. 그러나 이제 그녀는 남편을 따라 그의 고국으로 향하고 있었다. 남편이 있다고는 하지만 조선은 낯선 타국이었고 풍습도 언어도 같지 않았다. 그러나 그녀는 남편을 사랑했고 조선이나 중국이나 제국주의자들에게서 해방되어야 할 땅이기는 마찬가지였다. 남편 율성이 중국인들과 함께 조선의 해방을 위해 싸웠듯이 이제 자신이 조선인들 속에서 사회주의 건설을 위해 싸울 때라고 그녀는 자신을 달랬다. 그러고 나자 비로소 마음이 편안해지고 새로운 용기가 솟았다. 가보자, 조선으로. 그녀는 미소를 지었다.

1945년 9월 3일, 귀국길의 율성 부부에게 중국공산당이 귀한 선물을 했다. 튼튼한 말 한 마리였다. 그동안 율성이 지어 함께 불렀던 많은 노래를 당에서는 높이 평가하고 있었다. 두 번이나 보안부에 소환해서 그를 심문했던 데 대한 미안함도 있었다. 율성은 아내 딩쉐쑹은 말에 태우고 만돌린을 팔아서 마련한 당나귀 한 마리에 딸 소제를 태웠다. 나무 상자 두 개를 만들고 끈으로 그것을 이어 당나귀 등에 얹은 뒤 한쪽에 소제를 앉히고 다른 한쪽에 옷가지와 이불 등으로 담아 균형을 맞추었다. 그것을 보고 사람들이 환하게 웃었다. 율성은 아내와 딸아이 곁에서 걸어가면서 그들이 안전하게 앞을 향해 나아갈 수 있도록 살피느라 걸음이 더뎠다.

두 달 동안의 행군 끝에 율성을 포함한 조선의용군 대열은 압록강 지척인 선양에 도착했다. 선양은 오래전 고구려 땅이었다가 당나라 때 중국 영토가 된 변경의 요충지다.

"저 강만 건너면 꿈속에서도 잊지 못하던 우리 조국이다."

조선의용군 사령관 무정은 감격과 회한이 뒤섞여 목이 멨다. 두 달여 동안의 행군 중에 적지 않은 사람들이 낙오되었다. 비적으로 변한 만주군 잔당과 마주쳐 그들과 총격전을 벌이다가, 산맥을 넘다 험한 계곡으로 굴러떨어져서, 9월이 지나면서 급격하게 밤 기온이 떨어지는 바람에 저체온증으로, 그렇게 많은 사람이 죽었다. 그러나 한편 옌안을 떠날 때 2천여 명 안팎이던 대열이 선양에 닿을 무렵에는 5만여 명으로 그 숫자가 엄청나게 불어 있었다. 일본이 항복을 선언한 뒤 일본군에 속해 있던 조선과 만주 출신의 일본군 탈영병 일부는 물론 강제 징집된 조선인 병사들이 조선의용군 대열로 속속 합류했다. 만주 일대에서 소규모로 움직이며 독자적으로 일본군과 싸웠던 독립군 전사들도 벅찬 기쁨을 가누지 못한 채 무정 장군이 이끄는 귀국 행렬에 합류했다.

그중에서 무장한 전투원은 1만여 명이고 나머지는 그들의 가족이었다. 1920년 청산리대첩 이후 만주 일대에서 그만한 규모의 조선인 독립군 부대가 집결한 것은 처음 있는 일이었다. 드넓은 만주 지역에는 오래전부터 우리 민족 구성원이 이주해서 삶을 꾸려가고 있었다. 1930년 만주 거주 조선인의 숫자는 60만 명이었지만, 1940년에는 145만 명 정도로 급속히 늘어났다. 1919년 3 · 1독립만세운동 이후 남만주 지역에는 30여 개의 크고 작은 독립군 단체들이 창립되어 활동하고 있었다. 일본 제국군의 만주 침략 이후 활동이 크게 위축되기는 했으나 그들 중 많은 인원은 여전히 소규모 저항 조직을 꾸려가고 있었다. 그들이 조선의용군 깃발 아래 모여들었고 조선인 주민들은 행군하고 있는 항일 무장투쟁 세력을 보고 큰 환호를 보냈다. 힘닿는 데까지 먹을 것과 입을 것을 내주었다. 율성은 기쁨으로 가슴이 벅찼고 그런 남편의 마음과 같이하고 있는 딩쉐쑹도 뿌듯했다. 어서 빨리 저 압록강을 건너 남편의 고국에 발을 딛고 싶었다.

그러나 그들의 행군은 더 이상 가능하지 않았다. 소련군이 그들의 입국을 허락하지 않았기 때문이었다.

그들만 고국에 들어가지 못한 건 아니었다. 김구의 임시정부도 미군의 승인이 떨어지지 않아 국내로 들어가지 못하고 있었다. 오랫동안 간난신고를 겪으며 조국 해방을 위해 싸워왔던 좌우 두 세력 모두 일본제국을 대신한 다른 세력에 의해 발이 묶인 것이다.

1940년 충칭에 정착한 대한민국 임시정부는 1941년 태평양전쟁이 발발하자 대일 선전포고를 한 후 본격적으로 대일항전에 나섰다. 일본의 항복 소식을 접하자 1945년 8월 임시정부와 광복군은 OSS 훈련대원 및 제2지대 대원을 중심으로 100여 명에 달하는 국내 정진군을 편성하여 한반도로의 국내 진공 작전을 감행한다. 드디어 일본 제국군을 상대로 한 전쟁 수행을 통해 광복은 물론 이후의 독립국가 건설에서 주도권을 쥐고자 하는 염원이었다.

임정은 두 가지 과제에 직면해 있었다. 하나는 일본의 패전에 결정적으로 타격을 가하는 동시에 연합국의 일원으로 국제사회의 공인을 받는 것이었다. 1943년 카이로선언은 적절한 시기의 자유와 독립 회복이라는 제한성이 있지만, 아시아에서 유일하게 한국을 독립시킨다는 국제적 공약이었다. 그러나 장제스의 중국 국민당 정부는 임정을 승인할 마음이 없었다.

조소앙(趙素昂) 등 임정의 지도부는 그러한 의도를 진즉에 꿰뚫고 있었다. 미국을 여러 차례 접촉해서 1942년 한국 문제가 신탁통치 방식으로 처리될 경우 그것은 중국의 한국 지배의 형태가 될 것이라는 우려를 전한다. 임정은 어떠한 종류의 위임통치나 종속도 거부하는 '절대 독립'을 변하지 않는 임정의 방침이요 한민족 전체의 소망이라고 강조하였다. 그러나 미국은 중국(장제스의 국민당 정부)을 대일전쟁의 동맹국으로, 그리고 전후에는 아시아 문제 처리의 동반자로 삼는다는 전략을 갖고 있었기에 임정의 바람은 관철되지 못했다.

또 다른 임정의 과제는 일본의 패전, 즉 광복 후 환국해서 어떤 국가를 수립할 것인가를 구상하고 준비하는 작업이었다. 이를 위해서 임시정부는 1941년에는 건국 강령을, 1944년에는 임시 헌장을, 1945년에는 당면정책 14개조를 준비한다. 국권을 상실했으나 임정은 광복 이후의 국가 건설을 위한 준비 작업을 면밀하게 해나가고 있었다.

문제는 조선 해방이 임정이든 조선의용군이든, 조선인 정치세력 자체의 힘에 의해서가 아닌 미국과 소련 중심 연합국의 승전 결과라는 데 있었다. 한반도에서 일본제국은 물러갔다. 그러나 북에는 소련군의 지원을 받은 김일성이, 남에는 미국의 후원을 들에 업은 이승만이 각각의 정부 수립을 향해 나아가고 있었다. 무정이 지도하고 있는 조선의용군과 김구가 주도하고 있는 임시정부는 그런 까닭에 남과 북 어디에서도 환영받지 못하고 해방된 조국에 입국하는 것마저 허락되지 않고 있었다.

8

1948년 평양

1945년 11월 10일 선양의 한 교외에서 조선의용군 전체 병력이 집결한 가운데 총사령관 무정의 연설을 듣는다. 무정은 말한다.

"그동안 조국의 해방을 위해 투쟁해왔던 우리가 막상 해방된 조국에 들어가지 못하고 있는 현실이 참담하다. 그러나 조금만 기다려보자. 기다리면서 만주국 경찰에서 일했던 자들이 지방 마적들과 함께 우리 조선 인민을 곳곳에서 약탈하고 있다고 하니 우선 그들을 처단하는 데 집중하자. 그러면서 조국에 돌아가 사회주의 국가를 건설하는 힘을 기르도록 하자."

이제나저제나 조국 땅에 들어갈 날만 손꼽고 있던 사람들은 무정 장군의 말에 실망하면서 한편 분노를 참지 못한다. 무정 역시 그의 말에 힘이 실리지 않음을 모르지 않았다. 백방으로 손을 쓰고 귀를 열어 확인했다. 1945년 2월 연합국 수뇌들이 모인 얄타에서 위도 38선을 기준으로 북은 소련군이, 남은 미군이 진주해서 각각의 지역에서 일본군의 항복을 받고 통치권을 인수하기로 합의를 보았다.

8월 29일 소련군이 북한에, 9월 8일 남한에 미군이 진입했다. 남한에서 여운형의 건국준비위원회와 박헌영은 재빨리 행정권을 장악하려 했으나 미군을 중심으로 질서를 유지하고 통치권을 행사하려는 목표를 갖는 미군에 의해 좌절된다. 38선 이북에서는 해방 직후 평양에서 활동하면서 북한 사회에서 상당한 영향력을 발휘하였던 기독교 민족주의자 조만식이 평남 건국준비위원회를 조직하고 역시 북한지역의 행정권을 위임받으려 노력했으나 북한에 지지하는 정권을 세우려 준비하고 있던 소련군이 그것을 허용할 리 없었다. 더구나 상당한 무장을 갖춘 데다 오랜 전투 경험을 지닌 조선의용군이 부대 편제를 그대로 유지한 채 압록강을 건너 북으로 들어오는 것을 소련은 원치 않았다. 무정은 분노했으나 소련을 상대로 전쟁을 치를 힘이 없다는 것을 그는 잘 알고 있었다. 통음으로 날밤을 세우는 날이 길어졌다.

1945년 11월 말, 무정의 은밀한 지시를 받고 압록강을 건너 신의주로 들어갔던 조선의용군 선발대 200여 명이 소련군에 무장해제당하고 쫓겨나는 일이 일어났다. 악명 높은 관동군을 상대로 타이항산 전투에서 가장 치열하게 싸웠던 조선의용군은 당당한 승자로서 대접받기를 거부당한 채 선양에서 무려 한 달여 동안 발이 묶여 있었다. 갑갑함과 분노와 조급증이 뒤섞여 강을 건넜던 선발대가 초주검 상태로 돌아왔을 때, 그들은 좌절하고 말았다. 며칠 후 무정에게 소련군 사령관 명의의 통지문이 전달되었다.

"부대의 편제와 무장을 갖춘 채 입국하는 것은 불허한다. 다만 무장을 해제하고 개인 자격으로 들어오는 것은 허락한다."

누가 누구에게 입국을 허락한단 말인가. 정율성은 의열단장 김원봉과 억울하게 죽임을 당한 김산이 자주 했던 말이 상기되었다.

"나라 사이에 진정한 친구란 없다. 필요에 다른 동맹만 있을 뿐이다. 동맹은 언제든 와해하고, 필요에 따라 다른 나라가 동맹이 된다. 한때 동맹이었던 나라가 돌연 적이 되기도 한다. 그것이 국제관계다. 그러하니 가장 중요한 것은 우리 자체의 힘을 기르는 것이다."

"우리는 힘이 없지 않습니까? 힘이 없어서 일본제국에 나라를 빼앗기지 않았습니까?"

"그러니까, 그런 탓에, 장제스든 마오쩌둥이든 그들의 힘을 빌리는 것이다. 그렇게 해야 조국의 해방이 비로소 가능해지니까. 힘을 빌리는 것은 괜찮다. 문제는 물속의 소금처럼……."

"물속의 소금이요?"

"그렇다. 소금이 물속에 들어가면 녹아 사라지는 것처럼 보이지만, 물속에 소금기는 남아 있지 않은가. 그런데 자칫 물속의 소금이 그러한 것처럼 형체도 사라지고 그 본질마저 사라져버리지 않도록 늘 경계해야 한다."

"장제스와 협력하든지 마오쩌둥과 함께하든지 우리의 목표가 조국의 해방에 있다는 것을 항상 잊지 말라는 말씀이지요?"

그렇다, 그렇다고 말하던 두 선배의 목소리가 이명처럼 귓속을 울리고 있었다. 잊지는 않았는데 그럼 속은 것인가? 그랬구나. 율성은 1935년 7월 25일부터 8월 20일까지 모스크바 노동조합회관에서 제7차 코민테른 대회가 열렸던 것도 기억했다. 파시즘에 맞서 노동자 계급의 단결뿐 아니라 전통적인 민주주의적 자유를 옹호하면서 파시즘을 저지하는 데 관심이 있는 사회집단에까지 동맹 대상의 범주를 확대해야 한다고 했던 인민전선 노선은 소련공산당의 세력 확장을 위한 구두선(口頭禪)에 불과했던가. 그랬구나, 그랬구나.

율성은 그렇다면 자신의 음악은 현실을 변화시키는 데 아무런 쓸모가 없는 것인가, 압제에서 벗어나 새로운 세상을 만드는 데 무력한 것인가. 회의에 사로잡혔다. 펜은 칼보다 무력하고 음악은 한 자루의 총보다 쓸모없지 않은가.

한반도의 지배 세력으로 복귀하려 했던 중국(장제스 국민당 정부)의 야심은 그들의 능력 부족과 열강의 견제, 전후 미소의 한반도 분할로 실현되지 못했다. 김구가 지도하는 임시정부도 1945년 11월 19일 주중 미군 사령관 웨드마이어(Albert Wedemeyer) 중장에게 귀국 때 '개인 자격임을 숙지하고 미 군정에 협조한다'는 서약서를 제출하는 굴욕을 감수했다. 다음 날 미군 항공기가 상하이에 도착했고, 임시정부 요인들은 1945년 11월 24일 개인 자격으로 귀국할 수 있었다.

무정의 조선의용군 역시 소련군의 요구대로 무장을 해제하고 개인 자격으로 압록강을 건너기로 결정한다. 그러나 1만여 명이 넘는 대부대의, 목숨 못지않게 소중한 무장 전부를 해제하기는 너무 아까웠다. 자칫 빈손으로 강을 건너다 무슨 변을 당할지 모르는 일이었다. 무정을 위시한 조선의용군 지도부는 최소한의 전투부대를 남겨 만주 일대의 조선인을 보호하기로 결정했다.

옌안에서도 조선인은 차별과 멸시를 받는 일이 종종 있었다. 일본제국의 이간계인 측면이 없지 않았으나 만주 지역에 진출했던 일부 조선인 중에는 자신들을 일본제국의 2등 국민으로, 중국인을 3등 국민으로 여기는 이들이 없지 않았다. 점차 숫자가 늘어가는 조선인들도 그들에게는 경계의 대상이었다. 타이항산에서 함께 싸웠던 중국과 조선인 전사들의 경우에는 그런 일이 없었으나, 서로에 대한 불신과 차별이 종종 문제가 되기도 했다. 김산이 그런 연유로 억울한 죽임을 당했다. 김산처럼 밀정이 아니라는 증거를 스스로 입증하지 못해 가혹한 처벌을 받는 경우도 적지 않았다. 일본군이 철수한 만주 지역에서는 조선인 마을을 약탈하는 중국인이 늘고 있었다. 만주국의 패잔병들도 무기를 지닌 채 고향으로 돌아가 만주 지역의 치안 상태에 심각한 공백이 생기고, 피해는 고스란히 조선인들 몫이었다.

일본의 패배는 고국으로 돌아갈 수 있는 좋은 기회였다. 그러나 일본군의 보호가 사라진 치안 공백의 무법천지가 되어 삶의 불안정이 가속화하는 역설적 상황이기도 했다. 압록강을 건너지 않고 만주 지역에 남기로 한 잔류 부대 책임자는 오기섭(吳琪燮)으로 결정되었다. 오기섭은 잔류 부대를 이끌고 조선인들을 보호하는 동시에 비적을 소탕하고 만주 지역의 치안 질서를 유지하는 임무를 맡았다. 정율성은 타이항산의 조선군정학교 교무주임을 맡고 있을 때 총무주임으로 일하던 오기섭과 가까이 지냈던 인연이 있었다. 그의 아버지는 함경북도 회령 출신이었으나 그가 태어난 곳은 소련 연해주의 깊은 산골이었다. 여덟 살 되던 해 마적의 손에 아버지를 잃었다. 홀어머니와 함께 간도 용정촌으로 옮겨와 자랐고, 자연스레 독립운동에 투신했다.

율성은 그에게 미안한 마음이었다. 드러내지는 않았으나 안쓰럽기도 했다. 그가 태어난 곳이 소련 지역이어서 어차피 그에게는 조선으로 돌아갈 필요가 없지 않은가 하고, 그가 잔류 부대를 이끌고 만주에 남는 것을 미안해하는 이들이 그다지 없었기 때문이었다. 두 사람은 굳게 포옹했다.

"건강하게 잘 계시오. 좋은 때 꼭 다시 만납시다."

1945년 말, 장제스의 국민당도 마오쩌둥의 공산당도 만주 지역을 충분히 장악하지 못한 상태에서 질서를 유지하고 조선인의 삶을 지켜낸 것은 조선의용군 잔류 부대였다. 그들의 헌신으로 만주 지역은 안정을 되찾았고, 1952년엔 조선족 자치구(옌벤조선족자치주)로 지정될 수 있었다. 오기섭은 조선족 자치주 초대 주장(州長)이 된다.

율성은 압록강을 건너 고국으로 돌아간다. 12년 만의 귀국이었다. 신의주를 거쳐 평양에 도착했을 때는 혹한이 몰아치는 1945년 12월이었다. 이곳에서 그는 다른 조선의용군 간부들처럼, 조직의 결정에 따라 중국공산당 당적을 버리고 조선공산당에 입당한다. 아내 딩쉐쑹도 그러했는데, 그녀는 기분이 묘했다. 자신은 중국인이었고 중국공산당 당원이었다. 그런데 이제 남편을 따라 남편의 나라 조선으로 들어왔다. 더구나 중국공산당 당적을 버리고 조선공산당에 입당하게 된 것이다.

정율성은 조선공산당 황해도당 위원회 선전부장으로 배치된다. 그는 황해도에 머물던 1946년 노래 두 곡을 만든다. 〈3·1운동 행진곡〉과 〈조선 해방 행진곡〉이었다. 중국에 뼈를 묻어 고국으로 돌아오지 못한 둘째 형과 감옥살이의 후유증으로 끝내 목숨을 버린 큰형, 자신과 함께 의열단 간부학교에서 공부했던 조카 국훈에게 바치는 노래였다. 그 모든 저항과 고난과 죽음이 기미년의 3·1운동으로부터 시작했다고 믿었던 까닭이었다. 일본제국을 몰아내고 마침내 해방된 조국의 땅을 밟지 못한 채 떠도는 넋이 된 항일 전사들을 위해서이기도 했다.

남한에서는 미국의 지원을 받는 이승만이 임시정부 요인과 광복군을 밀어내고 정치적 영향력을 강화하고 있었다. 북한에서는 조선의용군의 상징적 인물 무정이 허울뿐인 당 제2서기를 맡았을 뿐 소련군의 지원을 받는 김일성과 소련파가 실권을 장악했다.

어느 날 무정 장군이 옌안에서 고생했던 동지 몇 사람을 평양으로 불러 저녁을 먹었다. 율성도 참석했다. 반갑게 맞은 무정이 율성에게 물었다.

"지금 황해도당 선전부장으로 있나? 옌안에서 이름 높은 음악가를 그리 대접하다니, 섭섭하겠구나."

"아닙니다. 괜찮습니다. 제가 중국에 건너간 까닭이 무언가를 바라서가 아니었으니까요. 의열단 단원이 되고 일본제국과 싸워 조국이 압제에서 벗어나는 데 조금이라도 도움이 될 수 있다면 그것으로 충분하다고 생각했거든요."

무정은 작게 웃었다. 그는 본래 성격이 호탕하고 선이 굵은 사람이었다. 그 때문에 드물게 실수를 저지르기도 했으나 이내 그것을 바로잡는 데 인색하지 않았다. 그래서 그를 따르는 이가 적지 않았다. 귀국하지 않고 중국에 남았다면 중국공산당 지도부에서 큰 역할을 하고도 남을 인물이었다. 팔로군에서 그를 능가할 포병 전문가가 없었다. 그러나 무정은 조국을 택했다. 중국공산당에서 활동한 까닭도 김원봉과 김산이 그러했던 것과 마찬가지로 오직 조국이 일제의 억압에서 해방되기를 염원했기 때문이었다. 그러나 지금 그토록 바라던 해방된 조국에 돌아와 무정은 정치적 실권이 거의 없는 처지로 있었다. 정율성에게 섭섭하지 않은가 하고 묻는 저 질문은 따라서 그 자신의 처지에 대한 울분이기도 했다. 율성은 그것을 모르지 않아서 조심스럽게 답하고 그의 표정을 살폈다. 그런데 그가 작게 웃을 뿐 더 이상의 말은 하지 않는 것이다. 말과 행동을 조심해야 할 때였다.

율성의 대답은 진심이기도 했다. 욕심을 낼 수 있고 그것이 가능하다면, 음악 공부를 제대로 했으면 하는 바람이 있었고 부족한 대로 그것은 이룬 셈이었다. 오히려 음악 활동을 통해 전선에서 치열하게 싸우던 항일 전사들의 가슴에 용기를 불어넣었다. 집과 고향과 가족을 떠나 오직 적과 맞서 싸우느라 지친 마음을 위로할 수 있었다. 그만하면 얼마나 다행인가, 율성은 그렇게 생각했다. 존경하고 따르던 선배와 가까운 혈육이 전장에서 죽어간 것이 아프고 힘든 일이었으나 사랑하는 아내와 딸아이가 옆에 있어서 그것도 다행이지 싶었다. 고국에 돌아왔으나 고향에 계신 어머니를 뵙지 못했고 소식을 전할 수 없는 것이 안타까운 일이었다.

무정을 비롯한 옌안파 항일투사들은 말을 줄이고 대신 술을 밤새워 마셨다. 중국에서는 일본제국의 밀정이 숨어 있지 않나 늘 조심했다. 평양에서는 소련군이나 김일성 일파의 스파이가 어느 곳에나 껴있을 것이었다.

정율성이 황해도당 위원회 선전부장으로 두 달째 일하고 있던 1946년 2월 김일성이 해주를 방문했다. 김일성과의 첫 대면이었다. 정율성은 김일성에 대해 아는 게 없었다. 1930년대 말경 중국 공산당 아래에서 항일 무장투쟁을 하다가 소련으로 넘어가 소련군에 입대했다는 것 정도만 알고 있었다. 율성은 그가 북한을 장악한 실력자였으므로 긴장과 함께 흥미를 느꼈다. 그는 1912년생으로 율성보다 두 살 위였다. 두 사람 다 젊었던 때였다. 그가 무은 실력으로 북한 지역을 그처럼 빨리 장악할 수 있었을까 율성은 궁금했다.

장제스든 마오쩌둥이든 중국은 일본제국 패망 이후 한반도에 대한 종전의 지배권을 확보하려 했다. 그런 까닭에 장제스의 국민당 정부는 임정에 대한 승인을 미루면서 임정과 의열단 등 항일세력을 분리해서 지원하고 있었다. 저들의 영향력 아래 항일독립세력을 묶어두려는 의도 때문이었다. 그러나 일본군의 대륙 침략에 더해 장제스의 국민당 정부와 마오쩌둥의 공산당 세력은 내전 상태였다. 그들은 국경을 접하고 있는 소련군의 남하를 경계하고 있었다. 알았지만 중국은 힘에 부쳤고, 소련은 연합국의 일원으로 전쟁에 참여하면서 전후 한반도에 대한 영향력을 확보했다. 이제 북한은 소련의 영향권 아래 넘어갔다. 남한은 소련 공산주의 세력의 남하를 저지하기 위한 미국의 최전선이 되었다.

율성은 그렇게 정세를 이해했다. 자신과 비슷한 나이의 젊고 경험 적은 김일성은 오직 소련의 이익에 부합하는 인물로 선택되었을 뿐이다. 만약 마오쩌둥의 공산당이 한반도에 대한 영향력을 행사할 수 있었다면 조선의용군 총사령관 무정이 그 자리를 대신했을 것이다.

정율성은 정치적 발언을 삼가고 삼갔다. 옌안에서 김산이 밀정이라는 누명을 뒤집어쓰고 억울한 죽임을 당했던 일을 그는 잊지 않았다. 그가 민감한 정치적 문제에 간여하는 것을 극도로 경계하게 된 트라우마이기도 했다. 혹시라도 평양에서는 무정과 가까웠다는 이유로 감시의 대상이 된 것은 아닐까 서늘한 느낌일 때도 있었다. 율성은 공산당원이기는 했으나 공산주의자는 아니었다. 그는 다만 음악을 무기로 조국과 인민의 해방에 복무하는 것으로 만족했고, 그 자신의 위치를 그렇게 설정했다. 그래서 중국에서의 위치와 어울리지 않는 지방당 선전부장이라는 직책에도 아무런 내색을 하지 않았다. 커다란 손을 내밀며 김일성은 악수를 청했다.

"동무에 대해서는 들어 알고 있었다. 뛰어난 작곡가라고 들었다. 이제 우리 조선 인민과 인민군대를 위해서도 좋은 음악을 많이 만들어달라."

정율성은 해주에 음악전문학교 설립을 서둘렀다. 평양에 1947년 9월, 해주에는 그해 10월 음악전문학교가 개교했다. 남쪽 지역에서 배를 타고 중국으로 가는 길목에 해주가 있었다. 안중근과 김구가 태어난 곳이었다. 월북한 예술인들은 일단 해주에 머물면서 평양의 지시를 기다리던 상황이었다. 〈인민항쟁가〉를 작곡했던 김순남과 시인 임화 등이 해주에 잠깐 머물렀다. 율성과 임화는 해주에 머문 시간이 엇갈려 조우하지는 못했다. 1947년 11월 박헌영, 그리고 재혼한 아내 지하련과 함께 월북한 임화는 1953년 박헌영을 필두로 한 남로당 계열이 숙청될 때 북한 정권 전복 음모와 간첩 행위 등의 혐의로 기소당한다. 미제의 스파이, 일본제국에 아첨하거나 결탁한 행위, 반소, 반공 행위 등의 가당찮은 죄목으로 평양에서 총살당하고 만다. 율성은 1951년 4월 중국으로 다시 돌아가 지낼 때 그런 소식들을 전해 들으며 전율했다.

1946년 가을, 어느 날은 김학철(본명, 홍성걸)이 찾아와서 반갑게 해후하기도 했다. 상하이에서 의열단 활동을 함께했던 동지였다. 나중에 조선의용대의 경험을 소설화한 장편소설『격정시대』를 썼고, 자서전으로『최후의 분대장』을 남긴 항일지사요 소설가였다. 율성은 김학철의 한쪽 다리가 없는 것을 보고서 크게 놀랐다.

"타이항산 전투에서 크게 다쳤다. 왜놈들에게 포로로 잡혀갔다. 일본으로 압송되어 10년형을 선고받고 나가사키 형무소에 갇혔다. 놈들은 전향서를 쓰면 다리를 치료하주겠다고 회유했다. 거절했다. 그렇게 3년 반 동안 피고름을 흘리는 고통을 견디다 결국엔 다리를 절단했다. 썩어들어가고 있어서 어쩔 수 없었다……."

담담하게 웃으며 말하는 김학철을 와락 끌어안은 율성은 낮게 흐느꼈다. 김학철이 다리를 크게 다친 타이항산의 전투는 1941년 12월 12일에 일어났다. 약 300명 규모의 일본군 병력이 후자좡(胡家庄)에서 숙영하던 조선의용대 화북지대 제2대(병력 약 20명)를 기습했다. 조선의용대 병력은 탈출에 성공했으나 이 과정에서 손일봉을 비롯한 대원 네 명이 전사하였고 김학철은 이때 일본군의 포로가 되었다.

율성은 그 무렵 믿고 의지하던 김산이 비밀리에 처형당한 데 대한 극심한 우울증에 더해 딩쉐쑹과 사랑을 나누는 동안 겪게 된 조선인으로서의 좌절감 등이 겹쳐 몸과 마음이 피폐해져 있었다.

그 틈으로 결핵균이 파고들어 율성은 시름시름 앓았다. 기침이 잦아들더니 결국 검붉은 피를 토하기까지 했다. 결국 율성은 아끼던 만돌린과 바이올린, 그리고 총 한 자루를 챙겨 들고 깊은 산속으로 들어가 요양을 하던 중이었다. 어렵게 그해의 마지막 날 즈음 딩쉐쑹과 결혼을 하는 데 성공했지만, 휴양을 하느라 사람들과 거리를 둔 채 산속에서 지내느라 후자좡 전투 이야기는 나중에야 들었던 것이다. 율성은 김학철에게 너무 미안했다.

1945년 광복 후 두 사람은 모두 개인의 자격으로 귀국을 허락받았으나 정율성은 조선의용군 일원으로 북으로 들어갔고, 김학철은 광복군의 일원으로 서울로 돌아갔으니 서로의 길이 어긋난 듯 보였다. 그런데 서울에서 김학철은, 위대한 소련군과 미군 덕분에 우리 조국이 해방되었다는 박헌영의 연설을 듣고 분개한 나머지 월북의 길을 선택하고 만다.

"우리 조선의용군은 일본이 패망할 때까지 끝까지 싸웠다. 우리 말고 국내에서 누가 어떤 세력이 피 흘리며 목숨을 잃어가며 싸웠는가. 항일 무장투쟁을 했던 동지들에 대해서는 전혀 언급하지 않는 박헌영의 그 말을 듣는 순간 온몸의 피가 거꾸로 솟는 것만 같았다. 말로만 싸운 것들의 혀 놀림이 너무 싫었다."

김학철에게서 남쪽 이야기를 들을 수 있었던 율성은 새삼 어머니 생각에 마음이 가라앉기도 했다. 살아 계신다면 일흔이 넘었을 나이였다. 당장이라도 달려가고 싶은 마음이었으나 38선은 이미 굳게 닫혀 있었다. 틈이 없지는 않을 것이나 만에 하나라도 일이 잘못되면 아내와 딸아이에게 해가 될 것이었다.

해주에서 얼마간 요양하다가 김학철은 평양으로 갔다. 『노동신문』 기자를 거쳐 『인민군 신문』의 주필로 일했다. 율성은 평양에서 그를 두어 번 만났다. 서로 일이 많고 바빠서 자주 시간을 내지는 못했다. 김학철은 처음과 달리 갈수록 포악해지는 김일성 정권에 환멸을 느껴 6 · 25전쟁 중에 중국으로 가서 돌아오지 않았다. 마지막으로 그를 만나 뜨거운 차를 마시던 날 그와 나누던 대화를 율성은 자주 떠올렸다. 그가 물었었다.

"자네에게 음악은 무슨 의미인가?"

뜻밖의 질문에 율성은 당혹스러웠다. 사실 깊게 생각했던 문제는 아니었다. 그냥, 매우, 자연스럽게, 그는 음악이 좋았다. 좋아하는 일을 하며 평생을 살 수 있다면 그보다 더 바람직한 삶이 있겠는가 싶었다. 그러나 기울어진 가세 탓에 율성에게 정식으로 음악 교육을 받을 기회가 주어지지 않았다. 전주 신흥중학교도 도중에 그만두어야 했다. 그러던 중 의열단원으로 활동하던 형 의은의 권유로 난징으로 갔다. 의열단이 운영하던 간부학교에 입학했고, 이후 평생을 항일전선에 동지들과 함께했다. 고향을 떠나 중국으로 향할 때 형 의은이 했던 말, 중국에 가면 음악 공부할 기회가 있을 것이라는 말은 그다지 신뢰하지 않았다. 그 당시 조선의 젊은이가 중국으로 간다는 것은 목숨을 버릴 각오가 요구되는 일이었다. 형 의은은 의열단원이었고, 일본 제국군에게 의열단은 가장 큰 경계의 대상이었다. 그런데 음악 공부는 무슨. 그러다 생각지도 못했던 행운이 찾아와서 크리노바 교수에게 사사하며 작곡을 공부할 수 있었다. 율성은 주마등처럼 지난 시절의 일이 떠올랐다. 작은 미소를 지으며 김학철의 질문에 답했다.

"그게, 그냥 운명이었네. 내게 음악이라는 것은."

"그렇군. 이야기를 듣고 보니 자넨 독학자군. 크리노바 교수에게 음악 공부를 한 기간은 그리 길지 않은데, 자네의 타고난 재능과 열정이 그 어려운 시절에 빛을 발할 수 있었던 것은 행운이네."

"행운이라 할 수 있지. 좋아하는 음악을 하면서 항일전선에서 동지들과 함께 할 수 있었으니, 대단한 행운이지. 그런 자네에게 글을 쓰는 것은 어떤 의미인가? 그것도 운명일 테지?"

두 사람은 소리없이 웃었다.

율성은 나중에 중국으로 다시 돌아가서 그가 만주에서 쓴 소설 『격정시대』를 구해 읽었다. 『격정시대』는 김학철이 타이항산에서 조선의용대 일원으로 항일 투쟁하던 경험을 바탕으로 한 자전적 소설이었다. 율성은 그의 소설을 읽으며 몇 번이나 뜨거운 눈물을 흘리곤 했다. 동지들과 함께 싸웠던 기억을 김학철이 생생하게 묘사해내고 있었기 때문이었다. 문장마다, 숱하게 죽어갔던 조선의용군들을 소설에서 생생하게 살려내고 있는 그의 진심이 묻어났다. 무엇보다 소설의 인물들 이름은 실제와 달랐으나 그가 누구인지 어림할 수 있을 만큼 수많은 인물을 치밀하게 묘사하고 있었다. 율성은 가끔 읽던 페이지를 멈추고 눈을 가늘게 뜬 채 인물 하나하나를 그려보곤 했다.

소설에는, 자기 목숨을 걸고 위기에 처한 사람을 구해내는 의협심 강한 씨동이, 일본 유학 후 귀향하여 재산을 처분하며 반일 활동에 열을 올리는 한정희, 광주학생운동을 지지하며 학생들을 선동하다 퇴학 처분을 받은 학생대표 김봉구, 이러한 인물들의 영향을 받고 성장하면서 윤봉길 의사의 의거에 고무되어 항일투쟁을 위해 만주로 떠난 주인공 선장이, 그리고 만주에서 만난 독립운동가들과 조선의용대 동지들이 선장이를 중심축으로 공동의 역사를 공유하고 있었다. 고지식하고 고집불통인 윤지평, 술고래지만 연을 잘 만들어 삐라 투척에 큰 공을 세운 김문, 만졌다 하면 어떤 기계든 고장 내놓는 고장왕 장준광, 사격의 명수이나 야맹증이 심한 이태성 등, 전장에서 죽어 나가고 항일 투쟁의 과정에서 희생된 실로 수많은 개성 넘치는 인물들이 살아서 움직이고 있었다.

무엇보다 율성은 김학철의 소설을 읽으며 자신이 마치 타이항산에 있는 것처럼 정겨움이 느껴졌다. 소설에서 주인공이라 할 선장이는 가난한 고향 원산과 식민 수도 경성을 떠나 만주 타이항산에 도착한다. 율성 자신이 고향 광주를 떠나 난징과 옌안을 거쳐 마침내 타이항산에 도착했듯이 선장이가 그러했다. 조선의용대의 일원으로 타이항산에 도착한 선장이는, 낯선 중국 땅 만주에서 오히려 "부요한 타이항산의 품속에 뛰어드는" 감격의 순간을 경험한다. 선장이가 조선의용대원으로 그리고 중국 공산당원으로 활동한 것에 대해 소설에서는 다음처럼 설명하고 있다. 그것은, '민족주의에 바탕을 둔 세계주의를 주장'한 펑더화이의 시각에 동조했기 때문이다. 펑더화이는 국민당 정부 장제스 휘하의 군사지휘관으로 있다가 1927년 장제스가 국민당 내 공산당과 좌파를 숙청할 때 장제스에게서 떨어져나와 공산당원이 되었고 이후 공산당 군 서열 2위의 자리에 오른 인물이다. 소설에서 선장이는 다음처럼 말한다.

> "팽 장군의 의견도 역시 마찬가집니다. 우리나라가 망하기 전에 쓰던 깃발이 무슨 깃발이었는가 하고 물어서 태극기였다고 우리가 말씀드렸더니, 그럼 지금도 그 깃발을 써야지요. 그래야 호소력이 있을 것 아닙니까. 조국을 광복하자면 민중이 익히 아는, 전 민족이 익히 아는, 민족 독립의 상징으로 될 만한 깃발을 내세워야 할 게 아닙니까. 그래야 민중이 기꺼이 따라올 게 아닙니까. 붉은 기는 아무리 좋더라도 민중의 눈에는 설단 말입니다. 그러니 돌아가 젊은이들을 잘 설복해서, 태극기를 높이 쳐들도록 하십시오. 사회주의, 공산주의는 나중에 할 일이고 우선 나라의 독립부터 쟁취해놓고 봐야지 않겠습니까?"

율성은 소설 속 인물 선장이의 말을 통해 김학철이 드러내고자 하는 뜻을 정확하게 이해했다. 아니, 그의 말이 율성 자신의 생각과 정확하게 일치하고 있어서 가슴이 뜨거워졌다. 조선의용대가 중국공산당 소속으로 만주에서 활동하게 된 이유는 다른 무엇에 앞서 민족의 해방을 위해서였고, 사회주의니 공산주의니 하는 것은 민족 독립을 위한 발판이었다. 따라서 조선의용대가 비록 중국공산당 소속으로 활동하고는 있지만 중요한 점은 '중국'이 아니라 조선의 독립을 가능하게 해줄 국제적 단체인 '공산당'이었던 것이다.

다만 율성은 김학철을 다시 만나보지는 못했다. 혁명을 완수한 중국은 또다시 거대한 사상투쟁의 소용돌이에 휘말려 들어갔고, 율성이 그러했던 것처럼 김학철도 매우 어려운 시기를 보내고 있었기 때문이었다.

애초에 문화대혁명은 사회주의적 인간형의 탐색이라는 목표를 근간으로 삼고 있었으나, 그 과정은 매우 거칠었고 결과는 실패로 귀결되고 말았다. 문화대혁명은 중국 각 지역에서 동일한 양상과 모습을 띠지는 않았다. 또한 모든 지역의 정치적 · 경제적 양상이 같은 것이 아니었기 때문에 문혁은 각 지역에서 상당히 다른 양상으로 진행되었다. 특히 중국의 변경 지역인 소수민족 지역에서 전개된 문혁은 이들 지역의 민족문화와 자율성을 크게 위축시키는 결과를 가져왔다. 만주 지역에 터를 잡고 살아가던 조선인들과 같은 소수민족에게 문화대혁명은 다양하고 고유한 민족 전통을 계급과 이념으로 대체시키는 폭력적 운동으로 기능했다. 따라서 조선족들은 문화대혁명 시기 중국 전역에서 엄청난 고난을 경험할 수밖에 없었다. 혈연과 공동체의 가치를 부정당하고 인륜 도덕의 가치까지 무너지는 참담함을 겪어야 했다. 문화대혁명은 민족 전통을 혁파해야 할 '구습'으로 낙인찍음으로써 소수민족의 고유 전통을 폄훼했다. 원적지로부터 옮겨온 혼례나 전통적 관습 등과 같은 민족 고유의 생활문화들은 문화대혁명 이후 사라져갔다.

김학철은 1966년부터 1976년까지 '반혁명 작가'로 몰려 24년간 감옥에서 강제노역을 하는 비운을 겪어야 했다.

김학철이 해주에서 요양을 마치고 평양으로 떠난 후 정율성도 1947년 봄 해주를 떠나 평양으로 간다. 평양은 오랜 고도(古都)답게 곳곳에 세월의 흔적을 간직하고 있는 문화유산들이 많았다. 그런데 평양역사는 의외로 작은 목조건물이었다. 단층으로 된 건물의 상부에는 처마와 용마루가 단순하게 직선으로 처리된 우진각 지붕이 올려져 있고, 전면 중심에는 박공이 강조된 주 출입구가 있었다. 어떤 이는 평양역의 외관이 일본의 시모노세키(下關)역과 유사한 일본 전통적인 목조 양식의 역사라 하고, 또 어떤 이는 북유럽 건축에서 더 큰 영향을 받은 서양식 목구조 건축이며, 다만 여기에 일본의 목구조 기법이 일부 가미된 양식이라고도 했다.

율성은 역사를 천천히 걸어 나와 이 오래된 도시의 공기를 폐부 깊숙이 들이마셨다. 고향 광주 양림동이 미국의 선교사들이 선교 전진기지로 터를 잡은 동네라면 평양은 도시 전체가 그러했다. 특히 평양 숭실학교는 그레이엄 리(Graham Lee)와 베어드 부인(Annie

L. A. Baird), 베커 부인(Arthur. L. Becker) 등 대부분 전문가는 아니지만 음악적인 소양을 가진 선교사들이 활동한 공간이었다고 들었다. 이들에 의해 나팔대가 조직되고 음악 교재가 발간되기도 하는 등 양질의 음악 교육을 위한 토대가 마련되었다는 사실이 매우 흥미로웠다. 1916년 모리(Eli M. Mowry)의 주도로 만들어진 숭실 밴드는 건반과 가창 음악 교육 중심에서 벗어난 다양한 음악 교육을 위한 하나의 혁신으로 1917년부터 매년 전국을 돌며 각종 공연과 전도 집회에서 활약했다. 1920년대와 30년대 평양은 폭발적인 교회의 성장과 교육 수요, 음악 전문 선교사들의 적극적인 활동으로 서구식 음악 교육이 매우 활발하게 진행되었다. 서구음악에 대한 열망의 이면에는 평양이 오랜 역사를 통과하면서 겪어야 했던 여러 차례의 전쟁과 식민 경험으로 인한 수치와 좌절감 등의 감정이 작용했는지 모를 일이라고 율성은 생각했다. 평양에서 전도를 위한 야외 밴드 연주, 평양의 감사까지도 참여했던 연합운동회, 전국 각지에서 몰려들었던 각종 집회와 부흥회, 학교와 교회를 무대로 한 수많은 음악회, 다양한 미션스쿨들의 졸업식 등은 다양한 서구음악에 노출되는 장이었다.

평양으로 온 정율성은 조선인민군 협주단 단장을 맡아 1947년부터 1948년까지 2년 동안 북한 전역을 돌며 공연했다. 그러나 해방 직후 평양에서 필요한 음악 중 하나인 인민군을 위한 마땅한 군가가 없다는 데 생각이 미쳤다. 율성은 월북한 박세영의 시에 곡을 붙여 노래를 만들었다. "우리는 강철 같은 조선의 인민군, 정의와 평화를 위해 싸우는 전사, 불의의 원수들을 다 물리치고, 조국의 완전독립 쟁취하리라…….” 김일성은 노래를 듣고 흡족해했다. 이 노래는 1948년 〈조선인민군 행진곡〉으로 공식적 군가가 된다. 공로를 인정받아 율성은 ‘모범노동자’ 칭호를 받는다.

그러는 동안 아내 딩쉐쑹은 건강이 상해 잠시 중국에 다녀왔다. 본래 몸이 좋지 않았다. 그런 데다 둘째를 임신했다. 율성은 기뻤으나 더 이상 아이를 낳아 기르는 것에 여러모로 부담을 느낀 그녀가 임신 중절 수술을 하다 잘못되었던 탓이었다. 출혈이 멈추지 않는 후유증이 며칠 이어지자 베이징으로 가서 치료를 받았다. 그 후로 정율성 부부는 더 이상 아이를 갖지 못했다. 다행스럽게 딸 소제는 예쁘고 건강하게 잘 자라고 있어서 그들의 마음이 기뻤다.

딩쉐쑹은 건강이 좋지 않았으나 조선공산당 내부에 설치한 화교위원회 비서장과 북조선화교총연합회 위원장 일을 맡아 했다. 얼마 후에는 중국공산당 기관지『신화사』평양 분사 사장직까지 겸임하면서 활동한다. 일본제국이 한반도에서 물러간 후에도 2만여 명의 화교가 남과 북에 흩어져 살고 있었다. 딩쉐쑹은 조선의 화교들을 보호하면서 중국공산당과 조선노동당 사이의 교류를 책임지는 역할을 맡게 된 것이다. 북한에 아직 정식으로 정권이 수립된 것은 아니어서 김일성은 딩쉐쑹을 통해 중국공산당과 접촉을 유지하고 있었다. 당에 충실하기도 했지만 마오쩌둥과 함께 중국공산당을 이끌고 있는 저우언라이가 딩쉐쑹의 후견인이기도 했다. 그녀는 이제 북조선에서 중국공산당을 대리하는 위치가 되었다. 그 점이 북한 지도부 일부의 불만 거리가 되었다.

항일전선에서 여성들도 남성들 못지않게 싸웠고 나름의 성과가 적지 않았으나 여성들을 대하는 남성 일반은 여전히 보수적이었다. 중요한 일은 남성이 맡아야 한다는 어디에도 근거 없는 확신이 그들을 지배했다. 중국 여성을 아내로 둔 율성에게 들으라는 듯이, 조선 남자가 조선 여자가 아닌 중국 여자와 사는 것은 아무래도 부자연스럽지 않다고 비웃는 이도 있었다. 그녀가 사장(지사장)을 맡고 있던 중국공산당 기관지『신화사』평양 분사는 통신사였지만 공산당 정보기관 역할도 했다. 그녀가 중국공산당의 스파이라고 의심하는 이들도 있었다. 북한의 지도부에서는 그런 점에서도 딩쉐쑹을 경계하고 있었다. 아내 딩쉐쑹은 몸이 좋지 않은데 일은 많은 데다 여전히 한국어가 서툴러 중국으로 돌아갔으면 하는 내색을 가끔 했다. 율성은 고민이 깊었다. 점점 자라고 있는 딸아이 소제의 교육 문제도 현실적인 고민이 되었다.

그런 고민에 대해 율성 부부는 서로의 마음을 알았으나 마땅한 해법이 없었다. 그 무렵 정율성은 남북연석회의 남한 대표로 평양에 온 매형 박건웅을 만나게 된다. 상하이에서 헤어지고 나서 소식이 끊겼던 박건웅이 1948년 4월 하순 돌연 평양에 모습을 드러낸 것이다. 미국과 소련은 남과 북에서 자신의 이익을 대변할 인물로 이승만과 김일성을 내세워 독자적인 정부 수립을 기정사실로 치부하고 있었다. 북한당국의 강압적인 토지개혁에 반발한 지주와 기독교 계열의 인사들은 대거 남한으로 이동한다. 제주에서는 1947년 3월 1일, 3·1절 기념식에 이은 시위 중에 기마 경관의 말발굽에 어린아이가 치인 일을 계기로 제주도민들의 항의가 이어진다. 미군정청의 강압적인 대처와 이승만의 강경한 지시가 계기가 되어 남로당과 토벌대의 무력 충돌과 진압 과정에서 제주 주민들이 대거 희생당하는 일이 일어났다. 김구와 김규식 등은 남북 합작을 통한 통일 정부 수립을 호소하고 1948년 4월 19일 평양 모란봉극장에서 남북의 정당과 사회단체 연석회의가 열리게 된 것이다. 박건웅은 김규식을 수행해서 평양에 왔다. 율성과 그의 매형 박건웅은 격하게 포옹한다.

"아, 처남. 정말 반갑다. 어느 사이 이렇게 어엿한 어른이 다 되었나? 아름다운 아내와 귀여운 딸아이에, 중국 혁명가들 사이에 명성이 자자한 음악가에, 조국에서도 큰일을 맡아 하고 있구나, 장하다."

율성도 딩쉐쑹도 박건웅이 반갑기 이를 데 없었다. 율성은 그동안 어떻게 지냈는지, 누나와 어머니는 어떠한지 궁금한 게 너무 많았다. 또 남한의 정세는 어떠한지, 이렇게 남과 북은 각자의 정부를 세우고 분열과 대립의 길로 가는 것인지 그것 역시 궁금했다. 딩쉐쑹 역시 남한의 상세한 정세가 알고 싶어 몸을 기울여 두 사람이 밤새워 나누는 대화를 듣고 간혹 물었다.

"김성숙 동지와 임정에 합류했었다. 우리 민족의 해방이 우선이라는 생각에 그러했다. 해방 후에 서울로 돌아와 좌우통합에 애를 쓰던 김규식 선생을 총재로 모시고 민족자주연맹을 결성했다.

홍명희, 안재홍 선생이 뜻을 모았다. 곳곳에서 좌우 이데올로기에 의한 충돌이 이어지고 있다. 제주도에서 주민들의 학살이 이어지고 그 비극이 북한 공산당의 사주에 의한 것이라는 거짓이 남북 사이의 갈등과 분열을 부채질하겠다는 우려가 컸다. 제주에서의 양민 학살은 1923년 간토 대지진 당시 1만여 명에 이르는 조선인 학살과 1937년 12월 난징에서 30만여 명에 대한 일본군의 대학살과 약탈 만행에 버금가는 참극이다. 더욱 고약한 것은 제주의 경우 우리 민족 내부에서 일어난 만행이라는 데 있다. 자칫 큰 변고가 생길지도 모른다. 더이상 미룰 시간이 없다고 판단해서 이렇게 평양에 오게 된 것이다."

율성은 박건웅으로부터 홍명희 이름을 듣자 그가 혹여『임꺽정』이라는 소설을 쓴 작가인지 묻는다.

"서로 만나볼 기회가 없었을 것인데 어찌 그를 아는가?"

"역시 그렇군요. 타이항산에 있을 때 조카 국훈으로부터 이야기를 들은 바 있습니다."

율성은 김규식 선생과 홍명희 선생을 만나보려고 회의장인 평양 모란봉극장에 찾아갔다. 남북연석회의는 벌써 열흘 가까이 열리고 있었다. 다행스럽게도 일요일인 4월 25일에는 휴회를 하기로 한 까닭에 북에서 제공한 숙소에서 율성은 매형인 박건웅의 주선으로 김규식을 잠깐 만날 수 있었다. 율성이 1933년 9월 16일 오전, 난징 의열단 조선혁명군사정치간부학교 제2기 입학식 때 톈진 북양대학 교수로 있던 김규식 선생이 와서 격려사를 했던 기억을 말하자 김규식은 율성을 격하게 포옹했다. 어느덧 일흔이 다 된 노인이었고 15년 전의 일인 데다가 60여 명에 가까운 대원 중 한 명이었던 율성을 기억하지는 못했다. 그러나 얼마나 장한 일인가, 김규식은 그 어려운 시기를 이겨내고 무엇보다도 살아서 이렇게 만날 수 있다니 얼마나 다행인가, 더구나 중국에서 음악으로 이름을 크게 얻은 젊은이라 하니 참으로 기쁘다고 율성의 손을 놓지 않았다. 그는 곧바로 홍명희 선생을 찾아 율성을 소개했다.

홍명희는 일정이 바쁜 데다 이루고자 하는 뜻이 쉽게 풀리지 않는 형편이어서 표정이 어두웠다. 남북연석회의는 남측에서 41개, 북측은 15개의 정당과 사회단체가 참여하였고 이로부터 선출된 대표자는 695명이었다. 그 많은 인원이 모여 난마처럼 얽혀 있는 남북 문제를 풀기는 애초에 가능한 일이 아닐 터였다. 더구나 미국과 소련의 이해가 충돌하고 있는 상황에서 남과 북 당국의 의지만으로 무언가를 해결해보자는 것은 그 의도와 달리 난망한 일이 아닐 수 없었다. 김구와 김규식 등이 그러한 사정을 모를 리는 물론 없었다. 그들은 최선을 다하고 있는 중이었다.

홍명희는 처음의 어두운 표정에서 벗어나 율성을 따뜻하게 대해주었다. 김규식의 소개를 받은 터인 데다 그의 고향은 충북 괴산이고 율성은 전라도 광주여서, 그러니까 둘 다 남한이어서 더 반가웠을까. 그가 60세이고 율성이 34세였으니 부자지간 같은 처지이기도 해서 그랬을지도 모르겠다. 홍명희가 잔잔한 미소를 지은 채 물었다.

"그래, 나를 보고자 한 특별한 까닭이 있었는가?"

"타이항산에 있을 때, 선생님이 쓰신 소설 『임꺽정』에 대해 이야기를 들었습니다. 언젠가 한 번 꼭 뵈어야지 했습니다. 마침 평양에 오셨다 해서."

홍명희가 반색을 하며 연거푸 물었다.

"그랬나? 소설은 읽었던가? 어디가 인상 깊던가?"

율성이 조금 움찔했다.

"아닙니다. 아직 소설을 읽어보지는 못했습니다. 구할 기회가 없었으나 그보다는 제가 게을렀습니다."

"아니, 괜찮네. 그래도 이야기를 전해 들었다니 어느 대목이 그리 마음에 남았던가?"

율성은 조카 국훈이 했던 이야기를 기억해내느라 답을 지체한다. 홍명희는 잔잔한 미소를 머금은 채 그의 답을 기다린다. 율성의 매형 박건웅이 따뜻한 중국 차를 내온다. 4월 하순의 오후, 평양에서 마시는 중국 차가 그들 사이에서 묘한 연대감을 일으킨다. 그들 모두 타국인 중국에서 망명자로 오래 지냈다. 향이 깊구나. 한 모금 입을 축인 홍명희가 말했다. 율성은 대답한다.

"역사 속에서 한 번도 주인공이 되지 못했던 천민의 삶을 새롭게 묘사하고 그들을 생생하게 살려냈다고 들었습니다. 무엇보다 백정의 자식이었던 임꺽정이 관군의 토벌이 쫓기다가 청석골에서 무수한 화살을 맞고 체포되어 죽임을 당했다는 마지막 대목에선 가슴이 서늘했고요.”

“아하, 그랬던가.” 홍명희가 빙긋 웃었다.

“또한 선생님은 소설에서 선생님 고향인 충청도 방언을 거의 쓰지 않고 조선어 표준어를 구사했다고 들었습니다. 깊은 뜻이 있으셨겠지요?”

이번에는 율성이 물었다. 박건웅도 자세를 바로하면서 홍명희의 답을 기다렸다.

“깊은 뜻이라, 없지는 않네.”

한글 맞춤법 통일안이 제정된 해가 1933년이다. 1930년대의 민족어 운동은 민족적 일체감을 고양하기 위한 독립운동의 방편이었다. 홍명희는 충청도 괴산이 고향이었으나 그의 소설에 지역 방언은 거의 없다. 조선어는 국권을 잃어버린 시기 나라를 대신하는 강력한 상징이었다. 정율성은 항일운동을 위해 중국으로 갔고, 중국에서 돌아온 홍명희는 표준 조선어 사용을 통한 민족해방운동에 힘을 기울였다. 피압박 민중의 해방을 열망했던 소설『임꺽정』의 작가 홍명희와 항일전선에 함께했던 동지들에게 음악을 통해 위로와 격려를 건넸던 정율성은 활동 방식과 그 무대는 달랐으나 궁극적으로 그 뜻은 같았다 할 수 있다. 두 사람은 뜨겁게 포옹한 후 헤어졌다. 기회가 있으면 다시 보자는 말을 남긴 후 홍명희가 율성에게 건넸던 말을 율성은 가끔 되새겼다.

“나라를 되찾기는 했으나 온전하게 되찾은 게 아니어서 걱정이 많다. 더구나 우리 뜻과 달리 남과 북이 서로 이질적인 체제가 들어서 제각기 정부를 세우겠다는 형편이고 보니 우리 조선의 앞날이 큰 걱정이다. 율성 군은 중국과 북한에서 음악으로 이름을 알렸으나 공산당 입당 경력이 두고두고 입길에 오를지도 모르니 그것도 염려되는구나."

그 무렵에는 그의 마지막 말이 어떤 의미인지 율성은 충분하게 이해되지는 않았다. 그가 중국에서 공산당에 가입한 것이나 북한으로 들어와서 중국공산당 당적을 버리고 북한 공산당원이 된 것은 자연스러운 일이라고 여겼기 때문이다. 무엇보다 율성은 왜 자신이 중국공산당 당원이 되었는가가 무엇보다 중요하다고 보았다. 1930년대 중국에서 그것은 자연스러운 일이었다. 대륙에서 일본 제국군과 싸웠던 군대는 마오쩌둥의 공산당 군대가 유일했다. 더구나 자신은 공산주의자라기보다는 음악가라는 것, 음악으로 항일운동에 생애를 바쳤다는 것을 부끄럽게 여긴 적이 없다. 다만 북으로 들어와 조금씩 마음이 흔들리고는 있었다.

박건웅 일행이 일말의 기대를 걸고 평양에 왔던 일은 허사가 되었다. 이승만은 참여하지 않았고 김일성은 자신의 선전장으로 활용했다. 무력감을 느낀 김구와 김규식 일행은 허탈하게 돌아갔다. 남으로 돌아간 김구는 이태 후 암살되었다. 홍명희는 북에 남았다. 남쪽에 있던 가족들을 모두 북으로 데려왔다. 그때 농지 17만 평을 소작인들에게 무상으로 분배하고 왔다 했다.

율성은 가끔 홍명희를 만나 담소를 나누곤 했다. 그를 조금씩 알아가는 것이 무척 흥미로웠다. 1910년 경술국치를 당할 때 금산군수 홍범식이 그 비분을 참지 못하고 자결하였는데, 그가 벽초 홍명희의 부친이라는 것을 알았을 때는 그에 대한 존경심이 생기기도 했다. 물론 풀지 못한 의문도 없지 않았다. 자신은 공산주의자가 될 수 없다 했던 그가 왜 남으로 돌아가는 대신 북에 남을 결심을 하게 되었는지가 가장 궁금했다. 그러나 바로 물을 수는 없었다. 스스로 그 까닭을 말하지 않는 한 전 생애를 건 누군가의 중대한 선택에 대해 섣부른 판단이 개입된 질문을 해서는 안 된다고 율성은 생각했다. 그를 만날 때도 율성은 대부분 듣는 편에 속했다.

"아버님은 장남인 내게 남긴 유서에서, '기울어진 국운을 바로 잡기엔 내 힘이 무력하기 그지없고, 망국의 수치와 설움을 감추려니 비분을 금할 수 없어 스스로 순국의 길을 택하지 않을 수 없구나. 너희들은 어떻게 하든지 조선 사람으로의 의무와 도리를 다하여 빼앗긴 나를 기어코 다시 찾아야 한다. 죽을지언정 친일을 하지 말고, 먼 훗날에라도 나를 욕되게 하지 말아다오'라는 말씀을 남겼다네" 하고 그가 왜 학업을 중단하고 중국으로 갔는지 이야기해주기도 했다.

홍명희는 "나라가 망했는데 공부는 해서 무엇 하느냐?"며 학업을 중단했다. 그는 1906년 초 일본으로 유학 가서 다이세이(大成)중학교에 편입해서 공부하던 중이었다. 그는 "나라가 망하고 집이 망하고 또한 나 자신이 망하였으니 아버지의 뒤를 따라서 죽는 것이 상책일 줄을 믿으면서도 생목숨을 끊을 용기가 없었다. 죽지 못하여 살려고 하니 고향이 싫고 고국이 싫었다"고 했다. 결국 홍명희는 부친이 세상을 떠난 2년 후인 1912년 해외에서 독립운동에 투신하고자 중국으로 떠났다. 중국에서 단재 신채호를 만나 평생 교유했다. 1918년에 귀국, 1919년 독립만세운동 때 고향에서 만세운동을 주도하다 투옥되었다. 1929년 신간회 민중대회 사건으로 또다시 투옥되어 4년간 복역하였다.

그의 단 한 편의 소설인『임꺽정』에서 조선 시대 양반가의 풍속과 일상생활을 놀라울 만큼 구체적인 묘사가 가능했던 것은 그의 집안 환경에서 비롯한 것이다. 그럼에도 홍명희는 자신의 신분에 갇히지 않고 조선 민중의 곁에 섰던 열린 지식인이었다. 율성은 그런 홍명희를 존경하지 않을 도리가 없었다. 다만 자신과는 애초부터 신분이 다르다는 점에서 어쩔 수 없는 감정적 거리감이 느껴지기도 했다. 그는 북한 정권이 수립되고 나서 박헌영 등과 함께 내각 부수상에 임명되기도 했다.

서울에서 온 인사들이 평양에서 아무런 성과를 얻지 못하고 남으로 돌아간 것은 율성에게도 안타까운 일이었으나 매형을 만날 수 있었던 것은 여러모로 유익했다. 특히 누나 봉은과 형 의은, 그리고 어머니가 무사하다는 사실이 무엇보다 기뻤다. 김성숙 선생은 귀국했으나 세 아들과 함께 중국에 남은 두쥔후이와는 연락이 끊겼다는 말을 듣고 율성은 마음이 찢어지는 듯했다. 그녀는 자신을 아껴주고 보살펴준 은인이었다. 돌아보면 많은 사람을 아깝게 잃었다.

중국에서는 1949년 12월 10일 장제스를 비롯한 국민당 정부 고위인사들과 패잔병들이 바다 건너 타이완으로 퇴각했다. 국민당군 70개 사단 150만여 병력과 전쟁물자는 완벽하게 소멸하거나 마오쩌둥이 이끄는 인민해방군으로 흡수되었다. 장제스를 태운 배가 타이완으로 떠나기 전인 1949년 10월 1일, 마오쩌둥은 베이징 톈안먼(天安門) 성루에 오른다. 정율성이 작곡한 〈팔로군 행진곡〉, "샹치엔(向前, 앞으로), 샹치엔, 샹치엔"을 함께 부르는 수십만의 중국 인민과 팔로군 앞에서 마오쩌둥은 국민당과의 내전이 종식되고 '신중국'이 건설되었음을 선포한다.

딩쉐쑹은 소리 내어 펑펑 울었다. 드디어 그녀의 조국이 해방된 것이다. 1921년 창당한 후 쑨원이 이끌던 국민당과 손잡고 청의 잔당과 지역 군벌과 싸웠던 때부터 쑨원이 죽고 권력을 장악한 장제스의 숙청에 맞서 소멸의 위기에까지 몰리던 시절까지 무려 30여 년 동안의 고난에 마침표를 찍은 것이다. 1911년 신해혁명 이후 분열과 살육과 침략에 신음하고 고통받았던 중국이 공산당의 깃발 아래 하나의 국가를 수립한 날이기도 했다. 딩쉐쑹은 하루라도 빨리 고국으로 돌아가고 싶었다. 고국에서 할 일이 산더미처럼 많을 것이었다. 실제 옌안에서 고난의 시기를 견뎌냈던 그녀의 많은 동지가 새로운 중국의 요직에 속속 들어가서 그들의 신념을 펼치고 있었다.

"이제 우리가 선택해야 할 시간이 다가온 듯해요. 우리 두 사람이 함께 중국으로 돌아가 새로운 국가를 건설하는 데 힘을 모으거나, 당신은 당신의 고국에 남아 새로운 조선 건설에 당신의 열정을 바치거나……."

딩쉐쑹은 무수한 밤을 보내며 드디어 결심했고, 조심스럽게 말을 꺼냈다. 그러나 이미 결심이 섰기 때문에 말엔 힘이 있었다. 뒤로 무를 수 있는 말이 아니라는 것을 율성은 잘 알았다. 율성은 아내를 잘 알고 있었다. 사려 깊고 부드러운 성품이었다. 남에게 모진 말을 하지 못했으며, 손해 보는 일을 기꺼이 감수했다. 그러나 혁명에의 열정만큼은 누구에게도 뒤지지 않는 사람이었다. 아내가 자신의 고국으로 돌아가기를 원하고 있다는 마음을 이미 알고 있었으므로, 율성은 딱히 답할 수 있는 게 없었다.

정율성 자신도 중국의 많은 동지를 알고 있었고, 사실 북한보다 더 많은 인정을 받고 있기도 했다. 북한에서 무정 장군도 중요한 의사 결정에서 배제되는 것을 지켜보고 있었다. 김일성은 자신보다 몇 배나 더 치열하게 싸웠던 중국이나 조선의 공산주의 활동가보다 소련에서 같이 공부했던 측근들을 중용하고 있었다. 가만 생각해보면 북한에 와서 자신이 맡아 하는 일들도 하찮다는 생각이 들기도 했다. 최근 인민군협주단 단장에서 평양국립대학 작곡부장으로 옮겨간 것도 적잖게 신경 쓰이는 일이었다. 따지자면 좌천이라 할 수 있었다. 아내를 경계하는 일련의 흐름이 작용한 것 아닌가 하는 생각이 들기도 했다. 그렇다고 그렇게 바라던 고국에 돌아왔는데 다시 중국으로 돌아갈 수도 없고, 아내와 헤어진다는 것은 더욱 더 상상할 수 없는 일이었다.

아내에게 마땅한 답을 주지 못해 고민 속에 있던 무렵 정율성은 크나큰 기쁨을 맛보게 된다. 김규식 일행을 수행해 1948년 4월 19일 평양에 왔다가 남으로 돌아간 매형 박건웅의 주선으로 어머니와 재회한 것이다.

큰형 호룡의 둘째 아들 상훈이 어머니를 모시고 38선을 넘어온 것이다. 일흔다섯의 노인이 된 율성의 어머니 최영온은 아들 내외와 손녀를 얼싸안고 기쁨에 겨워 한동안 말을 잇지 못했다. 자식들 모두가 죽거나 갇히거나 생사를 알 수 없는 상태로 20여 년을 살아왔던 세월이 한순간에 보상이라도 받은 듯싶었다. 1933년 집을 떠난 후 만 15년이 지나서야 재회한 어머니를 안고 율성도 뜨거운 눈물을 흘렸다. 그는 항일운동의 전사였고 뛰어난 음악가로 성공했으나 어머니 앞에서는 막내아들일 뿐이었다.

율성에게 1948년 평양은 여러모로 의미 있는 시간이었다. 김학철과 해후했고 홍명희를 만났으며 어머니를 다시 만날 수 있었다. 또 한 사람, 월북한 작곡가 김순남을 만날 수 있었던 것도 율성에겐 일종의 행운이었다. 김순남은 1917년생으로 율성보다는 세 살 아래였으나 우연이기는 하지만 김학철과도 동갑내기였을 뿐 아니라 윤이상과도 그러했다. 물론 김학철은 함경남도 원산에서 태어났고 윤이상은 경남 산청에서 태어나 통영에서 자랐으므로 김순남이 특히 김학철과는 특별한 인연을 맺지 못했다. 다만 윤이상은 1935년 오사카 음악학교에서 2년간 작곡을 배웠고, 김순남은 1937년 경성사범학교 연습과를 졸업하고 이듬해 도쿄 고등음악학원 작곡부에 입학하여 음악 공부를 한 처지라 두 사람은 서로를 알고 있었다. 율성은 김순남을 통해 윤이상이라는 음악가에 대해 알게 되었고 이후 자신의 음악을 점검하는 기회로 삼았다.

김순남은 서울 낙원동에서 당시 삼화화장품 상점 사장이던 아버지와 덕수보통학교 교사 어머니 사이에서 태어났다. 어려서부터 어머니에게서 피아노를 배운 김순남은 노래를 잘 불러 주위 사람들을 놀라게 했다. 일본 유학을 마치고 귀국해서는 성북보통학교 교사로 재직하면서 조선음악건설본부를 결성하고 첫 해방가요인 〈건국 행진곡〉을 작곡하는 등 적극적인 음악 활동을 펼쳤다. 문제는 그가 일본 유학 시절 하라 다로(原太郎) 교수를 만나 사회주의 사상에 심취하였고 그가 만든 여러 음악이 계급과 현실의 모순을 비판하는 데 집중되었다는 데 있었다. 프롤레타리아의 해방가요로 〈농민가〉와 〈남조선 형제여 잊지 말아라〉 〈인민 유격대의 노래〉 〈조선 빨치산의 노래〉 등을 작곡했다. 특히 한때 북한의 국가 대용으로 불린 〈인민 항쟁가〉를 1946년 작곡하기도 했는데, 그 때문에 미 군정으로부터 체포령이 떨어져 1948년 월북의 길을 택하게 된다. 그가 맨 처음 닿은 곳이 황해도 해주였다.

율성이 해방 후 귀국하여 맨 처음 머문 곳도 황해도 해주였다. 그가 황해도당 선전부장을 맡아 일할 때 해주음악학교를 만들었으며, 1947년에는 평양으로 가서 북한군 협주단을 만들어 단장의 자격으로 2년 동안 전국 순회공연을 하고 있었다. 1949년에는 평양국립대학 작곡부장으로 옮겨갔다. 율성이 김순남을 만난 해는 1948년 8월 말이었다. 김구와 김규식 일행이 남으로 돌아가고, 그들과 함께 왔던 매형 박건웅의 주선으로 고향에 있던 어머니를 평양에서 반갑게 해후했던 때로부터 4개월 정도 지난 때였다. 1948년 8월 25일에 조선인민민주주의공화국 정권 수립을 위한 제1기 대의원 대회가 평양 모란봉대극장에서 열렸다.

율성은 대의원에 추천되지 못했다. 그가 만든 곡이 김일성에 의해 1948년 〈조선인민군 행진곡〉으로, 공식적인 군가로 지정되었고 율성은 공로를 인정받아 모범노동자 칭호를 받았으나, 그뿐이었다. 반면 월북한 김순남은 조선인민민주주의공화국 창립 대표 및 최고인민회의 대의원 자격으로 회의에 참가했다. 율성은 개의치 않았다. 이미 마음은 중국으로 돌아갈 것을 굳힌 상태였으므로 그가 정치적으로 배제되고 있는 현실을 수긍했다. 섭섭한 마음이 없지 않았으나 내색하지 않았다.

김순남을 율성에게 소개한 사람은 홍명희였다. 김순남의 이력을 살피다가 그가 출중한 음악가라는 사실을 확인한 홍명희는 그 못지않게 음악적 재능을 갖고 있는 정율성을 기억해냈다. 두 사람은 나이도 비슷했고 음악 세계 역시 닮은 점이 많다고 여긴 홍명희는 두 사람에게 연락을 넣었다. 김순남은 꽤 미남형으로 깔끔한 차림이기도 해서 남자인 율성에게도 즉각적인 호감을 불러일으켰다. 두 사람은 인사를 나누고 자리를 잡았다. 홍명희는 바쁜 일정을 소화하느라 곧 자리를 떴고, 둘이 남은 자리에서 활달한 성격인 김순남이 환한 미소를 지으며 먼저 물었다.

"중국에서 활약이 대단했다고 들었습니다. 북에 와서도 인민군 행진곡을 만드셨다고요?"

"싸움에 나가는 전사들에게 가장 중요한 것이 두려움과 공포를 지우는 것이라는 생각을 늘 했어요. 동료들과 함께 노래를 부르고 나아갈 때 그 나아감이 정의로 가득하다는 자기 확신도 필요하고요. 저는 전선에 있었기에 그랬습니다만."

"아, 저는 사실 관념으로만, 선생과는 달리 기교가 앞서는 곡들이라 그게 늘 불만입니다."

율성은 김순남의 겸양이 괜한 것이라고 생각했다. 월북 전 그가 만든 〈인민 항쟁가〉와 〈제주도 유격대가〉는 단조로 된 비장한 행진곡풍의 음악이었다. 특히 찬송가와 같은 4성부 구조로 편곡했는데, 이는 친숙한 기독교 음악 형태를 이용해 정치적 메시지를 전달하려는 의도였을 것이다. 율성 자신이 만든 많은 음악 역시 그러했다. 쉽게 그 의미가 전달되고 함께 부를 때 흥을 돋울 수 있어야 했다. 더구나 "원수와 더불어 싸워서 죽은 / 우리의 죽음을 슬퍼 말아라 / 깃발을 덮어다오 우리 깃발을 / 그 밑에 전사를 맹서한 깃발……"로 이어지는 〈인민 항쟁가〉의 작사자가 임화라는 사실에 율성은 전율했다. 당대 최고의 작가와 음악가가 손을 잡고 만든 노래였다. 더 중요한 점은 그는 서양음악과 겨레 음악의 빼어난 결합으로 이룬 우리 광복기 음악의 으뜸이라는 평을 듣는 이였다. 그가 작곡한 서정적인 음악들, 〈산유화〉와 〈바다〉 〈초혼〉 등이 그러하다.

"그런데 선생께서는 이번 대의원 대회에 명단이 없던데, 무슨 사정이 있으신지요?"

김순남이 조심스럽게 물었다. 율성은 자신은 곧 중국으로 돌아갈 생각이라는 말을 해서는 안 된다고 생각했다. 옌안에서 혹독한 심문을 받았던 일을 상기했다. 단지 조선인이라는 이유로, 밀정이라는 엉뚱한 죄목으로 비참하게 최후를 마친 김산과 가깝게 지냈다는 이유로, 율성은 중국공산당 보안부에 소환당해 혹독한 심문을 거듭 당했었다. 북한에 들어와서도 자신뿐 아니라 무정 장군을 비롯한 옌안에서 혁혁한 공을 세운 뛰어난 전사들이 알게 모르게 배척당하고 있는 것을 그가 모르지 않았다. 그 누구도 믿지 말 것, 그가 의열단 군사학교를 마치고 구러우 전화국에 배치될 때 김원봉 단장이 건넸던 말이 그러했다. 율성의 긴장이 그에게 전해졌을까, 김순남이 손을 저으며 미소지었다.

"아니오, 아닙니다. 제가 괜한 결례의 말씀을 했어요. 저는 선생과 같은 뛰어난 음악가와 함께 하면서 배우고 싶다는 생각이 앞서서 그랬습니다."

율성은 그의 속 깊은 배려가 고마웠다. 궁금한 것을 물었다. 그가 일본에서 공부했던 것과 그의 음악이 주로 사회주의적 경향을 띠고 있는 것이 어떤 연관이 있는가 하는 것이었다. 김순남은 프롤레타리아 해방가요의 성격을 갖는 〈농민가〉와 〈남조선 형제여 잊지 말아라〉 〈인민 유격대의 노래〉 〈조선 빨치산의 노래〉뿐 아니라 사회주의적 경향의 가곡들 역시 다수 작곡하였다. 〈탱자〉 〈상렬〉 〈철공소〉 〈양〉 등이 그러했다.

"조심스러운 이야기입니다만."

김순남이 전해준 이야기는 율성을 당혹스럽게 했다. 그것은 1930년대 일본의 반전운동과 공산주의 활동가들에 관한 내용이었다.

"일본의 반전운동은 대단히 미약했어요. 일본 공산당은 검거자의 99퍼센트가 대량 전향하면서 전쟁과 천황제를 지지하였고, 저항의 파산은 비단 공산주의자뿐만 아니라 일본의 사회운동 전반에서 나타났거든요. 일본에서는 독일의 히틀러 암살 기도와 같은 반지하 활동은 나타나지 않았고, 공개적인 투쟁이나 폭동이 반전운동으로 폭발하지도 않았어요. 일본 국가주의가 사회를 장악하는 힘이 매우 강했음을 반증하지요."

그러나 전쟁으로 폭주해간 1930년대 일본 사회에서 과감한 반전운동을 시도한 거의 유일한 세력이 일본 공산당이었다. 특히 1931년 1월 소련에서 귀국한 가자마 죠키치(風間丈吉) 등이 공산당 중앙을 재건하는 데 심혈을 기울였다. 계속된 탄압에 당원의 숫자가 급속하게 줄어든 현실을 반영하여 당원 입당 자격을 완화하고, 당 조직의 확대를 위해 기존에 당원에게 배포하던 『적기』와 더불어 『제2무산자 신문』을 당 중앙 기관지로 하여 광범위하게 배포하는 등 선전 선동에 노력했다. 1931년 만주사변이 발발하자 일본 공산당은 전쟁에 대한 철저한 투쟁을 선언하고 모든 운동을 반전 투쟁에 초점을 맞추어 진행했다.

"놀라운 일이군요."

"일본 공산당은 대부분의 노동계급 정당까지 전쟁을 옹호하는 입장으로 돌아선 상황에서 천황제 폐지를 당 강령으로 채택하고 반전운동에 나섰던 유일한 결사체지요. 결국 1935년 5월 마지막 당 중앙위원으로 남아 있던 하카마다 사토미(袴田里見)가 검거되어 공산당은 와해하고 말아요. 간사이 지방을 중심으로 한 인민전선도 결국 실패로 귀결되고 말았지만, 저는 일련의 과정을 지켜보면서 중요한 한 가지를 발견했답니다."

"그게 무엇입니까?"

"일본인 모두가 제국주의자는 아니라는 것, 엄혹한 상황 속에서도 인간적 가치를 추구하는 이들은 언제나 존재한다는 것, 나는 음악을 통해 저들과 함께하리라는 다짐, 그런 것이었답니다. 질문에 대한 답이 되었는지 모르겠습니다만."

조선인 모두가 일본제국에 부역하거나 반대로 항일운동에 나선 것은 아니었다. 일본에도 적은 숫자나마 제국의 팽창과 천황주의에 반대하는 이들이 있었을 것이나 그러한 내력을 알지 못했던 율성에게 김순남의 전언은 상황에 대한 인식과 사람에 대한 평가를 좀 더 깊게 하는 데 많은 도움을 주었다. 율성은 두고두고 그날의 김순남과의 대면을 추억하곤 했다.

딩쉐쑹은 1950년 봄, 중국에 있는 그녀의 후견인 저우언라이에게 편지를 쓴다. 저우언라이는 총리가 되어 있었다. 정율성과 딩쉐쑹 두 사람의 당적을 회복해줄 것과 고국으로 돌아가고 싶으니 도움을 달라는 내용이었다. 어머니를 모시고 있던 율성도 그렇게 하는 것이 좋겠다는 데 동의한 뒤였다. 저우언라이는 지체하지 않고 두 사람의 당적을 회복하는 조치를 하였다. 평양에서 대사의 임무를 수행하고 있던 주리치에게 연락하여 김일성에게 정율성과 딩쉐쑹 두 사람을 중국으로 보내줄 것을 요청하기도 했다. 김일성도 두 사람을 굳이 붙들어둘 까닭이 없었다. 승낙했다.

두 사람이 중국으로 돌아갈 준비를 하고 있던 때 아무도 예기치 못했던 일이 터지고 만다. 김일성이 1950년 6월 25일 새벽 남한을 향해 전면적인 기습공격을 감행한 것이다. 김구와 김규식 일행을 모시고 평양에 왔던 매형 박건웅이 우려했던 대로 한반도에 기어코 전쟁이 일어나고야 만 것이다.

딩쉐쑹은 딸아이 소제를 데리고 1950년 9월 초순 중국으로 돌아갔다. 정율성은 항미원조(抗美援朝)를 내세우고 한국전선에 투입된 중국인민해방군을 지원하는 임무를 맡았기에 꼼짝할 수 없는 처지가 되었다. 1951년 1월 폐허로 변한 서울에 도착한 율성은 길거리에 버려진 책 한 권을 발견한다. 『조선궁정악보』였다. 죽음만이 가득한 전쟁터에서 아무도 관심 두지 않은 귀중한 악보집을 그는 귀하게 챙겼다.

9

1957년 3월 베이징, 3차 심문

1950년 7월 2일 인민군 6사단은 대전 전주에 이어 7월 23일 광주 지역을 점령한다. 남한은 호남 지역을 방어할 만한 병력을 갖추지 못했던 군대 대신 일부 경찰력으로 소규모 저항을 하였으나 인민군을 막아내기는 역부족이었다. 미군이 북한군을 압도하고 국경 근처까지 진격할 경우 이제 막 시작한 신중국 건설에 어려움을 겪을 것은 물론이고 타이완으로 후퇴한 장제스의 국민당이 대륙에 대한 공격을 시도할지 모른다는 두려움 속에 마오쩌둥은 한국전쟁에 참전한다.

신화통신사 평양 분사 책임자인 딩쉐쑹은 서울이 점령되던 6월 8일 인민군의 뒤를 따라 서울에 내려오고 이후 3개월 동안 전쟁의 추이에 대한 취재와 분석 작업을 끝으로 1950년 9월 초순 중국으로 돌아갔다. 건강이 나빠진 데다 무수한 사람이 죽어 나가는 전쟁터에 남아 있는 것은 너무 위험하다는 정율성의 호소가 중국으로 돌아가기를 원했던 그녀의 마음을 움직였던 것이다.

확전과 휴전 사이에서 갈등을 빚던 미국 대통령 트루먼(Harry S. Truman)은 1951년 4월 11일 맥아더(Douglas MacArthur)의 해임을 발표하고 그 후임에 리지웨이(M. B. Ridgway)를 임명한다. 그 무렵 정율성도 아내의 뒤를 따라 중국으로 돌아갔다.

그는 본래 전투원이 아니었다. 난징의 의열단 간부학교에서 군사훈련을 받았으나 졸업 후 그가 맡았던 일은 구러우 전화국에 들어가 상하이와 베이징 그리고 난징 사이를 오가는 일본인들의 통화를 엿듣는 일이었다. 그러는 사이 상하이를 오가며 크리노바 교수에게 음악 공부를 했다. 옌안과 타이항산에서 그가 뤼신예술대학과 항일군정대학에서 공부하고 가르친 것은 음악이었다. 타이항산을 포위 공격해 오는 일본군에 대한 전투를 수행하기도 했다. 타이항산에 배치되고 난 후 1년이 지났을 무렵인 1943년 4인조의 적후무공대(敵后武工隊)를 편성해서 일본군 후방 지역 침투 공작을 수행하기도 했다. 타이항산 동쪽 기슭 일본군 점령 민간인 지역에 침투해서 주민을 대상으로 한 선무공작을 하기도 했다. 그러나 그는 음악으로 전선에 나가는 동지들에게 힘을 보태는 일이 더 많았다. 그의 소임이었다.

해방된 조국으로 귀국해서 그가 맡은 일도 음악 활동이었다. 그러는 동안 그는 많은 이들의 마음을 울리고 감동케 한 음악을 만들고 불렀다. 폐허 위에서 휴전을 논하는 이야기가 들려오기도 했으나 더는 해야 할 일도, 남아 있을 이유도 없다고 그는 생각한다.

율성이 말린 양식과 소금과 성냥 한 뭉치 등을 챙긴 자루 하나에 노모를 등에 업고 아내와 딸아이가 있는 중국으로 갈 채비를 마칠 무렵이었다. 중국에 먼저 가 있던 아내 딩쉐쑹이 백방으로 손을 쓴 덕분에 중국대사관 차량으로 신의주까지 갈 수 있었다. 미군기의 폭격을 피해 압록강을 건너간 율성은 단둥행 기차에 겨우 올랐다. 그 와중에도 눈에 띄는 중고 피아노 하나를 사서 율성은 피아노까지 기차에 싣고, 마침내 중국에 도착했다. 중국에는 그와 함께 항일전선에 섰던 동지가 더 많았고 그의 음악을 존중해 주는 이들이 더 많기도 했다.

김일성이 시작해서 결국 숱한 생명의 헛되고 억울한 죽음 끝에 전쟁은 가까스로 멈췄다. 남한에서는 죽음과 죽임으로 강물마다 붉게 물들었다. 평양 일대는 미군의 폭격으로 구석기 시대로 돌아간 것처럼 폐허가 되었다. 패전의 책임은 조선의용군 사령과 무정 장군을 비롯한 옌안파 등이 뒤집어썼다. 그렇게 숙청된 옛 동지들에 비하면 정율성이 중국으로 무사하게 돌아간 것은 행운일 수도 있었다. 중국공산당 외교부에서 일하고 있는 아내 덕분일 수도, 그가 특별히 정치적 성향을 드러내지 않고 음악 활동을 주로 한 덕분일 수도 있었다. 인민군을 위한 마땅한 군가가 없어서 월북한 박세영의 시에 곡을 붙여 노래를 만들었던 노래, 1948년 공식적인 군가가 된 〈조선인민군 행진곡〉에 흡족해한 김일성은 율성의 중국행을 굳이 막지 않았다.

그러나 중국에서 그를 변함없이 따뜻하게 맞아준 이는 아내 딩쉐쑹밖에 없었다. 1953년 중국음악가협회가 창립되었을 때 그는 가입 승인을 받지 못한다. 일찍이 〈옌안송〉으로 마오쩌둥을 비롯한 중국공산당 지도부의 격찬을 들었던 그였다. 옌안과 타이항산 시절에도 그가 만든 〈팔로군 대행진〉은 널리 불리던 인기 있는 노래였다.

정율성 부부가 결혼할 때 사회를 보았던 주양이 옌안 시절 문예강화 좌담회 때의 토론 과정에서 정율성에게 갖게 된 서운한 감정을 잊지 않고 있던 것도 어려움을 더했다. 그때도 유명한 문예이론가로 명성이 자자했던 주양은 중국공산당이 중국 전체를 장악한 베이징에서 문화예술계 고위직에 있었다. 그는 율성이 문화예술계에서 활동하지 못하도록 드러나지 않게 영향력을 행사했다. 음악가협회 회원이 될 수도 없었고, 작곡해서 발표하는 데 필요한 재정적 지원에서 제외되었다. 음악대학에서 학생을 가르칠 자리도 주어지지 않았다. 인민예술극장에 배치되었으나 그에게 뚜렷한 역할이 주어지지 않았다.

완벽하게 소외된 상태에서 율성은 소수민족의 민요를 채집해서 노래를 복원하거나 몇 개의 서정적인 음악을 만들고 그것을 연주하면서 시간을 보냈다. 피아노 연주가 서툴렀던 율성은 음악가로서 그것이 부끄러웠다. 평양에서 중국으로 돌아올 때 기차로 실어왔던 피아노 앞에서 날마다 건반을 두드리며 연주를 하고 악보를 다듬었다. 그 무렵 율성은 직접 만든 노래를 피아노로 연주하며 불렀는데, 〈싱안링(新安嶺)에 눈이 내리네〉였다. 퇴근하고 돌아온 딩쉐쑹은 남편의 노래를 들으며 마음이 따뜻해지다가도 다시 돌아온 중국에서 조선인이라는 이유로 배제되고 있는 그를 바라보는 것이 한없이 마음 아팠다.

> 눈꽃이 날리네, 눈꽃이 날리네
> 싱안링에 눈꽃이 날리네
> ……
> 적설에 깔린 삼림에서 솟아오른 태양
> 살림은 얼마나 장엄하고 아름다운가
> ……
> 강인한 사람들은 추위를 두려워하지 않고
> 추운 겨울은 우리들 애국의 뜨거운 피를 식히지 못한다네

정율성은 1958년 3월 여명, 낯선 사내 둘에게 이끌려 차에 태워졌다. 딩쉐쑹은 딸아이 소제와 아직 잠자리에 있었다. 영문을 알 수 없는 데다 그 전 해인 1957년부터 '대약진운동'이 시작되면서 혼란이 가중되는 시기였다. 문화예술가들에게 현장의 체험을 통한 살아 있는 작품을 생산할 것을 요구하던 때였다. 정율성도 당의 지시로 농촌 지역의 인민공사에서 집단노동과 강철 제련 운동 등에 참가했다. 문화예술 부문 일꾼을 불러모아 이루어진 성과 보고회에서 정율성은 대약진운동이 갖는 무모함에 대해 완곡하게 발언했다. 사내들에게 순순히 끌려가면서 율성은 어쩌면 그 일이 사달이 되었는지 모른다는 예감이 들었다.

1967년 6월 남한의 정보기관원들이 베를린 교외 자택에서 음악가 윤이상을 서울로 납치한 사건이 발생했다. 남한의 민주화운동을 지지하였고 민족통일을 위한 활동에도 관심을 가졌던 윤이상은 1963년 북한을 방문하기도 하였다. 통영에서 어린 시절을 함께 보냈고 일본 유학 시절 음악을 함께 공부했던 죽마고우 최상한을 만나기 위해서였다. 그러나 그것이 빌미가 되어 아내와 함께 동베를린 간첩단 사건에 연루되었다는 누명을 쓰고 기소되어 그는 무기징역을, 아내 이수자는 5년 형을 받았다가 집행유예로 풀려났다. 한국의 전통음악과 전통문화를 무조음악으로 대표되는 현대음악 작곡 기법에 접목해서 한국의 문화를 세계에 전한 작곡가 윤이상과 정율성의 고초는, 두 사람이 시공간을 달리해서 겪은 일이지만 어딘가 닮은 구석이 있다.

어쨌거나 외교부에 근무하고 있던 당의 엘리트였으나 딩쉐쑹은, 남편 율성이 소리를 죽이고 어딘가로 연행되는 모습을 보고서도 무기력할 뿐이었다. 율성을 소환한 곳은 중앙당 기율부였다. 옌안에서 심문받을 때와 달리 분위기가 험하지는 않았다. 그러나 새로운 중국을 건설하는 과정에서 당의 지도에 대해 완곡하게나마 비판적 견해를 밝히는 것이 위험할 수 있다는 것을 그는 너무 늦게 깨달은 것이다.

건너편 중앙에 앉은 나이를 짐작할 수 없는 사내가 쇳소리 섞인 목소리로 물었다.

"그대의 조국은 어디인가? 그대는 공산주의자인가 아닌가?"

율성은 잠시 침묵했다. 생각해보니 막혔다. 내 조국은 조선이다. 저들이 그것을 모르지 않을 터였다. 옌안 시절 중국 공산당원이 되었다. 북한에서 당적을 조선공산당으로 바꿨다가 다시 회복된 것도 익히 아는 일일 것이었다. 둘 다 대답하기 어렵지 않았으나 무슨 의도를 갖고 질문을 하는지 알 수 없어서 답이 쉬운 것도 아니었다.

"답이 어려운가? 질문이 어려운가?" 그가 잦은 기침을 하며 다시 물었다. 이른 봄에다 아직 해가 뜨기 전이어서 날씨가 찼다. 잠자리에서 얼결에 나온 탓에 옷을 충분히 챙겨 입지도 않아서 율성은 몸이 떨렸다. 불안하지는 않았다. 그도 오랫동안 온갖 일을 겪으며 단련된 탓이다. 다만 최선을 다해 대의에 몸 바쳤으나 중국에서는 나를 조선인이라고, 조선에서는 나를 중국인으로 여겨 의심하고 홀대하는구나 싶어서 쓴웃음이 났다.

"그것을 묻는 까닭은 무엇인가? 그대들에게 소환당해 심문을 받아야 할 만한 잘못이 내게 있는가?" 율성은 되물었다. 부질없다는 생각이 들었다. 대장정의 고난을 겪을 때 마오쩌둥은 그 자신이 태어나 자란 농촌의 실정을 누구보다 잘 알았다. 땅에서 얻는 노동의 대가가 농민들에게 얼마나 소중한가에 대해서도 모르지 않았다. 그런데 장제스 국민당을 작은 섬으로 밀어내고 새로운 중국을 건설한다면서 시작한 대약진운동은 곳곳에서 커다란 문제를 일으키고 있었다. 자본도 생산시설도 선진기술도 절대 부족한 상황에서 생산량 증가를 위한 의도를 나무랄 건 없었다. 문제는 도무지 현실에 무지하고 서툴렀다는 데 있었다. 철강 생산을 늘려야 했으나 제철 시설이 없었다. 재래식 고로를 가동해서 가능한 많은 양의 철 생산을 주문하자 농기계의 부족으로 이어졌다. 할당된 철 생산량을 채우기 위해 쓸 만한 농기계들을 모두 고로 속에 집어넣어 녹여버린 탓이었다. 농기계가 부족해지자 이번에는 농업 생산량이 예상을 크게 밑돌았다. 농민들은 전보다 오히려 굶주리게 되었다. 흉년이 겹친 1960년부터 3년 동안의 대기근으로 2천만 명 이상의 농민이 아사하는 참극이 일어났다. 율성은 농촌에 내려가 그것을 직접 경험하면서 당 지도부의 정책이 얼마나 비현실적인가를 깨달았다. 그런데 당은 그 말을 지금 문제 삼고 있을 것이었다.

"다시 묻는다. 그대의 조국은 어디인가? 그대는 공산주의자인가 아닌가?"

"내가 조선 사람임을 모르지 않을 것이다. 그렇게 보면 내 조국은 조선이다. 다만 스무 살 때 중국으로 건너와 조선의 해방을 위한 투쟁의 과정에서 중국공산당원이 되었다. 나는 장제스 국민당군과도 싸웠고, 일본 제국군과도 싸웠다. 조선의 해방과 중국의 해방을 위해 싸웠다. 두 가지 질문에 모두 답했다."

사내는 머뭇거렸다. 율성의 대답이 거칠 것 없었고, 달리 흠잡을 것도 없었다. 그러나 불렀으니 부른 까닭에 맞게 물어야 했다. 사내도 율성 못지않게 오랜 투쟁에 단련된 자였다. 냉정하고 단호

한 음성으로 말했다.

“그대가 우파 반당 행위 혐의로 고발되었다는 것을 아직 모르는가? 당 기율부가 그저 한가하게 그것을 묻고 확인하자고 부른 게 아니다.”

“무엇이 우파 반당 행위란 말인가? 고발이 들어오면 그 내용이 엉터리이든 아니든 이렇게 불러 심문부터 하는가? 그것이 새로운 중국의 모습인가? 억압 없는 평등한 세상을 염원했던 공산주의 운동의 결과가 겨우 이것인가?”

정율성은 밀리면 끝이라는 두려움을 감추고, 아니 그 두려움 탓에 평정을 잃었다. 당 기율부는 토론이나 논쟁하는 곳이 아니었다. 공산주의를 인민 해방의 이념으로서가 아니라 조선 해방의 한 수단으로 여겼다는 것, 계급이 사라진 평등한 세상을 꿈꾼 게 아니라 민족을 우선했다는 것. 그의 대답에 그의 잘못과 흠이 고스란히 들어 있었다. 당 지도부의 대약진운동에 대한 폄훼가 반당 행위라는 것도 자백한 셈이었다.

정율성은 다음 날 어둑한 밤에야 집으로 돌아올 수 있었다. 그것만도 다행이었다. 무려 넉 달 동안 끝이 없는 비판에 시달리면서 그에게 가해진 우경화된 사상적 변절과 반당 행위에 대해 지속적인 반성을 강요당한다. 그것만도 다행인 것은, 그 무렵 무려 55만여 명에 이르는 지식인들이 숙청당해 전국 각지의 강제노동 수용소에서 교화라는 명목의 고난을 겪어야 했기 때문이다. 이때 율성은 마오쩌둥에 대한 개인 숭배의 미몽에서 비로소 깨어난다.

1962년 제7차 인민대회가 끝날 무렵에야 그에게 가해졌던 비판과 반성과 속죄에 대한 요구가 겨우 사그라들었다.

율성은 이때 회한 가득한 노래 한 곡을 지어 자주 불렀다. 〈붉은 꽃그늘 아래서〉라는 제목의 노래였다.

> 붉은 꽃그늘 아래서 우리는 행복했네
> 먹을 것 입을 것 부실했어도
> 그때 우리는 서로를 아끼고 위해주었네
> 제국의 억압에서 해방되는 날까지
> 제국의 억압에서 해방되기 위해서
> 붉은 꽃그늘 아래서 우리는 견딜 수 있었네
> 아, 그러나 가을 찬 이슬에 붉은 꽃 지고
> 아, 그러나 겨울 눈 서리에 붉은 꽃 지고
> 아름답던 그 시절은 다시 오지 않으려나……

정율성의 몸과 마음이 조금씩 회복되는가 싶을 무렵 중국은 이제 문화대혁명이라는 격랑 속으로 빠져들고 만다. 율성에게 씌워졌던 우파 반당 행위 혐의가 벗겨진 듯싶었으나 망령처럼 되살아나 그는 이제 집중훈련반으로 배치된다. 학습을 통해 사상 개조를 강요받게 된 것이다. 중국공산당은 모든 계급이 자기 계급의 입장과 편견을 버리고 무산계급의 입장에서 인생관과 세계관을 개조하도록 요구했다. 율성은 노동자 계급의 입장에서 사상적 변화를 가져오게 하는 방법과 과정을 오랫동안 견뎌야 했다.

류사오치(劉少奇)와 덩샤오핑 등 마오쩌둥과 함께 신중국을 건설했던 공산당 최고지도자들이 홍위병들에 의해 거리로 끌려 나와 수모를 겪었다. 인민해방군 총사령관과 국방부장을 지낸 펑더화이는 옥사했고, 옌볜 조선족 자치주 초대 주장을 했던 오기섭(중국 이름 주더하이[朱德海])도 자리에서 쫓겨나 숨어 지내야 했다. 정율성은 이때 펑더화이의 무죄를 주장하는 보고서를 썼다가 공산당을 자진해서 탈당하라는 요구를 받는다. 그러나 율성은 그것을 거절한다. 평생 음악가로서 살았던 그에게 그와 같은 강단이 숨어 있던 것을 본 아내 딩쉐쑹은 놀란 표정으로 그를 바라본다. 묻지는 않았지만 필경 스무 살 시절 난징의 의열단 간부학교와 타이항산에서의 시간이 그를 강하게 만들었던 귀중한 경험이었을 것으로 짐작했다.

정율성이 1966년 3월에서 1976년 10월에 이르는 10년 동안 이어진 대약진운동과 문화대혁명이라는 광기에서 투옥되거나 회복할 수 없는 상처를 입지 않은 까닭은 그가 정치적인 인물이 아니었기 때문이었다. 그래서 정치적인 중요한 위치는 물론이고 문화예술계의 어떤 자리도 오르지 못했지만 그런 덕분에 그는 살아남을 수 있었다. 문화대혁명 기간에 오래전 김산에게 그랬던 것처럼 일본의 밀정이라는 터무니없는 죄목으로 감금되었다가 곧 풀려나기도 했다. 대신 일체의 예술 활동이 금지되었다.

옌안 루쉰예술학원 시절 교수로 있던 셴싱하이가 장광녠(張光年)의 시에 곡을 붙여 1939년에 만들었던 칸타타 〈황하대합창〉은 항일전쟁 시기 중국 인민의 고난과 투쟁, 그리고 중화민족의 위대한 정신과 역량을 표현한 작품으로 찬사를 받은 음악이다. 총 여덟 곡으로 이루어진 낭송과 합창 형식을 띤 노래로, 항일 정신과 반제국주의, 민족주의를 표방하는 곡이다.

셴싱하이는 모스크바에서 병으로 짧은 생을 마감했지만 10년간의 활발한 음악 활동을 통해 백여 곡의 다양한 작품을 남겼다. 비록 전쟁 중의 어려운 상황이라 기악과 성악 모두 상당히 축소된 형태로 초연되었지만, 연주를 들은 청중들은 민족적 자긍심과 애국심을 강조한 〈황하대합창〉에 환호했다. 율성은 연주회를 마친 셴싱하이에게 꽃다발을 안기며 진심으로 축하하고 기뻐했던 일이 떠올랐다. 율성도 그해 훗날 중국 인민해방군가로 채택되는 〈팔로군 대행진〉을 만들었다. 후일 셴싱하이와 정율성은 팔로군 시기를 대표하는 작곡가로 추앙받지만, 문화대혁명 시기에 전통음악은 청산해야 할 과거의 잔재로 여겨졌고, 서양음악 역시 타도해야 할 대상으로 금지되었다. 오로지 당에서 지정한 극소수의 모범적인 예술작품과 혁명가만이 공연되어야 했다.

그런데 또 얄궂은 것은, 피아노 협주곡 〈황하〉는 현대 중국을 대표하는 관현악곡으로, 현재까지도 연주회 무대에서 가장 많이 연주되는 작품이다. 그 〈황하〉의 기원이 셴싱하이가 만든 곡 〈황하대합창〉이다. 안됐지만 셴싱하이는 일찍 세상을 떠난 탓에 문화대혁명기라는 암흑기를 몸소 겪지 않아서 그나마 다행 아닌가, 율성은 씁쓸한 미소를 지으며 그를 추억했다.

율성은 윤이상을 만나본 적은 없으나 1948년 평양에서 만났던 김순남에게서 그의 이야기를 전해 들었었다. 비슷한 나이의 한국 음악가로 활발하게 활동하면서 큰 성취를 이루고 있는 그에게 관심이 가는 일은 자연스러운 일이었다. 더구나 율성은 난징 시절 주말을 이용해서 상하이에 있는 크리노바 교수를 찾아가 사사한 것 말고는 사실상 독학자나 마찬가지였다. 동시대 젊은이들의 마음을 움직인 수많은 곡을 작곡하고 옌안에서 크게 주목받았으며 평양에서도 그러했으나 율성은 내심 자신의 공부가 부족하다는 아쉬움을 갖고 있었다.

그때 크리노바 교수의 권유를 따라 이탈리아로 유학 가서 현대 음악을 체계적으로 공부할 수 있었다면 더없이 좋았겠다는 아쉬움이 마음 한구석에 있었다. 그런 탓에 파리 음악원에서 작곡과 지휘를 공부하고 돌아와 루쉰예술학원에서 교수로 있던 셴싱하이에게 정식으로 음악을 공부했을 때 얼마나 가슴 벅찼는지 모른다. 자신과 달리 김순남과 윤이상은 신식 학교에서 음악 기초이론을 배우고 일본에 유학 가서 근대 음악이론을 익힌 작곡가들이었다. 그들의 음악 세계를 튼튼하게 떠받치고 있는 체계적인 이론 수업의 과정이 늘 궁금했다. 무엇으로부터 착상을 얻어 한 편의 감동적인 곡을 완성해내는지도 궁금하기는 마찬가지였다. 평양에서 김순남을 만났을 때 마음속에 품고 있던 그런 마음을 조금 내비친 적이 있었다. 김순남은 빙긋 웃었다.

"아니오, 아닙니다. 음악은, 물론 기초적인 공부는 필요하겠으나 가장 중요한 것은 선생께서 평생 간직하고 실천했던 그 붉은 마음이지요. 윤이상이나 제가 민족을 위한 여러 활동을 하고 나름대로 하면서 음악을 만들어왔으나 선생의 그 치열했던 삶 근처에도 미치지 못하지요."

"무슨 겸양의 말씀을. 그런데 그 붉은 마음이란 구체적으로 무엇을 말씀하는 거요?"

"아, 인민을 위해 복무하는, 그리고 민족의 해방을 염원하며 싸웠던 그 순간들을 그렇게 표현했어요."

율성은 건너편에 앉아 작은 미소를 짓는 김순남에게 더없이 친근한 마음을 느꼈다.

1967년 베를린에서 한국으로 납치되었다가 간첩 활동 혐의로 무기 징역형을 받았던 윤이상은 감옥 안에서도 창작 활동을 멈추지 않는다. 오페라 〈나비의 미망인〉을 완성하였고, 악보가 유럽에 전해진 덕분에 그에 대한 구명 운동이 대대적으로 일어났다. 15년 형으로, 다시 10년형으로 감형받은 윤이상은 1969년 3월 동료 작곡가, 교수, 음악가들의 국제적인 항의와 독일 정부의 적극적인 개입으로 마침내 석방되어 서베를린으로 돌아갈 수 있었다. 그러나 그는 살아서는 끝내 고향 땅을 밟지 못했다.

모두 남한 출신 음악가인 김순남과 윤이상 들의 음악 활동과 정치적 고초에 대해 율성은 조금씩 전해 들을 수 있었다. 음악은 우리에게 무엇인가. 당신에게 음악은 무엇입니까, 하고 묻던 김순남에게 그때는 다만 운명이겠지요 했으나, 가끔 생각하기를, 음악은 아무것도 말하지 않으면서 모든 것을 말할 수 있는 게 아닐까, 그런 생각을 했다. 음악가들이 겪어야 하는 고초란 그것 때문일 것이다. 인민들의 마음 깊은 곳에 들어앉아 그들의 삶 전반에 변화를 욕망하는 것. 그것이 권력자들에게는 위험한 일일 게다.

정율성은 애써 권력에 편승하지도 부당한 권력이 주입한 보편적 가치를 수용하지도 않은 채 음악가로서의 자신을 지켰다. 그는 다른 모든 지식인이나 문화예술계 인사들이 그러했던 것처럼 그 광기에 치를 떨었다. 가끔 아팠고, 틈을 내 사냥하거나 물고기를 잡았다. 산속을 오래 걷거나 소리 죽여 노래를 불렀다. 감금되거나 강제노동 중인 옛 동지들을 찾아 얼굴을 보았고, 위로의 마음을 전했다. 그는 벌써 옌안과 타이항산 시절처럼 많은 이들이 열광하는 음악가가 아니었다. 조선인 출신의 이방인, 스스로 소외를 받아들인 국외자였다.

율성은 1959년 엄중한 우경 및 반당이라는 죄목으로 비판받은 데 이어, 1966년 문화대혁명이 시작되자 일제의 특무(밀정)라는 죄목으로 감금되는 고초를 겪는다.

문화대혁명 시기 대대적인 개혁의 주된 기조 중 하나는 인민에게 봉사하는 것이었고, 과거 전통에 대한 부정과 외세의 것에 대한 저항이었다. 따라서 유교 사상이나 전통 음악과 경극 등에 대해서도 거침없는 비판이 행해졌고, 서양 고전음악도 예외는 아니었다. 음악가들은 끊임없이 과거의 '낡은' 전통과의 단절을 강요받았다. '낡은 관습, 사상, 문화'는 '새로운 시대의 새로운 혁명'을 방해하는 배격해야 할 대상이었다. 율성은 그 자체로는 그르지 않다고 생각했다. 일찍이 마오쩌둥이 명시했던 "모든 문예의 목적은 노동자와 농민, 군인을 위해 복무하는 것"이라는 원칙에 율성은 누구 못지않게 충실했다고 믿었다. 그랬으나 조선인 출신의 이방인에게 인민에 대해 복무할 기회가 더 이상 주어지지 않았다.

그 암울했던 시기에 율성은 어렵게 구한 홍명희 소설 『임꺽정』을 거듭 읽었다. 홍명희는 다른 월북 인사들이 대체로 그 쓰임이 다한 뒤 가당치 않은 오물을 뒤집어쓰고 숙청된 것과는 달리 81세 되던 1968년 3월 노환으로 세상을 뜰 때까지 북한 정권의 요직을 두루 거치며 활동했다. 그에게 정치적 실권이나 세력이 없었다는 것 말고도 어쩌면 북한 정권이 민족통일전선 노선을 포기하지 않았음을 내외에 과시하기 위해 민족주의자로 알려진 그를 예우했을 것이다. 율성은 그 내막과 관계없이 그것은 다행이라고 여겼다. 평양에서 만났던 그의 인품, 민족과 민중에 대한 각별한 애정은 거짓이 아니라고 여겼던 때문이었다.

소설 『임꺽정』은 1928년 11월 21일부터 『조선일보』에 연재되었다. 투옥과 건강상의 문제 등이 겹칠 때마다 연재 중단과 집필 재개가 반복되면서 1940년까지 연재했다고 했다. 율성이 구할 수 있었던 홍명희 소설 판본은 1948년에 네 권으로 엮어 발행한 초판본으로 그 제목이『林巨正』으로 되어 있었다. 율성은 틈틈이 소설을 읽었다. 아내 딩쉐쑹은 율성의 부탁으로 어렵게 소설을 구해주었으나 평생 음악 외길을 걸었던 그가 새삼 소설 읽기에 몰두하는 것을 보고 놀랍기도 하고 고맙기도 하고 애처롭기도 했다. 그래도 무언가 마음을 달래고 집중할 수 있다면 다행이라고 여겼다.

율성은 소설에서 이야기를 들려주는 작가 홍명희의 음성을 들으며 때론 격해졌다가 이내 잦아드는 감정의 기복을 겪었다. 그 까닭을 율성은『조선왕조실록』의 '꺽정이 이야기'라는 역사적 사실을 해석하고 기술하는 데서 나아가 이야기를 새롭게 만들어나가는 창작자로서의 홍명희의 태도에서 비롯한다고 생각했다. 어쨌거나 백정의 자식이었던 임꺽정이 관군의 토벌이 쫓기다가 청석골에서 무수한 화살을 맞고 체포되어 죽임을 당하는 마지막 장면에서 율성은 자주 머물렀다. 고향과 가족을 떠나 먼 이국 땅에서 조국의 해방을 염원하며 싸우다 죽어간 무수한 동지들의 운명이 그와 같지 않은가 하는 생각 탓이었다. 어쩌면 지금 자신의 모습이기도 할 것이었다.

중국이 문화대혁명의 광기에 짓눌려 있을 때, 정율성의 고국에서도 크게 다를 것 없는 일들이 일어났다는 소식을 그는 조금씩 들어 알았다. 그의 아내가 중국공산당 외교부에서 일하고 있었으므로, 특히 북에 있을 때 평양 주재 신화통신사의 분사장(지사장)을 맡아 일하기도 했던 터라 북한의 소식을 정확하게 전해 들을 수 있었다. 대체로 우울한 소식들이 많았다.

1948년 평양에서 만났던 월북 음악가 김순남이 1951년 결성된 조선 음악가 동맹 부위원장을 맡았다가 이후 해주 음악학교 교수가 되었다는 소식에 율성은 흐뭇했다. 해주 음악학교는 율성의 손으로 만든 것이었으니까. 그러나 소련 유학에서 돌아와 국립민족예술극장 작곡가가 되고 민요와 민족 기악극을 수집 연구하면서 많은 작품을 발표했던 그가 1953년부터 반동 음악가라는 비판을 받기 시작했으며, 1958년 모든 공직을 박탈당하고 창작의 권리도 제한되었다는 소식을 전해 들었다.

도무지 납득할 수 없는 일이었다. 그는, "우리는 사상과 음악을, 민족과 음악을 분리해서 생각할 수 없다. 우리의 음악은 생활의 현실을 진실하게 파악하는 데서 출발한다. 민족과 음악은 하나이다"라고 생각했던 민족주의자 음악가였다. 월북할 때 경황이 없어 아내와 딸아이를 남쪽에 두고 왔던 것을 그는 마음 아파했었다. 드러내지는 않았으나 율성이 아내와 딸아이는 물론 나중에 남쪽에 계시던 노모까지 모셔와 함께 지내는 것을 부러워했다. 그의 노모는 한국전쟁 중이던 1950년 월북한 아들을 둔 죄로 남쪽에서 처형당했다.

1956년에는 김일성이 김두봉, 무정, 최창익 등 옌안 출신의 쟁쟁한 혁명 전사들을 숙청했다. 평양에 잠시 머물 무렵 김일성은 정율성과 그의 아내 딩쉐쑹에게 대체로 친절했다. 그렇지 않을 까닭이 없기도 했다. 정치적인 경쟁자가 될 인물이 아니었다. 중국공산당과 연락 가능한 채널이었으며, 무엇보다 그는 음악가였다. 그러나 아직 평양에 남아 있었더라면 정율성도 무정 등과 함께 무자비한 숙청을 피하지 못했을 것이다. 그런 생각이 드는 날엔 옌안에서 밀정으로 오해받아 목숨을 잃은 김산이 자주 생각났다. 평양에서 김순남이 대의원으로 이름이 오르지 않은 까닭을 물을 때 곧 중국으로 돌아갈 예정이라는 말을 하지 않았던 것도 서로를 위해 무척 다행이었구나 하고도 생각했다. 소련 유학을 마치고 돌아온 김순남을 함경남도 신포의 조선소 주물공으로 내려보내며 숙청할 때 그에게 가해진 죄는 박헌영 등 남로당 계열 인사들에게 가해진 한국전쟁 패배의 책임이었다. 율성 자신도 김순남도 전쟁을 원하지도 지지하지도 않았다. 그것은 너무나 갑작스러운 결정이었고 동족을 향해 총부리를 겨누는 데 내심 경악했다. 국공내전의 쓰라린 경험이 상기되어 괴로웠다. 다만 어디에서나 사정이 다르지 않을 것이나 전시는 모든 자원을 총동원해야 하는 총력 체제다.

김일성은 연극과 음악을 즐겼다. 대장정과 옌안 시절 마오쩌둥이 그러했던 것처럼, 김일성도 특히 음악의 선전 선동 효과를 믿었다. 조선을 강제 병합하고 억압적 식민 통치를 자행했던 일본 제국주의자들도 마찬가지였다.

저들은 1925년 경성 남산에 일본의 신사(神社)인 조선신궁을 세우고 진좌제(鎭座祭)를 열었다. 신사는 천황 숭배 또는 조선(祖先)

숭배를 핵심으로 하는 일본의 토착 종교 신도(神道)의 신전으로, 그들의 신념대로라면 신과 인간을 연결하는 제사를 집행하는 장소다. 일제는 진좌제(鎭座祭)를 열면서 일본 군가 〈나라의 진호(國の鎭め)〉와 궁중음악인 가가쿠(雅樂)를 연주했다. 〈나라의 진호〉는 야스쿠니 신사 참배용으로 경신(敬神)과 천황에 대한 충성이 주된 내용이다. 가가쿠는 황실의 표상으로 그 어떤 음악보다 국가 신도의 제사에 적합한 음악이었다. 진좌제에서 연행된 악무는 조선총독부 통치 이념을 선전 · 선동하기 위한 중요한 도구로 활용되었다.

음악은 어떤 집단의 이념을 선전 · 선동하기 위한 수단일 뿐 아니라 개인적 차원에서도 그 효용이 크다. 율성은 난징과 타이항산 시절 그러한 점을 뼈저리게 깨달았다. 이름이 단순한 상징이 아니듯 노래 또한 그러하다. 그것은 맺혀 있는 어떤 것, 시름이든 한이든 아무튼 어떤 정서를 풀어내는 데 있어 상당한 효과를 발휘한다. 광해군 시절 당쟁의 풍파에 의해 억울하게 벼슬자리에서 물러나 있던 신흠은 "노래를 처음 만든 사람은 아마도 시름이 많기도 많았구나. 말로는 다 못 하여 불러서 풀었단 말인가. 진실로 풀릴 것이면 나도 불러보고 싶구나" 했다.

북한은 개전 직후 전시 체제를 수립하여 주민을 징병하고 노동력과 가용 자원을 총동원했다. 전쟁을 원활하게 수행하기 위한 총동원 체제는 인민군대와 노동당 조직을 비롯한 사회 전 부문에 각종 통제와 규율을 강화했다. 개전 초기 남한 지역 대부분을 장악했던 북한은 미군의 참전으로 38선 이북 지역을 오히려 점령당함으로써 체제 몰락의 위기에 직면하고 있었다. 북한은 1950년 6월 25일 이후 9월 중하순까지 남한 지역을 점령하였고, 남한은 10월부터 12월 초까지 북한지역을 점령하였다. 특히 북한은 해방 이후 성취했던 친일반민족행위자에 대한 청산과 토지개혁과 남녀평등법 시행 등 일련의 사회주의 개혁은 물론 북한 정권 자체가 몰락의 위기에 직면할 때 김순남도 정율성도 문화일꾼으로서 전선에 동원되었다. 문화예술인들은 선전 활동의 전문가로 분류되어 전쟁기 점령지역과 전선으로 파견되면서 핵심적인 선전 활동을 수행했다.

북한 인민군은 각 사단에 약 240명으로 구성된 선전참모부를 두어 선전 자료의 준비를 담당하고, 당 선전 조직이 인수할 때까지 남한 점령 지역을 관리하는 당 정치위원회와 합동으로 선전 활동을 전개했다. 선전 · 선동 사업의 목표를 "근로 대중을 정치적으로 교양하는 데서와 수백만 대중들로 하여금 당과 인민 앞에 제기되는 긴급한 과업들을 해결하기 위한 투쟁에 결속시키며 조직하는 데 위력한 수단의 하나"라고 명확하게 제시하였다. 그들은 각급의 군악대 등을 지도하면서 전투에 나서는 병사들에게 전쟁에서 반드시 승리해야 한다는 불굴의 정신을 불어넣어야 하는 책무를 수행해야 했다. 선전 활동에 있어 공연예술 형식을 적극적으로 활용하였고, 소대로 편성되어 지방을 순회할 때는 기동성에 유리한 음악과 무용이 중심이 되었다.

사정은 남한에서도 다르지 않았다. 남한의 경우 특히 전통음악의 활용이 두드러졌다. 국군의 반격과 1950년 9월 28일 서울 수복 이후 아악부와 국악원 소속 전통음악인들은 부역 심사 후 국민방위군 정훈공작대와 육군 군예대 등에 편성되었다. 그들은 각각 전방과 후방 지역에 동원되어 위문 공연뿐만 아니라 반공 선전 · 선동 활동을 수행하였다. 1951년과 그 다음다음 해까지 전쟁이 지속하면서, 전통음악인들은 집단적으로, 또는 개별적으로 대한민국의 전쟁 선전 · 선동, 장병 위문뿐만 아니라 국가의 민심 수습 등의 작업에 동원되었다. 이처럼 남북한 모두 자신들의 전시 목표에 따라 전통음악인과 전통음악을 동원하였다. 그런데 전통음악의 동원 과정에서 흥미로운 것은 주로 성악이 동원되었다는 것이다. 기동성과 편의성이 요구되고 추구되는 전시 상황에서, 성악은 간편하게 국가의 정치적 의제를 언어적으로 전달할 수 있었다. 이러한 이유로 성악은 '민족애와 조국애, 그리고 민족과 조국에 대한 의무감' 등을 대중들의 의식에 불어넣고 그들을 대한민국에 충성하는 국민으로 변화시키는 장치로 동원되었다. 이처럼 남북한의 문화예술인들은 참여와 동원의 경계에서 전쟁을 치러야 했다.

북한 지역에서는 북한 정권이 내부의 적에 대한 참혹한 살해와 남한과 미군의 점령 이후 주민에 대한 살해가 빈번하게 일어났다. 38선 이북 지역에 대한 미군의 무차별 폭격은 북한 인민들의 제국주의에 대한 적대감을 강화했다. 평양은 전쟁 전 50만이었던 인구가 5만 명으로 줄어들었고, 멀쩡한 주택과 건물이 없을 만큼 폐허로 변했다. 굶주림과 함께 죽음에의 공포가 그들을 덮쳤다.

더구나 미군들은 인민군과 남한을 제대로 이해하지 못했다. 전후 일본에 주둔하고 있던 미군 병사들은 한국에서 전쟁이 발발했다는 소식을 들었으나 저들 대부분은 한국전쟁에 투입될 거라는 사실은 물론 한국이라는 나라가 대체 어디에 있는 나라인지조차 알지 못했다. 미군이 남한이나 북한 지역에서 군인이나 민간인을 가리지 않고 저지른 학살에는 인종적 편견이 자리하고 있었다. 1950년 맥아더 사령부에서 전쟁 범죄 조사를 지휘했던 육군 법무관 하워드 레비(Howard Levie) 대령은, 2차 대전 당시 미군이 유럽에서 만행을 저지르는 일은 상대적으로 적었지만 한국전에서는 그 빈도가 훨씬 높았다고 지적했다.

그는 그 까닭을, 미군 장병들이 동양인을 국(gook, 바보, 촌뜨기 등의 동양인에 대한 비칭)으로 생각했기 때문이며, 자신들보다 낮은 존재라고 여겼기 때문이라고 분석했다. 1950년 7월 한국전쟁에 참전했던 한 미군 병사는 38선을 지나 북으로 향하면서 이북 주민들은 모두 공산주의자들이라고 들었다고 회상했다. 그는, 우리는 북한이 아닌 남한을 수호하러 한국에 갔다, 우리는 북한 사람들을 죽이러 갔다, 38선을 넘는 사람은 누구든 죽이려 했다, 옷을 똑같이 입고 있어서 민간인인지 군인인지 구분이 되지 않았으니까, 라고 증언했다. 내세운 명분과 그 목적이 무엇이든 이렇게 한국전쟁은 맹목적으로 상대를 무차별적으로 죽이는 학살의 형태로 변해 가고 있었다.

남한에서도 사정이 다르지 않았다. 좌우 세력 모두에게서 무고한 민간인들이 억울한 죽임을 당하는 일이 빈번했다. 정율성은 전주를 거쳐 광주 지역으로 갔고 김순남은 대전을 지나 대구 전선으로 갔다. 조선인민군과 공화국경비대에도 예술공연단이 별도로 편성되어 있었다. 이 단체들은 해방된 지역의 경축대회를 대규모로 개최하거나 전선 위문 공연을 했다.

정율성은 1947년부터 48년까지 약 2년 동안 조선인민군협주단장을 맡아 북한 전역을 돌며 공연을 했으나 전쟁 직전에는 평양국립대학 작곡부장이라는 한직으로 밀려나 있었다. 북한군이 남한의 수도인 서울을 점령하던 시기, 순전히 인민군으로만 구성된 인민군협주단과 인민군예술극장은 서울 시민들을 위안한다는 명목으로 1950년 7월 15일부터 '수도 서울 해방 경축 조선인민군 연예대회'를 부민관에서 2주간 하루 2회씩 개최했다. 율성은 인민군 6사단 문화선전대장의 자격으로 부대를 따라 1950년 7월 2일 전주 그리고 7월 23일 광주로 내려갔다. 호남 지역을 효과적으로 방어할 남한의 군대가 없어서 전투다운 전투는 없었고, 광주 산동교에서 치열한 전투가 있었을 뿐이다.

1950년 7월 23일 군경 합동부대가 북한군의 광주 점령을 막기 위해 첫 전투를 벌였던 광주 지역 유일한 6 · 25 전적지가 산동교라 이름하는 작은 다리다. 전남 담양군 병풍산 북쪽 용흥사 계곡에서 발원하여 나주와 영산포와 목포를 지나 서해로 흘러가는 영산강 중 · 상류에 위치한 다리다. 산동교는 한국전쟁 전까지만 해도 광주로 들어오는 모든 물자의 관문 역할을 하고 있었다. 당시 호남의 방어부대인 5사단 20연대는 전선으로 이동하였고, 26연대가 새로 편성되었으나 호남 지방을 방어하기에는 역부족이었다. 1950년 7월 22일 장성에서 퇴각한 26연대는 광주 지역 사수와 북한군 전차를 저지하기 위해 7월 23일 새벽 4시경 산동교를 폭파하였다. 전투 과정에서 김홍희 총경이 전사하였고, 정명규 경감은 다리를 잃는 중상을 입었다.

율성은 그 시각 그가 태어나 자란 양림동 생가를 둘러보고 있었다. 기독교 선교사들이 세운 양림교회와 재중병원과 수피아여자소학교 들을 눈으로 둘러보면서 그는 감회에 젖었다. 일본제국에 나라를 빼앗기고 나서 나라를 되찾자고 나선 해방 투쟁의 결과가 이제 동족을 죽고 죽이는 동족상잔으로 이어지는 현실에 기가 막혔다.

1950년 9월 인천상륙작전 이후 황급히 북을 향해 후퇴하는 도중 충주에서 율성과 김순남 두 사람은 잠깐 재회했다. 누가 먼저랄 것 없이 두 사람은 어깨를 감싸 안았다. 초췌해진 몰골 못잖게 그들의 얼굴엔 고뇌가 깊었다. 율성은 무겁게 입을 열었다.

"이것은 조국 해방을 위해 일본 제국주의자들에 맞서 투쟁하던 상황과는 전혀 다른 사변이다. 어떻게 동족을 향해 이처럼 무도한 살육이 행해질 수 있는가. 나는 너무 두렵고 슬프다."

전쟁을 일으킨 북한 정권은 전쟁이 인민의 전쟁, 인민들 자신의 전쟁임을 주지시키기 위해 선전 선동 사업에 온 힘을 쏟았다. 음악은 매우 중요한 선전수단이었고, 김순남과 정율성에게 다른 선택지는 없었다. 그해(1950) 10월 율성은 서둘러 중국으로 돌아갔다. 그러나 12월 중국 인민지원군 창작팀과 함께 다시 북한으로 돌아와 문예 활동을 지원하다 전쟁이 한창이던 1951년 중국으로 영원히 돌아간다.

마오쩌둥의 공산당 세력에 밀려 결국 작은 섬 타이완으로 건너간 장제스 국민당은 국민당 정부에 반대하는 봉기를 진압하면서 1947년 대만 사람들 3만여 명을 살해한다. 1948년 8월 15일 한반도 남쪽에 단독정부를 수립한 이승만은 1950년 한국전쟁을 전후한 시기에 보도연맹과 국민방위군 사건 그리고 제주 등 전국에서 모두 수십만 명을 살해한다. 1949년 6월 26일에는 안두희에 의해 김구도 암살을 당한다. 김규식은 1950년 9월 26일 인민군에게 납치되어 북으로 끌려가던 중 그해 12월 10일 병사(病死)한다.

정율성의 아내 딩쉐쑹은 다행스럽게 큰 화를 당하지 않았다. 그녀는 중국 외교에 필요한 자질을 갖추고 있었고, 능력에 어울리는 위치를 조금씩 다져가고 있었다. 1950년 가을 정무원 외사판공실 비서장, 중국 인민 대외우호협회 부회장을 맡아 세계 외교무대에 등장하기 시작했고, 외교사절의 일원으로 동남아, 동유럽, 북유럽 등 20여 개국을 차례로 방문했다. 후일(1979년) 딩쉐쑹은 중화민국 여성으로는 최초로 네덜란드와 덴마크 주재 중국대사가 된다.

율성은 아내 딩쉐쑹으로부터 1949년 제주에서 일어났던 집단 학살에 대한 상세한 이야기를 전해 듣고 분노와 절망 속에서 몰래 흐느꼈다. 아무에게도 말하지 못했으나, 그가 전주 신흥중학교 시절 함께 음악 연습하면서 마음에 두었던 정미희 얼굴이 떠올랐기 때문이었다.

해방된 조국에 귀국하고 평양에서 어머니와 극적인 상봉을 할 때 율성은 내심 정미희의 안부가 궁금했다. 남하하는 인민군 6사단을 따라 1950년 7월 2일 전주에 내려왔을 때였다. 율성은 예전에 다녔던 신흥중학교를 찾아가 보았다. 물론 학교는 문을 닫았고 그를 알아보는 이도 없었다. 며칠 후 고향인 광주에 내려갔을 때, 신흥중학교 동기를 수소문했다. 졸업하고 나서 정미희는 부모를 따라 외갓집이 있는 제주로 옮겨갔다는 소식을 전해 들었다. 그렇다면 얼마나 다행인가 싶었다.

그런데 제주에서 눈을 뜨거나 귀를 열고는 차마 보고 들을 수 없는 참극이 일어났다는 말에 그는 난징대학살 때 일본군 위안소로 넘겨졌다는 전화교환수 소조 책임자 진숙화가 떠올랐다. 그녀의 주선으로 그녀의 집에서 정율성의 생일파티가 열렸고, 율성은 리진후이가 작곡한 음악 중에서 〈이슬비〉를 만돌린으로 연주했었다. 참석한 이들 모두 큰 박수와 함께 요란하게 정뤼청, 뤼청을 연호했던 기억이 슬프게 떠올랐다.

아내 딩쉐쑹은 여성이기도 해서 더욱 개탄했다.

"당신의 고국 제주에서 일어난 양민학살 말이에요. 그중에서 특히 여성들에 대한 광범위한 성적 폭력이 저는 너무 끔찍해요. 일본군이 난징에서 저질렀던 성범죄도 큰 죄악이지만 제주의 경우는 어떻게 같은 동족끼리 그런 일이 아무렇지 않게 일어날 수 있었는지 이해가 안 돼요."

딩쉐쑹은 율성이 침울한 표정이었으므로 더 이상 말을 하지는 않았으나 당에 보고하고 토론할 의제로 삼기 위해 비망록에 쓴다.

"그것은 남성들이 일상적으로 내면화하고 있는 강제적 성관계의 확장이거나 일련의 과정이다. 따라서 난징에서와 마찬가지로 제주에서의 집단 성폭력은 가부장제 이데올로기와 결탁한 폭력인 것이다. 그런데 문제는, 가해자 남성은 사전에는 두려움이 없고 사후에는 후회가 거의 없이 겁탈을 자행한다는 것. 피해자 여성은 희생자에서 오염된 자로, 그리하여 정화와 보호의 대상으로 무력하게 이동할 뿐이라는 점에 있다. 문명인이라면 사상이나 이념과 무관하게, 그리고 국적과 관계없이 그러한 죄를 용인하거나 두둔해서는 안 된다. 알면서도 모른 척 눈 감는 것 또한 공범이다."

1964년 정율성의 어머니 최영옥이 그의 아들이 지켜보는 가운데 눈을 감았다. 1976년 저우언라이와 팔로군의 전설 주다이전(주더), 마오쩌둥이 잇따라 죽었다. 그해 12월 7일 정율성도 세상을 떠났다.

그의 갑작스러운 사망 소식을 듣고 그의 옌안 시절 옌안 방어부대장이었던 왕진과 저우언라이의 부인 덩잉차오(鄧穎超), 그리고 나중에 당 총서기를 맡는 후야오방(胡耀邦) 등 그의 음악을 아끼고 좋아했던 많은 이들이 달려와 슬픔을 같이했다. 특히 김성숙의 부인이었던 두쥔후이가 깊이 슬퍼했다. 정율성 생전에 잊지 못할 고마운 이들 중 한 사람이었다. 율성의 음악을 좋아했을 뿐 아니라 옌안에 갈 수 있도록, 그가 옌안에서 어려움에 빠질 때도 도움을 주었던 사람이었다.

팔보산(八寶山) 혁명열사릉 비문에, "정뤼청 동지는 자신의 생명을 중국 인민혁명 사업에 바친 혁명가이다. 인민은 영생불멸한다. 마찬가지로 그의 노래도 영생불멸할 것이다"라고 새겼다. 율성은 얼마간 섭섭했을 것이다. 중국에서 활동했고 중국 공산당원이 되었으나 자신의 생명을 조국 대한의 해방을 위해서 바쳤으니까.

갑작스럽게 세상을 떠난 정율성을 추모하는 추도식이 1976년 12월 17일, 눈보라가 치는 팔보산 혁명열사릉에서 열렸다. "보탑산 봉우리에 노을 불타오르고 연하강 물결 위에 달빛 흐르네……." 율성이 작곡한 노래 〈옌안송〉을 함께 부른 다음 후야오방이 추도사를 했다.

"정뤼청 동지는 훌륭한 분이었다. 그는 린뱌오(林彪)를 비롯한 4인방에 대한 애증이 분명하게 투쟁했다. 특히 옌안 시절 그의 노래는 최고봉에 이르렀고, 중국 인민의 해방사업과 혁명투쟁에 크게 이바지했다."

epilogue

에필로그

저는 음악가 정율성의 딸 샤오티(鄭小提)입니다. 베이징에서 광주까지 비행기로 두 시간 남짓 걸립니다. 생각보다 가깝지요.

오래전 2019년 3월 아버지의 고향 광주에 갔을 때, 저를 따뜻하게 맞아주었던 많은 분이 생각납니다. 3월 29일이었던가요? 광주시 운암동에 있는 광주문예회관 대강당에서 생전의 아버지께서 만든 오페라 〈망부은(望夫云)〉을 시장님과 함께 보았던 기억이 새롭습니다.

2017년 5월 27일 금남로 정율성 음악제에서 아버지의 작품들, 〈매화를 읊노라〉 〈옌수이요〉 〈옌안송〉 〈싱안링에 눈이 내리네〉 등을 연주하고 함께 불렀던 것도 영원히 잊을 수 없는 추억입니다. 마침 그날은 1980년 광주에서 정부군의 무도한 공격에 저항하던 시민들의 항쟁이 끝났던 날이라고 들었습니다. 살아 계실 때 아버지께서도 문화대혁명의 암흑기를 견디셨고, 문화대혁명의 폭력적 방식에 항의하는 1976년 4월 5일의 1차 톈안먼 앞 봉기 때도 참가하셨지요. 그래서 더욱 제게는 뜻깊은 행사였답니다.

아, 1996년에도 한국에 방문했군요. 그때는 문화체육부 장관을 뵙고 아버지께서 수집해서 보관하시던 한국 전통 악보들을 기증했었네요.

그런데 최근에, 고향 마을에 세운 아버지의 흉상을 두 번이나 목을 잘라 내동댕이친, 어느 교회 목사이면서 보수단체 회원이라는 분의 말을 들었습니다. 공산주의자 정율성, 중국과 북한의 인민군가를 작곡했던 공산주의자 정율성, 그를 기념하는 것은 수치다, 그랬다 들었습니다.

아버지는 공산당원이었습니다. 그러나 공산주의자로서가 아니라 다만 조국 해방을 위한 투쟁에서 그것은 불가피한 일이었습니다. 중국에서 일본제국과 싸운 세력은 공산당이 유일했기 때문이죠. 무엇보다 아버지는 음악가였습니다.

한때는 한국과 중국 두 나라의 우호 협력을 위해 필요했던 제 아버지가 이제는 수치가 되었군요. 베이징에서 1990년 9월에 열렸던 제11회 아시안게임 개막식 때 울려 퍼지던 중국인민해방군가는 저희 아버님이 작곡하셨지요. 2014년 시진핑 주석이 서울에 왔을 때도 아버님은 한중 우호의 상징처럼 여겨졌고요. 조국을 강제 지배하고 온갖 약탈을 일삼았던, 무고한 조선 사람들을 그토록 살해했던 일본과도 잘 지내자고 하면서 그 일본제국에 맞서 싸웠던 제 아버지가 이제 수치인가요? 제 아버지가 변한 것은 없는데, 한때 자랑이었다가 이제 와 수치인 까닭은 무엇인가요?

2000년 6월 김대중 대통령이 평양을 방문했을 때 북한 의장대가 연주했던 곡 〈유격대행진곡〉도 아버님이 작곡했지요. 한국은 중국, 그리고 북한과 영영 등지고 살 건가요? 아니라면 얼어붙은 중국과 남북한을 연결하는 좋은 수단이 아버님이 작곡한 음악 아닐까요?

아, 제가 평정을 잃고 말았군요. 그래도 저는 아버지의 나라와 고향을 아버지가 그러했던 것처럼 사랑할 것입니다. 영원한 것은 없겠으나 제가 눈을 감을 때까지는 그리할 것입니다. 겨울이 지나 봄이 오고 그렇게 계절은 순환하겠지요. 옌안과 타이항산은 사실 언제나 겨울이나 마찬가지였습니다. 아버지와 아버지의 동지들은 그 겨울 골짜기를 견디셨지요. 곧 봄이 올 것이라고, 믿으셨으니까요.

이 소설을 쓰면서 정율성의 전기적 사실에 관해서는 이종한 선생의 『항일 전사 정율성 평전–음악이 나의 무기다』(지식산업사, 2006 초판)와 김은식 선생의 『중국의 별이 된 조선의 독립군 정율성』(이상, 2016)을 전적으로 참고했다. 두 분의 노고에 깊은 감사를 드린다. 소설의 배경인 중국과 조선과 일본의 정세 등에 대해서도 여러 논문을 두루 참고했다. 다만 새롭게 창조한 허구적 인물은 물론이거니와 정율성을 비롯한 실존 인물의 경우에도 그들의 생애를 재구성하였다. 소설은 실재 그대로가 아닌 허구적 재창조인 때문이다.

나는 이 소설을 일본 제국주의자들의 억압에 맞서 투쟁했던 항일 운동가들이 그 시절 불가피하게 공산주의자가 되거나 그들과 손잡았다는 이유로 배척되고 있는 현실을 지켜보면서 썼다. 정율성은 뛰어난 음악가였고 불굴의 항일 전사였다. 그는 중국에서 공산당에 입당했고 해방 이후 북한으로 들어가 당의 방침에 따라 북한 공산당원이 되었다. 옌안에서는 〈중국인민해방군가〉를, 평양에서는 〈조선인민군행진곡〉을 작곡했다. 까닭은 그가 음악가였기 때문이다. 그러나 그는 김일성과 마오쩌둥의 교조주의, 개인 숭배에 결코 동의하지 않았다.

그가 친일 행위를 했던가? 일본제국의 특무(간첩)였던가? 만주국 혹은 관동군의 장교가 되어 독립지사들을 잡아넣고 고문하고 살해했던가? 일본 제국주의자들이 조선을 강점하고 아시아를 전쟁의 광풍으로 몰아넣을 때, 어떤 사람들이 가족을 돌보지 못한 채 헐벗고 굶주리고 고문을 받으며 혹은 겨울 골짜기에서 죽어갔는가를 냉정하게 돌아보기를. 이 소설의 의도는 오직 그뿐이다.

2024년 7월

심영의

푸른사상 소설선

1 백 년 동안의 침묵 | 박정선 (2012 문광부 우수교양도서)
2 눈빛 | 김제철 (2012 문학나눔 도서)
3 아네모네 피쉬 | 황영경
4 바우덕이전 | 유시연
5 당신은 왜 그렇게 멀리 달아났습니까? | 박정규
6 동해 아리랑 | 박정선
7 그래, 낙타를 사자 | 김민효
8 드므 | 김경해
9 은빛 지렁이 | 김설원
10 청춘예찬 시대는 끝났다 | 박정선 (2015 우수출판콘텐츠 선정도서)
11 오동나무 꽃 진 자리 | 김인배
12 달의 호수 | 유시연 (2016 세종도서 문학나눔)
13 어쩌면, 진심입니다 | 심아진
14 흐릿한 하늘의 해 | 서용좌 (2017 PEN문학상)
15 붉은 열매 | 우한용
16 토끼전 2020 | 박덕규
17 박쥐우산 | 박은경 (2018 문학나눔 도서)
18 우아한 사생활 | 노은희
19 잔혹한 선물 | 도명학 (2018 문학나눔 도서)
20 하늘 아래 첫 서점 | 이덕화
21 용서 | 박 도 (2018 문학나눔 도서)
22 아무도, 그가 살아 돌아오리라고 기대하지 않았다 | 우한용
23 리만의 기하학 | 권보경 (2019 문학나눔 도서)
24 짙은 회색의 새 이름을 천천히 | 김동숙
25 수상한 나무 | 우한용 (2020 세종도서 교양)
26 히포가 말씀하시길 | 이근자
27 푸른 고양이 | 송지은
28 다시, 100병동 | 노은희
29 오늘의 기분 | 심영의
30 가라앉는 마을 | 백정희
31 퍼즐 | 강대선
32 바람이 불어오는 날 | 김미수
33 사설 우체국 | 한승주 (2022 문학나눔 도서)
34 소리 숲 | 우한용 (2022 PEN문학상)
35 나는 포기할 권리가 있다 | 채 정
36 꽃들은 말이 없다 | 박정선
37 백 년의 민들레 | 전혜성
38 기억의 바깥 | 김민혜
39 마릴린 먼로가 좋아 | 이찬옥
40 누가 세바스찬을 쏘았는가 | 노 원
41 붉은 무덤 | 김희원
42 럭키, 스트라이크 | 이 청 (2023 세종도서 교양)
43 들리지 않는 소리 | 이충옥
44 엄마의 정원 | 배명희
45 열세 번째 사도 | 김영현 (2023 문학나눔 도서)
46 참 좋은 시간이었어요 | 엄현주
47 걸똘마니들 | 김경숙
48 매머드 잡는 남자 | 이길환
49 붉은배새매의 계절 | 김옥성
50 푸른 낙엽 | 김유경
51 그녀들의 거짓말 | 이도원
52 그가 나에게로 왔다 | 이덕화
53 소설의 유령 | 이 진
54 나는 죽어가고 있다 | 오현석
55 오이와 바이올린 | 박숙희
56 오아시스 전설 | 최정암
57 무한의 오로라 | 이하언
58 어둠의 빛 | 한승주
59 그날들 | 심영의